# 王とサーカス

米澤穂信



二〇〇一年、新聞社を辞めたばかりの太刀洗万智は、知人の雑誌編集者から海外旅行特集の仕事を受け、事前取材のためネパールに向かった。現地で知り合った少年にガイドを頼み、穏やかな時間を過ごそうとしていた矢先、王宮で国王をはじめとする王族殺害事件が勃発する。太刀洗はジャーナリストとして早速取材を開始したが、そんな彼女を嘲笑うかのように、彼女の前にはひとつの死体が転がり……。「この男は、わたしのために殺されたのか？　あるいは——」疑問と苦悩の果てに太刀洗が辿り着いた痛切な真実とは？『さよなら妖精』の出来事から十年の時を経て、太刀洗万智は異邦でふたたび、自らの人生を左右する大事件に遭遇する。

# 王とサーカス

米澤穂信

創元推理文庫

# KINGS AND CIRCUSES

by

Honobu Yonezawa

2015

# 王とサーカス

目次

1 祈るにも早い 11
2 トーキョーロッジ二〇二号室 14
3 レンズキャップ 46
4 路上にて 69
5 王の死 94
6 長い葬列 115
7 弔砲の夜 143
8 噂の街 158
9 王とサーカス 179
10 傷文字 203
11 注意を要する上出来の写真 216
12 茶話 226
13 尋問と捜索 244

KINGS AND CIRCUSES

14 ハゲワシと少女 268
15 二人の警官 292
16 INFORMER 319
17 銃と血痕 344
18 勇気の源 362
19 ペンを構える 391
20 がらんどうの真実 396
21 敵の正体 432
22 偉大なる場所 453
23 祈るよりも 459
あとがき 462
解説 末國善己 465

KINGS AND CIRCUSES

# 王とサーカス

マリヤ・ヨヴァノヴィチの思い出に

# 1　祈るにも早い

誰かの祈りで目が覚める。

不穏なひびが斜めに入る天井を見上げる。わたしはどこにいるのだろう。部屋はまだ薄暗く、壁は濃い灰色だ。耳に微《かす》かな音楽が届くのは、遠くで誰かが歌っているから。その歌は祈りなのだとわかっている。馴染《なじ》みのない香《こう》が焚《た》かれていることに気づいた時、ようやくここが異郷の宿だと思い出した。

手足にまとわりつくシーツを払いのけ、身を起こす。縦縞《たてじま》のカーテンが揺れている。昨夜、窓を閉めなかったのだろうか。それとも隙間風が入っているのだろうか。寒くはなかった。寒い土地ではないのだ。小さな椅子の背に白いシャツと細身のチノパンが掛けてある。ゆっくりそれらを身につけていく。体の動きは重く鈍く、頭の動きもまた同じ。うつらうつらしたその状態をもう少し続けていたくて、わたしはそのままスニーカーを履《は》き、部屋を出る。

日干し煉瓦《れんが》を組み上げた廊下は、部屋にも増して暗い。祈りの歌は途切れて聞こえなくなったが、代わりに水音、足音、陶器がふれ合う音が聞こえてくる。いま人には会いたくなくて、爪先《つまさき》立って歩く。黒々とした木製の階段を下りていき、がらんとしたロビーを通り抜けて宿を出るまで、誰にも見られることはなかった。

外は薄明かりで、左右に細く延びる街路の先は見通せない。道は剝《む》き出しの土で、乾ききっているのに柔らかく靴を受け止めてくれる。鳥の鳴き声が聞こえた。どこか遠くから、人々のどよめきのような音も聞こえてくる。しかしたぶん偶然なのだろう、いま街路に出ている人間は、見える限りわたし一人だけだ。いま何時なのか。腕時計は部屋に置いてきた。

宿の斜向《はすむ》かいに小さな祠《ほこら》がある。土塗りの三角屋根の上には素焼きの宝珠が載っていて、その前に蠟燭《ろうそく》と、赤い花が捧げられている。知らない花だ。わたしの部屋に届いた歌が錯覚ではなかった証《あかし》のように、その花はまだ瑞々《みずみず》しさを保っていた。花の横には鉄皿が置かれ、香が細く煙を上げてもいる。誰かがここで祈っていた。

祠には扉もなく、神像が見えている。躍動的に足を跳ね上げ腹が大きく突き出た、象の頭を持つ神ガネーシャ、その像には祝福の赤い粉が幾重《いくえ》にも塗られている。わたしはこの国の礼拝の作法を知らない。だからただ一つ知っているやり方の通り、手を合わせて目を閉じ、頭《こうべ》を垂れる。

ガネーシャは商売繁盛の神だという知識はあった。いま、自分の商売について何か祈るべきことがあるだろうか。どうなればわたしの仕事は成功と言えるのだろう。

つまりわたしは、ガネーシャに何を祈るべきか、それさえ知ってはいないのだ。神頼みをするにも早すぎる。

霞《かすみ》のような眠気は、まだまとわりついている。さっきまで無人だった街路には、あちらに一人、こちらに一人と人の姿が現れていた。サリーを着た若い女性が、赤い花を手に祠に近づいてくる。すれ違いざまに会釈《えしゃく》をすると、女性は少し首を傾《かし》げ、それから軽やかに微笑《ほほえ》んだ。

出た時と同じように、足音を殺して戻っていく。目覚めた時は暗かった部屋に、いまは朝日が差している。灰色だった壁も、白く見えるようになった。スニーカーを脱ぎ、シーツが乱れたベッドにそっと身を横たえる。旅の疲れか、目を閉じるとすぐに意識が薄れていく。

眠りに落ちるきわ、いまがいつで、自分はどこにいるのか不安にならないよう、まじないのように口にする。

二〇〇一年六月一日。カトマンズ。トーキョーロッジ二〇二号室。

わたしのくちびるは瞼《まぶた》と同じように重かった。だから呟《つぶや》きは、たぶん声になっていない。

## 2　トーキョーロッジ二〇二号室

この土地はかつて湖の底だったという。

神話によれば、釈迦《しゃか》が誕生した時、神々の一人がそれを祝して山を切り裂いた。湖の水が流れ出した後に肥沃《ひよく》な土地が残り、そこにカトマンズという都市が作られた。カトマンズ盆地がむかし湖の底だったというのは事実で、掘れば淡水魚の化石が出るそうだ。

皮肉なことに、このロッジに投宿した時、年若い女主人に「あまり水を使わないでください」と釘を刺された。いま、カトマンズは水不足に苦しんでいる。七十万に及ぼうとする住人の生活をまかなうのにネパール国営の水道では足りず、かつて水底にあった土地に住む人々は、給水車から水を買っている。

濡らしたタオルで顔を拭《ぬぐ》う。四隅が黄褐色《おうかっしょく》に変じた鏡に自分が映っている。黒く長い髪は、ここ数日の強行軍のせいかまとまりが悪く、睨《にら》むようだとよく人に言われる細い目の下にも僅《わず》かに隈《くま》が浮いている。薄いくちびるは乾き、ひび割れそうに見えた。日焼け止めとリップクリームで取りあえずの身支度を調《ととの》える。

トーキョーロッジは、安宿が集まるジョッチェン地区の外れ、細い路地の途中になんの案内もなく建っている。場所は不便で日当たりも悪く、部屋は少し息苦しいほどに狭い。それでもわたしは、一晩を経てこのロッジが気に入った。

天井や壁のひびを見れば、建物が上等でないことは疑いようもない。けれどベッドのスプリングは硬すぎもせず柔らかすぎもせず、シーツは綺麗に洗濯されている。水まわりは長年使われた感じが拭えないものの、水垢《みずあか》がこびりついているようなことはない。外線に繋《つな》がっているかはわからないが、電話機もある。何より窓枠がいい。目の細かい斜め格子の木窓で、格子の交点の一つ一つに植物や幾何学《きかがく》模様の繊細な細工が施されていて、小部屋に大いに趣《おもむき》を添えている。時代がかった黒ずみも、むしろ好もしく感じられた。

その、開け放っていた窓を閉める。縦縞のカーテンも閉めると、部屋はしっとりとした薄暗さに包まれた。机の上に投げ出しておいたボディバッグを身につける。ふとパスポートを確かめたくなって、内ポケットのファスナーを開けた。赤いパスポートを手に取る。

——MACHI TACHIARAI
太刀洗万智。発行年は二〇〇一年、有効期限が切れていたものを、先月取り直した。写真うつりは良くない。ひどく冷ややかな眼差《まなざ》しを、カメラに向けている。

もっとも、レンズではなく人間を前にした場合でも、目が冷たいと言われたことは二度や三度ではなかった。

トーキョーロッジは四階建ての建物だ。

この街には背の高い建物が多い。ごくふつうの民家らしい家々も、目で数えれば三階、四階と上に伸びている。四階建てといえどもトーキョーロッジはまわりに比べて特に高くはなく、低くもない。

一階はこぢんまりしたロビーになっている。建物の奥行きを考えるとまだ充分にスペースがあるはずなので、おそらく経営者の住居も兼ねているのだろう。客室は二階と三階。食堂が四階にある。階段は木製だ。

ぎしりと軋《きし》む階段を、首をまわしながら上っていく。ベッドの寝心地はよかったけれど枕は合わなかったようで、首すじが少し痛む。

光線が目に入る。食堂の窓は大きく開けられ、陽光と乾いた風が中に入り込んでいた。食堂の壁は空色だ。ところどころペンキが剝《は》げて、下地なのか漆喰《しっくい》なのか、白い色が覗いている。わたしにはそれが一群の雲に見えた。

穏やかな逆光の中に、先客が二人いた。

一人は、埃《ほこり》じみた黄色い布を体に巻き付けた、禿頭《とくとう》の男だ。パイプ椅子に腰かけ、丸テーブルに左手を乗せている。右手にはマグカップを持っていて、それをゆっくりと口に運んでいく。黄色い布は袈裟《けさ》だろう。見た目は仏僧そのものだ。肌は浅黒く日に焼けて、ゆったりとした布地から覗く腕が筋肉で覆われているのが見て取れる。

何歳ぐらいだろうか。三十五歳から五十五歳の間なら、いくつと言われても納得できる。外国人旅行者向けのロッジにいるのだからネパール人ではなさそうだが、どこの人ともわからない。タイ人ではないかと予想するが、これは直感というよりも、袈裟と禿頭から無理にこじつけたような気がしないでもない。彼はわたしを一瞥《いちべつ》したが、姿が目に入らなかったかのように、またマグカップに口をつけた。

もう一人は、それとは対照的だった。だしぬけに、

「やあ」

と声を掛けられる。

「昨日チェックインした人だね。ここはいい宿だよ。何泊の予定？」

英語だ。作ったように明るい声だった。白い肌を紫外線で赤くした若い男が、これもどこか作為的な笑顔を向けてきている。髪は黒いが、よく見れば僅かに茶色がかっている。濃緑で無地のTシャツに、デニムパンツを穿《は》いていて、痩《や》せているわけではないのに線が細いと真っ先に感じたのが不思議だった。二十代前半だろうか。ただ、白人の年齢を推測した経験はほとんどないので、自信は持てない。彼はおどけたように唇の端を持ち上げた。

「そんなに睨まないでくれよ。それとも、英語はわからないかな。ナマステ！」

「英語はわかります」

言っても無駄だろうと思いつつ、付け加える。

「それに、睨んではいないわ」

「そうかい？」

彼はもう一度、唇の端を吊り上げた。

「ならよかった。そうは見えないけどね。さて、僕はおおよそこの国が気に入っているけれど、そうでもない習慣もいくつかある。朝食を食べないのもその一つだ。ミルクティーを飲みに来たんじゃないのなら、君は食べ物を目当てにここに上がってきて、当てが外れたことになる」

なかなか鋭い。わたしは頷《うなず》いた。何か食べるつもりで上がってきたけれど、宿で朝食が出ないとは知らなかった。思い出してみればチェックインの時、朝食についての説明は受けなかったような気がする。

「ところで僕は二日前からこの街にいて、朝から開いている食堂をいくつか見つけているんだ。そこで提案だけど、一緒に行かないか？　君は苦労せずに食事にありつける。僕は……そうだな、楽しい」

言葉は軽いけれど、それも旅を楽しもうとしているからだと思えば、微笑ましくもあった。

「そうね。ぜひ」

彼は、今度は自然に笑った。

「嬉《うれ》しいね！　じゃあ、さっそく行こう」

食堂を出る間際、もう一人の男を振り返る。もし興味をそそられているようだったら一緒にどうかと誘うつもりだったが、彼は相変わらず素知らぬ顔だ。我関せずという姿勢にも思えたが、あるいはそれこそ英語が通じないのかもしれない。

食堂を出て階段を下りる。薄暗い廊下で青年が名乗る。

「ロバート・フォックスウェル。よろしく」

「太刀洗万智。こちらこそ、よろしく」

青年は頭を掻《か》いた。

「タチ……なんだって？」

「太刀洗、万智」

「どう呼べばいい？」

「マチ」

発音にして五文字という苗字が長すぎるとは思わないが、なぜか、太刀洗と呼ばれた経験がほとんどない。青年はやけに嬉しそうだった。

「マチね。不思議な響きだな。実に東洋的だ」

「そう？」

「僕のことはロブと呼んでくれ」

三階から二階へ下りていく。なんとなく目の端でロッジの部屋数を数える。三階と二階にたぶん四部屋ずつ、合計八部屋。もしかしたら一階と四階にもそれぞれ客室があるのかもしれないが、いずれにしても小さい宿だ。宿泊客がわたしとロブ、それに仏僧の三人だけとは思えないけれど、こうして階段を下りていく間、どの部屋も静まりかえっていた。

ロビーまで下りる。格子戸からまばらに差し込む光が、複雑に模様が織り込まれた絨毯《じゅうたん》に点点と落ちていた。ベニヤのような板で囲まれたフロントデスクに人の姿はない。玄関のドアは鉄製の観音開きで、水色がかった緑のペンキが塗られ、明かり窓には鉄格子がついている。ドアの取っ手を摑んだところで、ロブが甲高《かんだか》い声を上げた。

「おっと、しまった。財布を忘れてきた」

わたしは彼の顔を見た。

「そうやって旅を続けてるの？」

「まさか！」

ほんの冗談のつもりだったが、ロブはそう受け取らなかった。その顔が赤くなる。

「すぐに取ってくるよ。外で少し待っていてくれ」

そうすることで名誉を取り戻そうとでもいうように、一気に階段を駆け上っていく。

ひょっとしたら十歳近く年下かもしれない青年を、手ひどくからかってしまった。せめて彼の言葉通り、外で待っていよう。

狭い路地にはまだ日が差し込んできていない。それでも、見上げれば薄い色をした空が見える。標高一三〇〇メートルを超えるカトマンズは空が近いはずだ。けれど空の色からそれを実感することはできなかった。東京や名古屋とさほど変わらない。あるいは単に、わたしが東京で空を見ていなかっただけかもしれない。

乾いた土のにおいを感じながらドアを閉め、トーキョーロッジの煉瓦壁にもたれかかる。

いま穿いているチノパンには、一着しか替えがない。いざとなれば適当なパンツを買えばいいのだが、やはりあまり汚したくはない。壁に接する部分に手を挟む。手のひらに伝わってくる冷ややかで硬い感触が快かった。

「ハロー」

呼びかける声は、斜め下から聞こえた。漫然と上向きにしていた視線を下げる。

浅黒い顔の子供がいた。癖毛の黒髪が右耳の上でだけ撥ねている。口許《くちもと》は快活な笑顔を作っていて、顔立ちは愛らしいとさえ思えるほど整っていたが、眼差しは彼の子供らしさを大きく裏切っている。どこか暗く、懸命だ。

彼は片手を後ろにまわしている。その理由は見当がついた。この子はわたしに、何かを売りに来たのだ。だが、彼が「ハロー」に続けた言葉には目を瞠《みは》った。たどたどしくはあったが、彼が話したのはまぎれもなく日本語だったのだ。

「こんにちは。日本の人ですね」

答えずにいると、子供は構わずまくしたてる。

「日本の人、ぼく大好きです。いいものがあります。これ」

右手を前に出す。そこには予想通り小物が握られていたが、具体的に何かまでは想像していなかった。子供がわたしに差し出したのは、黒灰色をしたアンモナイトの化石だった。

「とても珍しい。ネパールの思い出に最高。日本人、みんなこれを買います。二百ルピー。安い。珍しいです」

綺麗に土を拭き取ったようで、表面は滑《なめ》らかだった。アンモナイトの化石として大きな方ではなかったが、ポケットに入るほど小さくもない。

「日本人、みんな喜ぶ。みんな買います」

誰かにそれが殺し文句だと教わったのだろうか、彼は幾度も強調する。けれど、何日ここに滞在することになるのかわからないのに、実質的な初日からかさばる土産物《みやげもの》を買い込む気にはなれなかった。

「いまから食事なの」

そう日本語で言うと、子供は一瞬だけ黙った。けれどすぐ、再び化石を押しつけてくる。

「百八十ルピー。とても安い」

たぶんわたしが何を言おうが聞く耳を持たないのだろう。そうは思ったけれど、もしかしたら暗記した日本語以外はわからないのかもしれないと考え直す。念のため、英語で同じように、

「いまから食事」

と言った。意外なことに効果があった。子供はひょいと肩をすくめて、

「OK」

と言うと、大事そうに化石を両手で包み込んだのだ。もう一度にっかりと笑うと背を向けて、通りを走っていく。もっと食い下がるかと思っていた。子供の後ろ姿を見送り、わたしはたぶん微笑んでいた。

玄関のドアが外側に開いて、ロブが出てくる。金を忘れたのはわざとじゃない、とアピール

するように、顔の横で薄い財布を振っていた。

「ごめん。さあ、行こう」

通りの奥を見やるわたしを不思議に思ったのか、同じ方を見ながら訊いてくる。

「あっちに何かあるのか?」

「いえ。なんでもない。お腹が空いたわ」

「僕もだ。大丈夫、遠くはない」

わたしたちは隣り合って歩いた。彼は早足だった。そして上機嫌で、自分のことをいろいろと話してくれた。

ロバート・フォックスウェルはアメリカ人で、二十歳《はたち》だという。カリフォルニア州の大学に通っているそうだが、言ってもわからないと思ったのか、大学の名前は言わなかった。彼曰《いわ》く、優秀な学生だったが「僕にはよくあることなんだが、ふとした気まぐれで」休学し、バックパッカーとして海外旅行を始めた。手始めにトルコ。サウジアラビア、インド、そしてネパール。

「アメリカ文化に決定的に欠けているものが、東洋にあると思ってね」と語る彼はとても愉快そうで、母国の文化的な欠落を補《おぎな》えたかどうかはともかく、彼自身は大いに満足感を得ていることが察せられた。

「いずれ日本にも行きたいと思っているよ。なにしろ安全な国だって聞いてるしね」

「そう、ぜひ」

「日本で行くべき場所があったら、教えてほしいね。そこを目当てにしよう」

「そうね。なぜだか自分でもわからないけれど、最初に京都タワーを思いついた」

「京都は知ってる。タワーがあるんだ」

「ええ」

「楽しみだ」

そうして話しながら歩くうちに、わたしたちはトーキョーロッジが建つ裏通りを抜ける。少し広くなった道を行くと、やがて広場に行き当たった。この街では交差点のいくつかが広場になっていて、それらはチョクないしチョークと呼ばれる。わたしたちが出たのも、どうやらそうしたチョクの一つらしかった。

腕時計を見る。ネパール時間に合わせたそれは、朝の八時半を指している。チョクは既に混み合っていた。一隅《いちぐう》には奈良のそれと見まがうような、高さ七、八メートルはあろうかという三重塔が聳え、別の一隅にはちょっとしたお堂を思わせるほど大きな祠がある。そして、そうした建物を埋め尽くすほどに、布を売る商人がところ構わず品物を並べていた。壺を売る者も、花を売る者もいる。鍋やフライパンを、壁に鈴なりにした店もある。

商品の積み上げ方と漂う熱気に、わたしは気を呑まれた。それに気づいたらしく、ロブが自慢げににやりと笑う。

「すごいだろう」

「そうね」

「まだまだこれからさ。でも買い物は後だ。約束通り朝食にしよう」

わたしたちはチョクを通り過ぎ、別の路地に入っていく。通りの入口近くに木箱が野積みにされ、どれにもみっしりとコーラの瓶が詰まっている。

ここがロブの目当ての店だった。

店の軒下に小さな屋台が出ていた。コンロと鍋を載せ、若い女がドーナツを揚げている。よく見ればドーナツよりも幾分か細いし、輪もしっかり繋がってはいない。そういう食べ物なのだろう。わたしの視線に気づいたロブが、

「セルロティっていうんだ」

と教えてくれた。熱せられた油のにおいに混じって、シナモンの香りが漂ってくる。

見ている間にも、通行人が絶え間なく買っていく。建物の中でも食事を出しているようだが、見ればずいぶん薄暗い。六台並んだテーブルのうち二台に客がいた。屋台の盛況ぶりに比べると静かだった。店先で立って食べるのかと思ったけれど、ロブは迷わず店に入っていく。真ん中のテーブルの椅子を引くと浅く座り、背もたれに体を預けて脚を組んだ。

豊かな髭《ひげ》を蓄《たくわ》えた男に向けて、ロブが片手を挙げて英語で言う。

「隣のテーブルと同じ物をくれ」

店員らしい男はすぐに頷いた。この国は英語がよく通じる。

隣のテーブルでは何を食べているのかうかがう。飾り気のない金属の皿に、ナンによく似た平べったいパンが載っている。別の小さな器には、溢れんばかりに野菜の煮物が盛られていた。豆は見て取れるけれど、他には何が入っているのかこの距離からではわからない。

男はパンを一口大にちぎり、それを煮物に浸して口に運んでいる。ああして食べるのかと思って見ていると、もう一人の男はパンはパン、煮物は煮物で食べている。どうやって食べてもいいらしい。どちらも物慣れた様子で指を使っていた。見とれるというほどではないがなんとなく盗み見し続けているところに、ロブが訊いてくる。

「それで、マチはどうしてこの国に来たんだい」

彼は快活に笑っている。

「観光かな？　当ててみせよう。僕と同じだ。君は日本の大学生。ちょっとした経験を求めて、この山国に来た。どうかな」

彼の笑顔と言葉につられたのか、わたしの口許も緩む。途端にロブが身を乗り出してくる。

「おっ、笑ったね。君は笑わないのかと思い始めたところだった」

「楽しければ笑うし、念のために言っておくけれど、わたしは不機嫌なわけじゃないわ。わたしの表情が硬いせいで、あなたが気を悪くしていないといいけれど」

「悪くするなんてあるもんか。東洋的な表情だと思っていたよ。それで、そんな君を笑わせるほど、いったい何がそんなに面白かったんだ？」

あまりに無邪気な様子を見ているうちに柄にもなく悪戯心《いたずらごころ》が生まれて、「なんでもない」と言いたくなった。けれどやはり、それは変な見栄だろう。

「わたしが学生というところが」

「違った？」

「学生ではないし、そういう年齢でもない。年齢についてはたぶんひどく誤解していると思う。わたしは二十八歳よ」

「二十八歳？」

「ええ」

ロブは無遠慮な視線をぶつけてきた。笑うべきか驚くべきか迷っているような、どっちつかずの表情が一方に傾く前に、店員が二人分の皿を持ってやって来る。注文通り、隣のテーブルと同じパンと煮物の組み合わせだ。目の前に置かれると、香辛料のかおりが立ち上ってきた。

ロブは肩をすくめた。

「それが君の冗談かどうか、結論は保留しよう。朝食が来たからね」

「ご自由に」

そしてロブは片手を挙げて店員の注意を引いた。

「スプーンを」

すぐに二本用意される。食べ物を前にすると、自分が空腹であることを改めて思い出す。いただきます、と手を合わせると、ロブがにやりと笑った。東洋的な仕草だ、とでも思っているのだろう。

煮物は暗く濁った緑色で、見た目は良くない。けれど一匙《ひとさじ》口に運ぶと、その味に馴染みがあるような気がするのが不思議だった。豆はレンズ豆で、人参《にんじん》も少し入っている。白っぽい野菜が一番多く入っているが、それがなんなのか、思い出せそうで思い出せない。確実に、日本でも食べたことがある野菜なのだけれど。

味はもっぱら塩味で、香辛料の風味が出汁《だし》のように効いている。素朴だが嬉しい味だ。ただ少しだけ塩辛く、わたしはつい日本語で呟いた。

「ご飯が欲しくなる」

「え？」

ロブが顔を上げる。

「マチ、いまなんて言ったの？」

「日本語で、とてもおいしい、という意味よ」

「へえ。もう一度言ってくれないか」

ご要望に応じて、何度か繰り返す。ロブはぎこちなく口まねをする。かろうじて、

「ゴハンガホシクナル」

と聞こえるぐらいまで上達したので「そうよ」と褒《ほ》めると、彼はそれこそ子供のように喜んだ。

平べったいパンは、表面にこそバターか何かの照りがあったが、味は素っ気ないものだった。小麦の味としか言いようがない。おいしいとは思わないが、それだけに飽きがこず、毎日でも食べられそうだ。半分は何もつけずに食べ、残り半分は、煮物と一緒に口に運ぶ。

煮物をすくったスプーンを途中で止めて、ロブが言う。

「僕はおおよそこの国が気に入っているけれど、いくつか好きになれない点もある」

わたしは目を上げて、先を促す。

「たとえばこのスープと、パンだ」

「気に入らないところがある?」

「味は嫌いじゃないが、少し不満だ。マチ、気づかないか?」

わたしが黙っていると、ロブは心なしか胸を反らし、スプーンを置いてパンを目の高さに持ち上げる。

「どちらも冷めている。冷たいわけでも、熱いわけでもない。パンは仕方がないが、スープがぬるい理由はなんだ?」

「アメリカ人は食べ物にこだわりがないと思っていた」

「それは偏見だと言いたいが、そういう人は多いね。でも僕は違う。熱いものは熱く、冷たいものは冷たく食べたいのさ。マチ、この店だけじゃない。僕は二日前からこの国にいるが、熱いものも冷たいものも食べていない気がする」

聞きながらスプーンで煮物をすくい、白っぽい野菜を口に入れる。そこでようやく気づいた。この野菜は大根だ。少なくとも、大根にとても近い食感と味の何かだ。ネパールで大根の煮物が出るとは思ってもいなかった。

「ふつうの旅行者は、食べ物の温度までは気づかないかもしれない。でも、僕はどんなことも見逃したくなくてね」

そう言って、ロブはにやりと笑う。

わたしはそっと隣のテーブルを指さす。わたしたちと同じ朝食を食べる人々を。ロブはわたしが指す方を見たが、特に何も思わなかったらしく不思議そうにしている。

「わたしたちはスプーンを使っているけれど、彼らは指を使って食べている。この国ではそうするのがふつうのようね」

「ああ、もちろん知っている。いずれは僕も試してみたいと思っているけれど、いまはまだ思いきれない」

それがどうしたのかと言いたげに、ロブは首を傾げた。

器に僅かに残った煮物を、少し躊躇《ためら》ってから、わたしは指でつまみあげてかじる。いったん大根に似ていると思ったら、この野菜はもう、大根だとしか思えなかった。

「もし熱いスープを出したら、客が指を火傷《やけど》してしまう。何を食べてもぬるいのなら、きっとそれが理由なんでしょう」

ロブの表情が強ばった。

旅先での薄い人間関係の中で、彼のささやかな発見は「そうだね」と聞き流してもよかったのかもしれない。だけど彼がこの店に連れてきてくれたおかげで、朝食にありつけた。わたしが彼の見解に別の見方を提示したのは、そのお礼のつもりだった。

けれど彼はそう受け取らなかったかもしれない。

支払いの際に一悶着《ひともんちゃく》あった。

朝食の代金は本当に安かったが、店員はわたしとロブが別々に会計することを認めなかった。認めないというより、どうしてそんなことをする必要があるのかわからないといった風でもあった。店先の屋台はともかく食堂は相変わらず空いていたので、忙しさのせいではない。単に、割り勘という支払方法がこの国では一般的ではないということなのだろう。

大した額ではないとわかっていても、相手が学生だと朝食代ぐらい出してやりたくなる。一方でロブも、かわいそうに出がけに財布を忘れた時に言われた冗談を気にしているらしく、自分が払うと言って聞かなかった。長々と揉めるほどのことではないので、いったんロブに出してもらい、店を出てから硬貨を手渡す。彼も拒《こば》まなかった。

日が高く昇るにつれて、チョクの賑《にぎ》わいはいっそう増している。素焼きの壺や極彩色《ごくさいしき》の布が文字通り山のようにこんもりと積まれ、素見《ひやかし》なのか本当に買い物に来ているのか、髭を生やした男やサリーを着た女で肩がぶつかるほどに混み合っている。自転車が引く二輪車が人波を割るようにして向かってくる。売り声が飛び交う中、弦楽器の侘《わび》しい音色がどこからか聞こえてきた。

一度通っただけの場所だが、道順は意識して憶えていたので迷うこともない。トーキョーロッジが建つジョッチェンの裏通りへと足を向けると、ロブが言った。

「僕は少しここらを見ていくよ」

店でのやりとりを恥じている気配があるので何か言葉を掛けようかとも思ったけれど、結局は頷いただけで見送った。わたしも少し露店を見ようかと思ったが、もともと長く外に出るつもりはなかったので、自分の軽装が少し気になっている。日焼けや土埃を防ぐためにも長袖は着たい。何よりまだ荷解きさえしていないのだ。いったん戻ることにする。

チョクから見えるどの路地もそれなりに賑わっていたのに、トーキョーロッジに近づくにつれ嘘のように人の姿が減っていく。黒い帽子をかぶった男、祠の前に跪《ひざまず》き祈りを捧げる老婆、それらもあまり見かけなくなっていく。気がつくと、弦楽器の旋律がまだ聞こえていた。まるでチョクから楽士《がくし》についてこられたようだけれど、耳を澄ませば、音はどこかの建物から漏れ聞こえてくる。

宿が見えてきた。その観音開きのドアの前で男の子が一人、壁にもたれて何かを食べている。近づくと、食べているのはどうやら揚げパンだとわかった。今朝わたしにアンモナイトを売りに来た子供だ。

帰りを待ち伏せされたのだろうか。男の子はわたしを認めると食べかけのパンをポケットに押し込み、悠々と近づいてきた。さっきと同じく日本語で話しかけられる。

「こんにちは、日本の人。食事しましたか？」

「ええ」

「おいしかった？」

憶えている日本語は決まり文句の組み合わせなのだろうけれど、男の子の方から質問をされたのは意外だった。頷いて、ゆっくりと答える。

「おいしかったわ」

「よかった」

にっと笑う。小さな歯が口許から覗く。少し意外なほど、その歯は白く綺麗に揃っていた。揚げパンを突っ込んだのとは逆のポケットに手を入れ、男の子はまた、さっきのアンモナイトを出してくる。

「考え直した。百五十ルピー。ぼく、儲からない。でもあなた喜ぶ。日本人、みんな喜ぶ。ネパールは山の中。なのに貝の化石が出る、不思議ですね。日本で人気」

説得にバリエーションが増えた。なんだか、いじらしい。さっき食事に行くと言った途端に売り込みをやめた潔さにも好感を持っている。わたしは前屈《まえかが》みになって、

「さっきもいたけど、ここ、君の縄張りなの?」

と日本語で訊くが、首を傾げられてしまう。英語で言い直そうとするが、今度はわたしの方で「縄張り」に当たる単語が出てこない。結局、

「ここ、君の場所なの?」

という曖昧《あいまい》な訊き方になった。男の子も英語に切り替えたが、わたしの質問が最初の意図からずれたように、彼の答えも少しずれていた。

「ぼく? うん、カトマンズ生まれ」

「そう」

彼が言う「カトマンズ」は、「カートマンルー」と聞こえた。

「アンモナイト。百五十ルピー」

わたしは首を横に振った。

「アンモナイトはいらない」

「大丈夫。日本人みんな大好き。評判です」

誰に教わったのか知らないけれど、とにかく「日本人ならこれが好き」という言い方を繰り返す。少し腹立たしく、それ以上に哀れな気もして、口を滑らしてしまう。

「わたしは、その化石は、いらない。わたしにお勧めのものはないの？」

「おすすめ……」

言葉の意味はわかったようだ。聞く耳を持たないという風でもない。男の子はなおもアンモナイトを差し出しかけ、ふと引っ込める。

「おすすめは、わからない。ぼく、あなたのこと知らない」

「ああ、もっともね」

初対面のバーテンダーに自分のイメージでカクテルを作ってくれと頼むような、図々《ずうずう》しいことを言ってしまった。買う気もないのに時間を使わせるのも、この子に悪い。そう思って背を向けかけたところで、彼が言った。

「名前を教えて」

「名前？」

「あなたにおすすめを探してくる」

たぶんこの子はこのあたりを縄張りにしているか、でなければ家が近いのだろう。これから何度も顔を合わせることになる。決まり文句だけで化石を押し売りするなら、買う気はない。でも、何か探してくれるというのなら楽しみな気もする。

わたしは、自分の胸に手を当てた。

「太刀洗」

子供が首を傾げる。

「タ……?」

「太刀洗」

「タチアライ」

「そう」

男の子はまた、小さい歯を出して笑う。

「タチアライ。わかった」

そして彼も胸に手を当てる。

「サガル」

「あなたの名前ね」

「そう。サガル、タチアライにおすすめを探してくる」

それだけ言うと、サガルはさっと駆け出していく。後ろ姿を見送り、寝違えの痛みがまだ残る首をひとめぐりさせると、わたしはトーキョーロッジのドアを引き開ける。

そこでふと気づく。

サガルはなぜ、わたしが日本人だとわかったのだろう。

部屋に戻って鍵を掛け、ボストンバッグを開ける。

仕度というほどの仕度もせず、飛び込むようにこの街まで来てしまった。焦茶色のバッグには、それでも効率的に荷物が詰め込まれている。この数年でパッキングはずいぶんコツを憶えた。

替えの服は少ない。いま着ているもの以外に持ってきているのは、シャツとパンツとカーディガンがそれぞれ一着だけ。必要なら街で買えるからだ。肌着は多めに持ってきている。やはり肌に直接触れるものは日本から持ってきた方が、かぶれの心配もないし何より着心地がいい。鎮痛剤や消毒薬など、使い慣れた薬も何種類か持ってきている。現金は昨日空港で両替した。ガイドブックも、日本で一通り目を通して憶えはしたけれど、いちおう持ってきた。ガイドブックについていた市街地の地図は、切り離してボディバッグに入れてある。他にはボールペンが数本と蛍光ペンが一本、それにノート。このぐらいのものは何も日本から持ってこなくても、それこそカトマンズのどこでも買えただろう。ただ仕事で使うものは、できるだけ手に馴染んだものがいい。

そしてデジタルカメラやボイスレコーダー、双眼鏡、手帳に便箋《びんせん》、電池やコンパスといった仕事道具たちを確かめる。変圧器とプラグアダプターをバッグから取り出して、しばらく整理の手を止めた。デジタルカメラを手に取り、撫《な》でる。この街でわたしは何を撮るのだろう。

荷物を広げ、部屋のわかりやすい位置に置き直し、クローゼットに着替えを吊す。現金をボディバッグに移し、持ち歩く薬と部屋に置いておく薬を分ける。それから改めて身支度を調えた頃には、一時間近くが経っていた。

これからどうするという当ては、実はほとんどない。さっき通り過ぎたバザールに出直そうか、と思って天井を見上げていると、耳に大きな声が届いた。男性の怒鳴り声だ。ロッジの中から聞こえてくる。少し迷ったが様子を見に行くことにして、念のため、貴重品を入れたボディバッグを身につけた。

ドアを開けて左右を見る。薄暗い廊下には誰もいない。ロブはまだバザールから帰っていないようだ。部屋の中でははっきりしなかったが、怒鳴り声の言語についてもいくらかわかるようになった。少なくとも、日本語でも英語でもない。中国語でもない。おそらくネパール語だろう。険しくまくしたててはいるが、少し高めの、滑らかな声だ。

やがて声の主は一人だということもわかってくる。喧嘩《けんか》ではなさそうだ。わたしは階段に足を乗せ、静かに体重を掛けていく。

三段、四段と下りていくうち、ロビーの一隅で処置なしとばかりに肩をすくめる男が見えてきた。やはり一人だ。話し相手の声が小さいので二階までは届かなかったのかもしれないと思っていたが、そうではなかった。彼は電話に向かって怒鳴っていた。

顔が見えてくる。

浅黒く日に焼けた顔は、南アジアの人間らしく彫りが深い。怒りに唇を歪《ゆが》め眉根を寄せているが、それでもなお充分に美男と言える顔立ちだ。白いシャツに黒いスラックス姿で、縮れ毛を短く切りそろえている。細面《ほそおもて》には髭もない。街外れの安宿であるトーキョーロッジには似つかわしくない、清潔感のある男だった。

電話はロッジに備えつけのものらしい。そういうものがあったとは気づかなかった。確かわたしの部屋にも電話はあったが、こうしてロビーの電話で通話している人がいるということは、客室の電話は外線に繋がらないのかもしれない。

そうしたことを取り留めもなく考えていたら、なぜ気づいたのか、いきなり男が首を巡らした。まともに目が合う。浅黒い肌の男は当然、わたしが彼の様子をうかがっていたことに気づいただろう。

彼は電話の向こうに一言いうと、わたしに笑顔を向けた。ちょっと見事なぐらい、それまでの怒りの表情をかき消した爽《さわ》やかな笑みだった。

「やあ、申し訳ない」

と、彼は英語で言った。

「電話を使いたいんですか？　商談の最中で、まだ少しかかりそうなんです」

「いえ」

「こんなに長引くとわかっていたら、高くても携帯電話を使ったんですが。お急ぎなら、インドラ・チョクに向かう途中に電話屋がありましたから、そちらをどうぞ」

「ご親切にどうも。お気になさらず」

彼はもう一度にこりと笑って、通話に戻った。さっそく受話器に厳しい言葉を投げつけているが、さっきまでよりは少し語気が和らいでいる。

電話は、そう、重要だ。初めての宿に泊まる時は非常口を確認するように、通信手段は確保しておかなければならない。ロッジの電話で国際通話もできるようだが、念のため別の方法を用意しておくことも必要だった。

そうと決まれば部屋に戻る必要もない。背を向けた男の後ろをすり抜ける。

インドラ・チョクは、この街でも特に有名な地区だ。ロッジの部屋にある略地図にも、ボディバッグに入っている地図にも特に目立つよう太字で書いてある。多少迷っても行き着けないという心配はない。

カトマンズの六月は雨期に当たる。けれど今日はよく晴れて、日が昇るにつれ空気が乾いていく。いつしか路地には土埃が立っていた。間近を見ればそうでもないが、通りの先に目をやると、うっすら黄色く霞《かす》んでいる。土のにおいを感じるといえば聞こえはいいが、この埃っぽさは危うい。こんな状態が毎日続いては誰でも喉《のど》をやられてしまうだろう。ざらざらとした土埃が口の中にまで入ってきたような気がして、うがいをしたくなる。

地図を見れば、トーキョーロッジのあるジョッチェン地区からインドラ・チョクまでは、一キロも離れていなかった。そもそも七十万近い人口を抱えながら、カトマンズはそのほとんどが半径五キロ圏内に収まってしまうような、小さな街なのだ。電話屋を探して歩くけれど、実は、電話屋とはどんな店なのかわかっていない。どうやら公衆電話とは違うらしいけれど。

路地の両側の家々にぽつぽつと商店が交じり出し、どこが境目だったのか気づかぬうちに、まわりはバザールになっていた。建物の一階を大きく開放して、絨毯や服、帽子、バケツに洗剤、タライ、お茶、スパイス、花などなど、どれも溢れんばかりに売られている。民族衣装の女性が多い一方、男性はポロシャツにジーンズという恰好をよく見かける。売り買いの声がひっきりなしに飛び交い、どこからか鐘を撞《つ》く音さえ聞こえてきた。

そんな中、「ＳＴＤ」と書かれた看板が路上に置かれているのを見つけた。どの店も店先に商品を積み上げる中、その看板のまわりには何も売り物がない。間口の狭い店の中を覗き込むと、黒々と日に焼けた若い男が大あくびをする傍《かたわ》らに、白い電話機が二台置かれている。ここが電話屋だろうか。

「こんにちは」

英語で話しかけると、男はなおも存分にあくびを続けてから、営業用らしい笑顔になった。

「こんにちは。電話ですか」

「ええ。ここが電話屋？」

「そうです。このあたりじゃ一番安いね」

電話機はプッシュボタン式で、英語の説明が添えてある。硬貨を入れるような場所は見当たらない。ふつうの、民家にあるような電話だ。

どう使うのかという戸惑いを察したのか、店員がにこやかに説明してくれた。

「掛けたい電話の番号を教えてください。私が操作します」

「電話機の使い方はわかりますが、料金はどう支払うんですか」

すると男は、ポケットに手を入れた。得意げにわたしの前に突き出されたのは、ストップウオッチだ。

「五分で五ルピー」

為替《かわせ》レートは、一ネパールルピーがおよそ一円。五分五円では安すぎる。

「それはネパール国内に掛ける場合でしょう」

「そうです。海外に掛けたい？」

「ええ」

店員は笑顔をまったく崩すことなく、言った。

「うちは国内電話とインターネットしかやってません。国際電話が使える店は看板にＩＳＴＤと書いてありますよ」

「インターネット？」

カトマンズにインターネットが普及していてもなんの不思議もないのだけれど、まさか街角で回線が借りられるとは思っていなかった。店員は胸を張る。

「そうです。うちの回線は安定していますよ。ニューロードの店にも負けない。使いますか？」

「いえ……。少し、驚いただけです」

店員は愛想笑いを崩さない。

「そうでしょうね。旅行中の方はたいていそう言いますから。でも、どうです。ついでに電話を掛けていきませんか？」

ネパールの冗談というのはこういうものなのだろうか。笑って断る。

店を出て、人混みの中で佇む。

とにもかくにも、わたしはカトマンズまで来てしまった。街の情緒を楽しみながら、ゆっくりとトーキョーロッジまで戻る。

赤煉瓦の壁にもたれて、サガルがわたしを待っていた。


目が合うと、サガルはゆっくりと背中を壁から離した。

今朝アンモナイトを売りに来た時、彼は無邪気な子供のようだった。二度目に会った時は商人らしい顔を見せた。

三度目、サガルの整った顔には、余裕とも取れるようなふてぶてしさがある。目の輝きが違うのだ。人が変わったよう、とは思わなかった。今朝の彼は旅行客に好かれるよう、貧しく罪のない現地の子供を演じていたのだろう。いまは、その必要を感じていないらしい。

サガルの右手が背中に隠されていることには気づいていた。サガルは何歳ぐらいだろう。身長だけで考えれば十歳ぐらいかと思えるが、もう少し上かもしれない。少なくともわたしは、いまの彼の目つきを幼いとも無垢《むく》だとも思わなかった。

「タチアライにおすすめ」

そう言って彼は右手を前に出す。

持っていたのは、鞘《さや》に入ったナイフだった。

サーベルのような反りがある。刃渡りは十二、三センチ、柄《つか》を含めた長さは三十センチ足らず。刃が幅広なので、鉈《なた》のようにも見える。

「ククリね」

主にネパール国内に住む、グルカ族が使う短剣だ。

「そう」

サガルはククリを左手に持ち替え、鞘を払った。金属の輝きがあらわになる。先端は鋭く尖《とが》り、黒光りする柄と鞘には象眼のような凝《こ》った模様が金で施されている。触ってみないことには材質まではわからない。プラスティックのおもちゃかもしれない。

手を伸ばすと、サガルは素っ気なく鞘に戻し、わたしに渡そうとはせずに言った。

「四百ルピー」

「強気ね」

「おすすめだからな」

表情だけでなく、英語の発音も変わっている。もっと流暢《りゅうちょう》に話せるのに、わざと片言のように話していたのだ。あれもまた、土産物を売るための作戦の一部だったのだろう。

「どうしてこれがお勧めなの」

サガルは、くちびるの端を持ち上げるような笑い方をした。

「タチアライ。タチは日本では剣のことだろ？　だったら、剣はおすすめだ。いい物を選んできた自信はある。ひどい細工の店もあるんだぜ」

サガルは、ククリとわたしのただ一点の関わり、まさにそこを突いてきた。驚きが半分、やはりという思いが半分湧いてくる。

「それにこの国じゃ、ククリはお守りになる。悪魔を払うから」

「そうなの？」

「騙されるな、嘘だよ。でも、旅の思い出には悪くないだろ？　あんたのために探したんだ。三百八十ルピー」

わたしは溜め息をついた。確かに理屈は通っている。

「負けたわ、サガル」

ボディバッグから財布を取り出す。

値引き交渉のゲームは、わたしに不利だった。わたしはこのククリを買うつもりでいるし、そのことはサガルもわかっていたからだ。ククリの値段はせいぜい二百ルピーほどだろうと思ったが、わたしは結局、三百五十ルピーでサガルの努力に報いた。

「どうも」

と一言残して歩き去るサガルを途中まで見送り、ロッジに入る。白いシャツの男の電話は終わったようで、ロビーには誰もいない。手の中のククリを見る。鞘の材質はプラスティックかと疑っていたが、これは何かの動物の角だ。金の象眼もただ塗っただけでなく、きちんと模様が彫ってある。

二〇二号室に行きドアに手を掛けて、ふと思いついて手を離す。階段を上る。ロッジは静まりかえっている。部屋の掃除が入るはずだけれど、まだ少し時間が早いようだ。それとも外の喧噪《けんそう》に耳が慣れて、小さな音が聞こえにくくなっているのかもしれない。

三階、そして四階へ。空色のペンキが塗られた食堂には、今朝とまったく同じ構図があった。袈裟を着た僧形の男が、マグカップを手にしている。食堂の入口に立つわたしをちらりと見て、何も言わずに視線をマグカップに戻すのも今朝と同じだ。

彼に向けて、わたしは日本語で言った。

「こんにちは」

男がゆっくりと首を巡らす。太い眉の下の、澄んだように黒い目がわたしを捉えた。その表情がみるみる柔和なものに変わっていく。

「はい、こんにちは」

言葉には少し関西訛《なま》りがある。

サガルに「太刀」の意味を教えたのは、彼に違いない。

# 3　レンズキャップ

　黙して座っている時、彼は容易に人を寄せつけなかった。しかしいったん口を開けば、たちまち親しみやすい小父《おじ》さんに変わる。その変わり身は驚くほどだった。彼は柔和に微笑み、椅子に座ったまま向き直る。

「あなたが太刀洗さんですな」

「はい。外の男の子に日本語を教えたのは、あなたですね」

「そうです」

　彼はゆったりと頷いた。

「八津田《やつだ》です。お察しの通り日本人です。どうぞよろしく」

　深々と頭を下げてくる。わたしも礼を返した。

「太刀洗です。変わった経緯で、先に名前だけ伝わったようですが」

「ええ。あの子の名前は知っていますか」

「サガルと名乗りました」

「ほう」

彼は目を瞠り、愉快そうに頰を緩めた。

「警戒心の強い子ですが、名乗りましたか」

「わたしが名乗ったからだと思いますが」

「それだけなら、偽名を使うぐらいのことはする子です。あなたが気に入ったのですよ」

温かみのある声だった。八津田はサガルのことを、息子について語るように話す。二人の関係はわからないが、少なくとも八津田がこの宿に長期逗留《とうりゅう》していることはわかった。

八津田は錆《さ》びたパイプ椅子に深く座り、腿《もも》に手のひらを置いている。その指はどれも太く、見た目にも硬い。顔かたちからは年齢を量《はか》りづらいが、手に積み重ねられた年月が表れている。

「日本人が厄介な注文を出してきた、と相談されました。今日会ったばかりなのに、自分にお勧めの品を用意しろと言われたと」

「無茶を言いました。日本人ならみんな喜ぶとあまりに繰り返すので、つい」

「しつこく十把《じっぱ》一絡《ひとから》げにされては腹も立ちます。サガルも勉強になったことでしょう。それで、あの子は何を用意しましたか」

手に持ったククリを八津田に渡す。彼はそれを手に取ると、目を細めた。

「なるほど。さすがに頭のいい子です」

「ククリは、あなたが勧めたのだと思っていましたが」

金で飾られた鞘を太い指が撫でていく。裏返し、柄の細工に見入りながら、彼は「いえ」と言った。

「私ではありません。私が教えたのは、『タチアライ』は刃物を洗うという意味だということだけです。タチが刃物、アライが洗う、とね。ククリを選んだのはあの子の手柄です。それも、なかなか良い細工ではないですか」

「はい」

「観光客向けのお土産品ではないようです。大事になさるといいでしょう」

返されたククリを受け取り、わたしは頷く。八津田はわたしの手元を見ながら言った。

「あなたがサガルから物を買ってくれて、よかった。あの子は、稼《かせ》ぎが乏しい日がどれだけ続いても、私には何も売ろうとしないのです」

「どういうことですか」

「いや、なに」

剃《そ》り上げた頭に手をやり、苦笑いをする。

「これでも仏僧の端くれ。それが災いして……とまでは言わないが、サガルは私に物を売るどころか、逆に喜捨《きしゃ》しようとさえする」

ネパールはヒンドゥー教の国だが、釈迦が生まれた地でもある。この国で仏教は、ヒンドゥー教と混同され多分に吸収されながらも、なお人々の尊敬を集めている。

八津田は言う。

「ま、さすがに受け取れません」

「受けないんですか？」

そう問うと、彼は口許に笑みを浮かべたまま、のっそりと体をゆすって居住まいを正す。その声は、積み重なった年月を思わせるような、さびを帯びていた。

「受けるべきです。施主《せしゅ》を選り好みするなどあるまじきこと。富者から多く取ることをしないように、貧者だからといって拒んではいけない。しかし私は破戒僧ですからな。自分が嫌だと思えば受け取りません。サガルも、無理にもらえとは言ってきません」

改めて八津田を見る。カトマンズの安宿で自らを破戒僧と言う彼に、少し興味が出てきた。

「失礼ですが、八津田さんは仏僧だと考えていいですか」

「いちおうはそういうことになります」

「それがどうしてこの街にいらっしゃるんですか」

彼はそれには答えず、ゆったりと腕をまくった。そこには文字盤の大きな腕時計が巻かれている。わたしもつられて自分の時計を見ると、時刻はだいたい十二時半だった。わたしはまだ時差に馴染んでいないが、昼食にはいい時刻だ。ものにはこだわらず世俗を離れたような顔をしているが、八津田はどうも一筋縄ではいかない男らしい。

「ちょうどいい時間ですから、お食事でもご一緒にいかがでしょう」

そう言うと彼は僧侶らしく穏やかに微笑んで、大きな手のひらを胸の前で合わせた。

「これはありがたい。喜んで馳走になります。……なに、心配はいらない。この街では古株です。いい店をご紹介しましょう」

八津田の言葉は嘘ではなく、彼は慣れた様子で路地を抜けていく。わたしはただ八津田の黄色い袈裟だけを見て、ついていった。

トーキョーロッジが建つ物静かで古びた路地を抜けると、自動車が行き交う幅広い道に出た。

「この道はダルマ通りといいます」

と教えられた。にわかには信じられないような気がしたけれど、まさか担《かつ》がれたわけでもないだろう。十分ほど歩くと、さっきロブと通り抜けたインドラ・チョクに出た。

「ここに繋がっているんですね。今朝は別の道から来ましたが」

午後になり朝とはまた違う賑わいを見せるインドラ・チョクを見まわし、そう呟く。八津田は怪訝《けげん》そうに首を傾げた。

「他の道から？　それはまわり道でしょう。この道を来ればすぐです」

インドラ・チョクを通り抜け、蠟燭屋や服屋を横目に歩いていく。金箔を貼られた祠が道をふさいでいる様や、四階建ての民家から大きく張り出した庇《ひさし》を物珍しく見ながら歩くこと十分ほど、街の色合いが変わってきたことにわたしは気づいた。

カトマンズに来て以来、木材の茶と煉瓦の赤ばかりが街の色だった。バザールでは色とりどりの絨毯や布地、果物や野菜、セーターやTシャツが目を楽しませてくれたが、建物そのものは赤褐色から大きく外れない。しかし、八津田に連れられて踏み込んだ場所は、色彩の洪水だった。

白い壁、黄色い看板、赤い文字。「HOTEL」「BAR」「CAFE」「BOOK」……旅行客向けの店が、大きな手で掻き集められたように一ヶ所に固まっている。土産物屋の店先にはフェルトのポーチや金色の独鈷杵《とっこしょ》、小さなマニ車などがずらりと並んでいた。大音響で流れる歌声はロックに乗せて「GO WEST」と繰り返し、ナップザックを背負った通行人たちはサングラスや鍔広《つばひろ》の帽子で紫外線から身を守っている。仏像や首飾りを手にした人々が旅行者に近づき、何やらまくしたてて売りつけようとしている。道端には茣蓙《ござ》を広げ、瓜や大根を売る者もいる。ネパール人らしい浅黒く日に焼けた人々も、緑のTシャツや水色のジーンズで街を歩いていた。ヒンドゥー教の雰囲気が濃厚に漂うインドラ・チョクの趣とはまるで別種だが、これもまた他にはない異国情緒だ。

「近くにこんな場所があったんですね」

八津田が肩越しに振り返り、頷いた。

「タメル地区といいます。一昔前まで旅人が集まるのはジョッチェンでしたが、いまはすっかりここが中心になりました。このあたりに来れば、旅先で必要なものはたいてい手に入ります。憶えておくと便利でしょう」

見れば、ドラッグストアもスーパーマーケットもある。確かに役立ちそうだった。

八津田はふと歩を緩め、慣れていなければ見落としそうな小路に入っていく。後を追うと、頭上に数知れず掲げられている看板に見慣れた文字を見つけた。黒々と「てんぷら TEMP

URA」と書かれている。その下に視線を向けると、京都の街角にでもありそうな目の細かい格子戸があった。八津田はその戸に手を掛ける。

「ここです」

引き戸が開くガラガラという音も、日本から持ってきたような感じがする。戸の脇に「よし田」と店名が書かれていた。店内に入ると、「いらっしゃい」という声に迎えられる。五十がらみの痩せた男が、カウンターの向こうの調理場に立っていた。ご丁寧に、着ているものは藍色の作務衣《さむえ》だ。髪には白いものが多い。八津田はこの店の常連らしく、「どうも」と言いながら軽く手を挙げていた。

店内は明るく、クリーム色の床には清潔感がある。天井に据えられたスピーカーからは日本の歌謡曲が流れていた。席の数を目で数える。だいたい十五人ほども入るだろうか。客は二組、どちらも旅行者らしい。白人が二人と、白人と黒人が一人ずつという組み合わせだった。

勧められるまま、テーブルに着く。

「驚きましたか」

「ええ、まあ」

「なかなか旨い店です」

わたしがあまりに物珍しそうにするのがおかしかったのだろう、笑みを含んだ声で訊いてくる。

「カトマンズに天ぷら屋があるのが、そんなに意外でしたか」

「いえ……。不思議ではないですが、そうですね、少し驚いています。ネパール料理の店に行くものとばかり思っていましたし」

ネパール人らしい店員が、急須と湯呑みを持ってくる。八津田は話を止めて、茶を注いでくれる。立ち上る香りでふつうの焙《ほう》じ茶だとわかった。日本のものかもしれない。湯呑みを手で包む。熱くもなく冷たくもない。八津田はわたしが水質を心配していると思ったのか、

「大丈夫、ここは信用できます。よく沸かした水を使っていますよ」

と、先に口をつけた。それに倣うわけではないけれど、わたしも茶に口をつける。

「これから何度でも食べられます」

不意に、そう言われた。

「えっ」

袈裟が絡む腕をまくって、八津田が言う。

「ネパール料理です。しばらくここにおられるでしょうから、これから何度でも食べる機会があります。そのうち飽きて、日本の味が恋しくなることもあるかもしれません。その先手を打ったつもりです」

わたしはじっと八津田を見た。

「どうして、わたしがしばらくここにいるとお考えになったんですか」

「なに、それはわかりますよ」

八津田は体をゆすって笑う。

「朝はアメリカ人と召し上がり、それからサガルの相手をして、昼はこうして私と話している。一泊や二泊の観光旅行ならこういう時間の使い方はしません。何度も来ている常連なら別でしょうが、あなたはこの国の食事の時間をご存じなかった」

思わず腕時計を見る。一時少し前だ。そういえば朝の食堂にはあまり客がいなかったし、ロブもこの国では朝食が出ないと言っていた。

「ネパールでは食事は一日二回、朝の十時ごろと夜の七時ごろというのがふつうです。最近は始業の早い海外の企業も進出してきていますから、朝に食べる人も増えているようですが」

「知りませんでした。早い時間にお誘いしてご迷惑でしたか」

「いやなに、私は日本流に朝昼晩。だからこの店の常連なんです」

八津田は手を挙げて店員を呼び、ネパール語らしい言葉で何やら注文を始めた。その横顔を見ながら、わたしはもう一口、焙じ茶を飲む。彼の推測は当たっていた。すじみちを聞けば納得もできる。ただ、あの無関心そうな目で、自分がそこまで見られているとは思っていなかった。

「それで、どれぐらい滞在されるおつもりですか」

湯呑みを置く。

「まずは一週間と考えています」

「そうですか。まあ、見るものには困らない街です。退屈はせんでしょう」

「楽しみです」

再び店内のしつらえを見まわす。竹の腰壁が巡らしてあるのが凝っていた。あの細工は誰に任せたのだろう。ネパールにも壁に竹をあしらう技術があるのだろうか。感傷的な歌謡曲に、天ぷらを揚げる耳に馴染んだ音が加わる。そして奥の壁に、わたしは二葉の写真を見つけた。鍔のない帽子をかぶり、口髭を蓄えた男性。髪をアップにしてサリーを纏《まと》い、ひたいに印をつけた女性。写真は白黒だった。

「あれは……」

と呟くと、八津田はわたしの視線を追い、おやという顔になった。店主に向かって声を上げる。

「なあ吉田さん。王様の写真なんて、前からあったかね」

吉田と呼ばれた店主は菜箸《さいばし》を動かす手を止めず、しかし顔は上げて笑った。

「嫌だな。最初からありますよ」

「そうだったか。気づかなかったな」

「お守り代わりにね」

この写真は、ネパールの国王夫妻を写したものらしい。しかし吉田の言い方が気になった。

「あの」

と話しかけると、吉田は迷惑そうな顔もせずにこちらを向いてくれる。

「なんでしょう」

「お守り代わりって、お守りが必要な事態があったんですか」

吉田は曖昧な苦笑いをした。

「そういうわけじゃないんですがね。店を開ける時に飾ったら、外すタイミングがなくって」

八津田が唸《うな》った。

「いや、お恥ずかしい。なまじ慣れているだけに見えていなかった」

「ネパールでは、ああいう写真はよく掲げるんですか」

「さあ、どうですか。見かけることはありますが、どこにでもあるという風ではないようです」

わたしは、深い考えもなしに言う。

「この国は王制だというイメージがありませんでした」

八津田は頷いた。

「無理もない。私もこの国に来るまで、ネパールに持っていたイメージはお釈迦さまとヒマラヤ、それに……カレーぐらいのものでしたから」

「カレー？」

「インドと区別がついていなかったんですな」

思わず頬が緩んだ。八津田はそんなわたしを優しい目で見ていたが、湯呑みに口をつけると、長く息を吐いた。

「来てみれば、いろいろとわかります。たった十一年前まで、この国は国王が親政を行っていました。民主化されてからも、王様が重要人物であることは変わりません」

やがて店員が料理を運んでくる。陶器の皿に盛られた天ぷらは、少し色が濃いめに揚げられていた。タネは見たところ茄子《なす》、薩摩芋《さつまいも》、蓮根《れんこん》、玉葱《たまねぎ》、それに小さな魚。本当に、日本で出てくるものと何も変わらない。

「さあ、頂きましょうか」

と言う八津田の前の皿をふと見ると、一品足りない。一番目立ち、メインでもあるはずの魚の天ぷらが抜けている。

「魚は召し上がらないんですか」

そう訊くと、八津田は神妙に合掌《がっしょう》した。

「落第かもしれませんが、これでも僧ですから。精進するようにしています」

わたしも合掌する。どこで仕入れるのか、箸は割箸だった。

天ぷらは、上出来ではなかったけれど、嬉しかった。

タネまで油が染みてしまっていて、ネパールでまさかこれほどの本格派が、と驚くようなものではなかった。むしろ、わたしが東京の自宅で作るような素人《しろうと》料理に近い。ただそれだけに、日本の料理を食べたという妙な郷愁が湧くのが不思議だった。付け合わせの芋の煮っ転がしが、素朴でおいしい。米の味は、さすがに日本のものとはだいぶ違っていた。

八津田は、食べ方が綺麗だった。箸で持ち上げたご飯の量が多すぎず少なすぎず、鷹揚《おうよう》に食べているが遅いわけでもない。背すじも無理なく伸びている。

箸の動きの合間を見て、

「この店の常連とおっしゃいましたが」

と切り出す。

「だいぶ、よく来られるんですか」

味噌汁の椀《わん》を置き、八津田はゆっくり答えた。

「まあ、週に一、二度は必ず来ます」

「こうお尋ねして失礼にならなければいいのですが。ネパールで日本食の店の常連になるというのは、少し変わっている気がします」

「それほど和食が恋しいのに日本に帰らないのはなぜか、というわけですかな。私がなぜここにいるのか、不思議に感じておられるのですね」

「率直に言って、そうです」

八津田の口許に、微妙な笑みが浮かぶ。

「さあ、お話ししてもいいが、大した話ではありません。どこから話したものか」

そう前置きすると、八津田は箸を動かす合間にぽつぽつと話し始めた。

「生まれは兵庫の北の方で、年は今年で五十九になります。申し遅れましたが、八津田源信《げんしん》といいます。家はふつうのサラリーマン家庭で、学校を出るまでは出家など思いも寄らないことでしたが、大阪の会社に勤めるようになってから少し面白くないことがありまして、思いきって仏門に入りました」

面白くないこととは何か、興味はそそられるけれど、わたしは訊かなかった。人にはそれぞれ事情がある。

八津田の話は先に進む。

「修行を経て和歌山の小さな寺を任されて、かれこれ二十年。いろいろなことがありました。寺の跡継ぎに困っていた檀家の人たちに喜ばれ、ずいぶん良くしていただきました。家族もできて、幸せに暮らしていたと思います」

昔語りをしながらも、彼の声や表情に懐旧《かいきゅう》の情は浮かばない。とうに済んでしまった話をするように、八津田は淡々と語った。

「ですが五十を超えて、ふと思うようになりまして。私は他人のためではなく自分のために仏門に入ったはずなのに、二十年もひとさまに説法をして暮らしてしまった。それはどうも違うんではないかという気がしまして、とうとう、家を捨ててしまいました。それからもう、九年になりますか」

「ご家族は」

そう問うと、八津田は静かに答えた。

「それを含めて、捨てるということです」

「……わかりました」

「どこかで心静かに自らと向き合いたいと思って、まず心に浮かんだのが、お釈迦さまのお生まれになったルンビニです。二十年というもの自分の寺から離れたこともなかったのに、遮二無二ネパールまで来て……それからは、まあ、なんとなくですな。水が合ったのでしょう。カトマンズで托鉢をして暮らしています」

米粒一つ残さず天ぷら定食を平らげ、八津田は音を立てて茶を啜《すす》る。

「宗門を伺ってもよろしいですか」

と尋ねると、やんわりと言われた。

「人に迷惑を掛けて飛び出した身です。まあ、よしておきましょう」

わたしも自分の天ぷら定食を食べ終え、箸を置く。結局、なんという魚かはわからなかった。急須を持ち上げて、湯呑みに茶を注ぐ。

店主の吉田が、水の入ったコップを両手に持って席に近づいてくる。

「お味はいかがでしたか」

「おいしく頂きました。ご馳走様でした」

「どうも、お粗末様でした」

と、テーブルにコップを二つ置いていく。

「これは湯冷ましですから、安心してください」

心配していたわけではなかったけれど、そう言ってもらえるとやはり口をつけやすい。カトマンズの水道事情には問題があり、生水は危ないと聞いていた。

吉田が八津田に顔を向けた。

「八津田さん。仏さんは、いつになるかね」

八津田は悠揚《ゆうよう》迫らぬ調子で、

「明後日《あさって》か、その次か」

と答えた。

「それじゃあ、そのつもりでいます」

踵《きびす》を返して戻っていく吉田を見送り、思わず八津田をまじまじと見る。わたしはよほどおかしな顔をしていたのか、八津田は苦笑いをした。

「吉田さんも言い方が悪い」

「あの、いま、仏さんって……」

明後日あたりに亡くなりそうな病人がいるのだろうか。それにしては気楽なやりとりだった。

「仏さんは仏さんでも、仏様です」

謎かけのようなことを言う。

「と、言いますと……」

それには答えず、八津田は吉田に向けて声を上げた。

「なあ吉田さん。あんたが妙なことを言うから、こちらのお嬢さんがびっくりしていなさるぞ」

吉田は再び菜箸を取りながら、人の良さそうな笑みを浮かべる。

「へえ。何か言いましたかね」

「仏さんと言ったろう」

思い当たったらしく、吉田は「ああ」と頷いた。わたしに向けて、言う。

「仏像です。八津田さんから預かることになっているんです」

「……ああ、なるほど」

「来週日本に帰るんで、ついでにと頼まれているんですよ」

八津田が付け加えて言う。

「郵便事情が良くありませんのでな。壊れやすいものを日本に送る時は、人に預けて国内まで持っていってもらうようにしています」

これは大事なことを聞いた。しっかりと心に留める。

「わたしはてっきり、どなたかご危篤なのかと思いました」

「無理もないことです」

店に新しい客が入ってくる。一目でバックパッカーとわかる、若い男の二人連れだった。日本人のようにも見えたが、彼らの口から出た言葉は英語だった。

スピーカーからは、また新しい歌謡曲が流れ始める。

「ふむ。ここはいい店ですが、少し騒がしいのが玉に瑕《きず》です」

八津田が湯呑みを撫でながら、そう言った。


よし田を出ると、八津田はどこに行くともついてこいとも言わず、いよいよ騒がしいタメル地区を歩いていく。その僧形が珍しいのか、何人かの旅行者がカメラを向ける。

そのままいくつかの路地を通り抜けるとバックパッカータウンは手品のように消え失せ、英語のロックも客引きの声もなくなった。再び、赤褐色の街が四囲に立ち上がる。太陽はいよいよ強く照るが、不快な暑さは感じない。緯度でいうなら沖縄に相当する南国のはずだが、湿気がないためか過ごしやすい。

道端に不思議な建物があった。立派な瓦屋根を持ちながら、四阿《あずまや》のように壁がない。屋根はただ、精緻な幾何学模様が彫り込まれた六本の柱に支えられている。そして屋根の下に構造物は何もなく、一段高くしたところに石を敷いてあるだけだ。路傍に日よけの屋根がある、ただそれだけのように見えた。強いていえばバス停に似ている。

濃い陰の中で、働き盛りの男がごろりと昼寝をしている。八津田はその男を気にも留めず、

「ここがいいでしょう」

と、屋根の下へと入っていった。見慣れない設備に少し気後れする。

「なんですか、この建物は」

「パティといいますが、もともとなんのために作られたのかは私も知りません。いまは、街のあちこちにある休憩所のようなものです」

パティには、椅子どころかベンチひとつない。八津田はなんのこだわりもなく、敷石の上にあぐらをかいた。彼はわたしに座れと言うわけでも、仕草や目で促すわけでもない。まるで、何も言わなくてもわたしが座るとわかっているかのように。そしてわたしは、実際にそうした。

「さて」

と、八津田が言った。

「それで、あなたはどうしてこの街に来たのですか」

どこか優しげな眼差しがわたしを見据えている。

「わたしは……」

「観光客ではない。仏の道を求めて来たわけでもない。どうも学生というわけでもなさそうです。そしてあなたは、何か焦っている」

「そうでしょうか」

「坊主の見立ては馬鹿になりません。これでも、ずいぶんいろんな人間を見てきています。……どうですか、話してみませんか。糞坊主でも聞き役ぐらいは務まります」

わたしが焦っているという八津田の言葉は、当たっているとは思わない。

ただ、人に話してみたいことは確かにあった。懺悔《ざんげ》の習慣は持たないし、相手が仏僧だからといって打ち明け話をしたいとも思わないが、八津田には人の心にするりと入り込む何かがある。誘われるがまま、わたしは口を開いた。

「そうですね……。実は、ここに来たかったわけではありません」

よく、話し方がすじみち立ちすぎて冷徹に聞こえると言われる。声に熱がこもらないので嘘っぽく聞こえるとも言われる。わたしはまさにその声で、

「わたしは太刀洗万智といいます。東洋新聞で記者をしていました」

と切り出した。

「岡崎支局を振り出しに五年勤めました。仕事は上手くやれていたと思います。ですが去年

「……同僚が亡くなりまして」

埃立つ初夏の街路を見ながら、わたしはその時のことを思い出す。あの日も暑かった。

「事故ですか」

「自殺です」

理由のわからない自殺だった。彼は直前までふつうに出勤していたし、朗《ほが》らかでさえあった。日曜日を挟んで、月曜に出社してこなかった。電話にも出ない。独身だった彼の様子を見に行くよう頼まれたのは、わたしだった。

木曜まで待ってアパートの管理人に話し、合鍵でドアを開けてもらい、遺体を見つけて一一〇番通報した。記事にはならなかった。

「それで、つい、考えるようになりまして」

職場の雰囲気には、とうとう馴染むことができなかった。同僚とはそれなりに協力し合えていたけれど、これという理由もなく上司とは上手く折り合えなかった。わたしが自分で企画を立てて取材をしたいと言うと、あまりいい顔はされなかった。

けれどそれを除けば、仕事は楽しく、学ぶことも多かった。

最初の一年は毎日警察署に行って、何か起きていないか訊くことが仕事だった。記者に対応するのは副署長と決まっている。小さな事件記事をいくつも書いて、基本を学んでいった。

二年目から少しずつ幅広い仕事を任されるようになり、三年目に大垣支局に移って連載記事を担当することになった。伝統文化や特産に携わる人々を取り上げる「わたしのまち」というコーナーだったが、題名のロゴの「の」が小さくて、「わたし　まち」と見えてしまう。記事のバックナンバーと「太刀洗万智」の名刺を出すたびに、なるほどと訳知り顔に頷かれることもしばしばだった。

取材の過程で、たくさんの人と知り合った。初老の地方史家は何を訊いても不機嫌に「わからん」と言うばかりだったけれど、数日後には必ず詳細な手紙で質問に答えてくれた。和菓子屋の女主人には、やけに気に入られた。店の前を通りかかるたび、彼女は饅頭《まんじゅう》や金つばや大福をくれた。祭りの準備を取材した時は何事も経験だと言われ、獅子舞を教わった。当日は氏子ではないし、本来は女人禁制ということで神前では舞わせてもらえなかったけれど、街中を練り歩く時は「構わんからやってみなさい」と勧められた。その地域では子供を脅かすのが獅子の役目だったので、ずいぶん多くの子を泣かせたものだ。もちろん、ままならないことも毎日のようにあったけれど、総じて、いい仕事をさせてもらっていた。

入社後まず支局に配属された新聞記者は、だいたい二、三年で別の支局か、あるいは本社に移ることになる。六年目、名残惜しいけれど、そろそろ異動だろうと思っていた。

そこで不意に起きた同僚の死は、わたしに思いがけず問いを突きつけた。

「何を考えたのですか」

「時間は有限だということについてです」

身近な人間が若くして世を去ったのは、初めてではなかった。

わたしは学生時代にも友人を亡くしている。彼女の死に立ち会うことはできなかったし、いまに至るまで墓参さえ果たせていない。わたしが記者になろうとしたのは、その友人の死を理解するためではなかったか。いまのやり方で、わたしはどこまでを見ることができるのか。それは心のどこかで、小さな棘《とげ》になっていた。

とはいえ、それだけなら退職はしなかったと思う。新聞記者としてできることをやり尽くしたというわけではなかったからだ。

「もっとも、辞めた直接の理由は、同僚の自殺の原因はわたしにあるのではと噂されたことですが」

「ほう」

「身に覚えのないことですが、妙に穿鑿されて困りました。他人の目が気になる方ではないのですが、情報がもらえなかったりして仕事にも差し支えるようになったので、これはどうしたものかなと。同期にも相談したりしていろいろ考えましたが、道は一つではない、何も新聞社に固執しなくてもいいと思って辞めました」

根性なしと言われもした。辞めてしまっては噂を認めることになる、と止めてくれた友人もいた。けれど、思ったよりも未練はなかった。

「フリーでやっていくつもりで仕事を探していたら、雑誌編集者の知り合いがアジア旅行の特集を組むから手伝わないかと誘ってくれまして、渡りに船と受けました。ところが取材開始は八月からというんです。新聞とはスピード感が違いすぎて、正直なところ戸惑いました。それまで何もしないでいるよりはと、事前取材のつもりでこの街に――」

わたしは少し笑った。

「つまり、成り行きです」

焦っているつもりはなかった。けれど、焦っていたのだろうか。

屋根の下で昼寝をしていた男が、不意に大きなあくびをして体を起こした。近くに座るわたしたちには目もくれず、気持ちよさそうに体を伸ばすと、首をまわしながらパティを出ていく。

八津田は、じっとわたしの話を聞いていた。そしてわたしが口を閉じると、低く柔らかい声で言った。

「私も、そう思います」

「そう、とは?」

「道は一つではないということです」

「……はい」

彼は少し声を明るくして訊いてきた。

「あなたが記者なら、カメラもお持ちでしょうね」

「はい」

「この街には撮るべき美しいものがたくさんあります。良い写真が撮れるでしょう」

そうであってほしい。

ただカメラは荷物の中で、まだレンズキャップを外してもいない。

撮るべきものを、わたしはまだ見つけていないのだ。

# 4　路上にて

タメル地区の一角、絨毯の店と帽子の店に挟まれて、外壁の色も鮮やかなスーパーマーケットが建っている。その前で八津田と別れた。

欲しいものはいくつかあったが、取り急ぎ傘が欲しかった。折りたたみ傘でさえ荷物になるし、世界中どこでも買えないことはないだろうと持ってきていなかったのだ。ネパールは雨期に入っている。日本の梅雨《つゆ》のように肌にまとわりつく湿気は感じないが、遠からず雨は必ず降るはずだ。それまでに傘を手に入れたかった。

床も天井も真っ白な店内は明るく、野菜といい菓子といい、商品は棚から溢れそうだ。見慣れたスーパーマーケットと違うのは商品表示の文字ぐらいで、その表記もネパール語と英語が併記されているのでさほど困らない。

傘は何種類かあった。黒い傘は作りが丈夫で、強い風にも耐えられそうだ。透明な傘もあったが、こちらは骨も軸も細い。少し悩んで、透明なものを買うことにした。何か撮るかもしれないのだから、視界が遮《さえぎ》られることは避けたい。折れたら、また買えばいいのだ。

清々しい空の下、旅行客で賑わうタメル地区を、傘をぶら下げて歩く。八津田はわかりやすい道を教えてくれた。インドラ・チョクを通り抜け、まっすぐ歩いてジョッチェン地区まで戻ってくる。

日干し煉瓦の家々に挟まれた路地にようやくあたたかな日が差し込み、いくつかの窓から洗濯物がぶら下がり始めた。バザールで見たネパール人の服は色とりどりで、窓枠に渡された紐に掛かった洗濯物もまた、黄、緑、赤、白と鮮やかだ。

杖のように傘を地面につきながら歩く。土のにおいが濃い。トーキョーロッジの看板と、緑色のドアが見えてくる。ドアに手を掛けたところで、声が飛んできた。

「やめときな」

英語だった。振り返るけれど、誰もいない。あたりを見まわしていると、今度は、得意げな笑いを含んで声が言った。

「上だよ、上」

仰《あお》ぎ見る。トーキョーロッジの斜向かい、他の家々と同じように角の欠けた煉瓦でできた家の二階、開け放たれた飾り窓から、小さな顔が覗いていた。サガルだ。窓の上に張られた紐に、白いシャツをいまから干そうとしていたようだ。

「何をやめればいいの?」

そう訊くと、サガルは肩をすくめた。シャツを留め、窓枠に手を掛けると大きく身を乗り出し、そのままぶら下がった。煉瓦壁に足を掛け手を離し、空中に身を躍らせる。危ないと思った時にはもう、彼は膝を曲げて着地していた。

驚くよりも、あきれてしまった。なんという身の軽さだろう。

「いつもこんな風に降りてるの？」

「いつもは階段からさ」

軽くそう言って、サガルはトーキョーロッジのドアに親指を向ける。

「タチアライ、そこから覗いてみなよ」

鉄格子で覆われた明かり窓に顔を近づける。外は明るく室内は暗いので中を覗くには条件が悪かったが、目を凝らしていると見えてきた。

ロビーには二人いた。一人はロッジの女主人、チャメリだ。ブラウスにロングスカートという洋装で、あまり日に当たらない生活をしているせいか、それとも白人の血が入っているのか、色が白い。

もう一人は、よく体型に合った水色のシャツを着ていた。後頭部しか見えないが、短く刈り揃えられた頭髪と、何よりも堂々とした肩幅を見れば、男性と考えて間違いないだろう。

「誰かいるわね」

「軍人さ」

「そうなの。で、どうして入っちゃいけないの？」

サガルは、物分かりの悪い子供に噛んで含めるように言った。

「わかんないかな。あいつはいま、チャメリさんを口説いてるんだ。多いんだぜ、そういうやつ。邪魔されたら臍《へそ》を曲げるに決まってる。しかもあいつは結構偉いんだ。偉いやつには近づかない方がいい」

「わたしは善良な旅行者よ」

「そうかい？　たっぷり三日がかりで調べられてもいいなら好きにしなよ。ククリのおまけがわりに教えてやっただけだからな」

明かり窓越しにチャメリと目が合った。それに気づいたのか、男もゆっくりとこちらを振り返る。わたしは咄嗟に身を屈めた。

こっちに来るかもしれない。何気ない風を装って、近くの祠に足を向ける。後をついてくるサガルに訊いた。

「この国の軍人は、旅行者にまでそんな無茶をするの？」

振り返ると、サガルは頭の後ろで手を組んでいた。

「小遣いぐらいはせびるかな。大人たちは、昔の方がひどかったって言うけど」

そして、ふと真顔になった。

「だけど、あいつ……ラジェスワル准尉は、少し違う」

「違うって、どんな風に」

「あいつ、インドのスパイなんだ」

あまりに真剣に言うので、つい聞き返してしまう。

「スパイ？」

「なんだよ。信じないなら別にいい」

「驚いただけよ。あなたの忠告は信じるわ。少し時間を潰してくる」

まじまじとわたしの顔を見て、サガルがあきれ顔で言う。

「あんた、やっぱり変わってるな。俺なんかの言うことを本当に信じるのか？」

わたしは、自分の胸の高さほどの身長の少年を見下ろした。

「忠告は素直に聞くことにしているの。ご親切ありがとう」

備えのために買った傘が、邪魔になってしまった。そう思いながら踵を返すと、後ろでサガルが言った。

「どうせならガイドしてやるよ。俺は詳しいんだ」

足を止める。腕時計を見ると二時を過ぎていた。ネパール人の生活には詳しくないが、昼休みの時間には少し遅いような気がする。

「……サガル。あなた学校は？」

サガルは肩をすくめた。

「稼がなくっちゃな」

「そう。じゃあ、お願いするわ」

ちょうど土地鑑のある人が欲しいと思い始めたところだ。

伝手《つて》のない外国で取材をする場合は、取材コーディネーターを手配するのが一般的だ。彼らは通訳のほかに、現地当局や有力者への取材の段取りを整えもする。宿泊場所や移動手段の手配も、コーディネーターに任せることが多い。コーディネートを本職にしている人がいる一方、現地の邦人がアルバイト感覚で受けることもあると聞いている。

ただ今回はわたしが勝手に来ている事前取材ということもあって、取材コーディネーターは頼んでいなかった。旅行会社に観光ガイドを探してもらおうかと思っていたけれど、サガルに頼めるならそれで充分だ。

話を持ちかけてきたサガルの方が、かえって大きく目を見開いた。

「本当か」

「詳しいんでしょう?」

サガルはここぞとばかりに胸を張る。

「もちろんさ。いまからだったら、そうだな、三百ルピーでどうだ」

かなり安い申し出だった。プロに頼めばその三倍はかかるだろう。少しのやりとりの末、ガイド料金は二百八十ルピーと決まった。途端、サガルの表情が屈託なく晴れる。

街に出るのならいくつか準備が必要だ。

「傘を部屋に置いて、カメラを持ってきたい。あの准尉が出ていくまで、少し待ってくれる?」

サガルの白い歯が、口許から覗いた。

「なら、それが最初のガイドだ。ついてきなよ」

いざなわれて入り込んだ建物と建物の間は、猫の散歩道のように細かった。通り抜けた先は薄暗い裏通りになっていて、足元の土が湿っぽい。漂うにおいも神々に捧げる香のそれではなく、なんだか食欲をそそられる、香辛料と油のにおいだ。隙間を通り抜ける時、壁で擦ったシャツを手で払う。少しぐらいの汚れを気にするような一張羅を着ているわけではないけれど。

サガルに案内されたのはトーキョーロッジの裏口だった。表のドアは重々しい鉄扉だが、裏口は木製だった。しかし古びた木材は黒みを帯びて、こちらも堅牢そうに見える。

「それで、どうやって入るの」

サガルはあきれ顔になる。

「閉じたドアにはまずどうするか、知らないのか」

彼はドアをノックした。

高く乾いた音が響く。こっそり入りたいのに、ノックしてもいいのだろうか。そう思っていると、ドアは内側から開かれた。

不機嫌そうな、しかし明らかに幼い顔が覗いた。縮れた黒髪に、よれたTシャツ、笑えば愛嬌がありそうな顔立ちをしているが、いまはくちびるを尖らせて目もどんよりとしている。彼はサガルと視線を交わすと、少し目を伏せて何か呟いた。顔見知りらしい。

二言三言、ネパール語が交わされる。ネパール語は出発前に基本的な語彙《ごい》を即席で憶えた程度だが、言葉の調子からして、あまり品のいい会話ではないのだろうなという察しはつく。サガルはわたしを振り返ると、少年の肩を叩いた。

「こいつはゴビン。俺の仲間さ」

ゴビンは少し迷惑そうではあっても、さほど嫌がってはいないようだ。悪友といったところだろうか。身長はサガルの方が頭半分大きい。たぶん年齢も一つ二つ違うだろう。

「タチアライ、あんた何号室だ」

「二〇二号室」

「わかった」

サガルはゴビンに、高飛車な調子で何かを言った。ゴビンは一言吐き捨てたが、逆らいたいわけではないらしい。

「なんて言ったの」

「タチアライは俺の客だから、二〇二号室の掃除は手を抜くな、部屋の物をちょろまかしたりもするな、って言ったんだ。そしたら、ここで盗みなんかしたことない、だとさ。どうだかな」

ゴビンもある程度は英語がわかるらしく、サガルの脇腹をつついて牽制《けんせい》している。サガルは悪戯っぽい笑顔でその肩を軽く叩いた。

「俺はここで待ってるから、用事を済ませてきなよ」

トーキョーロッジは小さな宿だが、階段は宿泊客用と従業員用が別に作られているようだ。ゴビンの案内で従業員用階段を上がっていく。

二階のドアを開けると、二〇二号室の隣に出た。部屋番号が出ていないからなんの部屋だろうとは思っていたけれど、階段に通じていたとは思わなかった。自分の部屋の前でポケットを

探り、案内の礼にチップを渡す。ゴビンは引きつるような笑みを作り、小声で、

「サンキュー、ミズ」

と言った。

部屋の中は、まだ掃除されていなかった。シーツが寝乱れたままだ。傘は壁に立てかけ、ボストンバッグを開けてカメラを探す。

わたしがいた支局には専門のカメラマンがおらず、写真はたいてい、会社の備品のカメラで記者が撮っていた。勉強をするつもりで自分でも一眼レフを買ったけれど、取材に持っていったことはない。今回も家に置いてきた。

持ってきたのはデジタルカメラだ。軽くて小さく、たくさん撮れる。東洋新聞では軽んじられていたけれど、少なくともスポーツフォトの分野では、去年のシドニーオリンピックでフィルムカメラよりもよく使われた。遠からず、報道の全分野でデジタルカメラが主流になるだろう。

道中の衝撃から守るため、カメラは着替えのシャツに包んでバッグの中に入れておいた。取り出して、チノパンのポケットに入れる。

ふちの黄ばんだ鏡に向かい、日焼け止めだけ手早く塗り直す。手持ちの現金を確認して部屋を出ると、既にゴビンはいなくなっていた。

裏口に戻る。サガルはポケットに手を入れ、鼻歌を歌っていた。わたしを見ると恥ずかしそ

うにそれをやめ、

「じゃ、行こうか」

と歩き出す。

「ガイド料金は？」

「ああ。後でいいよ」

午後三時を過ぎたけれど、日差しは和らぐ気配もない。路地を抜けて表通りに出ると、背中を向けたまま、サガルが訊いてきた。

「ところであんた、グラスに興味はあるかい？」

背に緊張が走る。いずれは出てくる話だろうとは思っていたけれど、少し油断をしていた。

くちびるを舐《な》め、

「ないわ」

と答える。サガルはやはり振り向きもしなかった。

「そっか」

ぽつりと付け加える。

「軽蔑しないでくれよ。稼がなきゃならないんだ」

彼には見えていないとわかっていながら、わたしは言葉ではなく頷きでそれに返した。

グラスは、大麻を示す数多い隠語の一つだ。かつて大麻の栽培が自由だったカトマンズには世界中から大麻愛好者が集まった。いちおう禁止となった現在でも取り締まりはかなり緩く、その気になれば手に入れることは難しくないという。

　不意にどこかから、

「サガル！」

と声が掛けられる。見ると、民家の玄関先にしゃがみ込んだ男の子が手を振っていた。サガルは面倒そうに手を振り返し、ネパール語で一言二言何かを言う。「いま仕事中なんだ」とか、そういった言葉に思えた。

大きな籐籠《とうかご》を持った女の子とすれ違う。祠の前で、男の子同士が何やら真面目な顔で話している。彼らはサガルを見ると笑顔になり、片手を挙げたり、一声掛けたりしてきた。サガルもまた、彼らに手を振り返す。

「人気なのね」

と話しかけると、サガルが訝《いぶか》しげに振り返る。

「何が」

「あなたが」

「俺はここの生まれだぜ。みんな顔見知りさ」

と胸を張る。

「それはそうだけど。子供が多いのね」

「子供と歩けば子供の街、坊主と歩けば坊主の街さ。どこでもそうじゃないのか」

もっともだった。八津田と歩いた時、この街は旅行者の街に見えた。サガルと歩いているからこそ、子供たちの姿がより目に入るようになってきたのだろう。

「それ、ネパールの諺《ことわざ》なの」

「俺の言葉さ」

そう言って、サガルはにやりと笑った。

彼の言うことに一理あるとしても、それでも平日の昼間にしては子供の数が多いように思えてならない。ネパールの休日は日曜日ではなく、イスラム国家で一般的な金曜日でもなく、土曜日のはず。今日は金曜日だ。

わたしの疑問を察したのか、つまらなそうにサガルが付け加える。

「ま、確かに子供は多いよ」

「このあたりには、ってこと？」

すると彼は、しょうがないなとばかりに首を振った。

「そういうわけじゃない。この国じゃ、赤ん坊が死ぬことはしょっちゅうだったんだ。医者が少なくってね」

「……」

「なんとかっていう外国の連中が来て、この国の子供たちがどうなってるのか世界中に知らせた。おかげで金が集まって、赤ん坊が死ぬ数はぐっと減った。この街に子供が多いのはそれが理由さ。母さんが言うには、そいつらの助けがなかったら俺も危なかったらしい」

「なんとかって、ＷＨＯ？」

サガルは眉をひそめた。

「知らないよ。知りたければ調べてやるけど」

それもガイドの仕事の内だと考えているのだろうか。その気持ちが嬉しかった。

「いえ、大丈夫よ」

「そうか。……おっと」

サガルが急に立ち止まった。すぐ後ろを歩いていたので、つんのめってしまう。彼は振り返ると、頭を掻いた。

「悪い、どこに行くんだったっけ。グラスはやらないって聞いてたのに」

どうやら、うっかり大麻関係の場所に向かっていたらしい。どのあたりが危険地帯なのか知ることも仕事の役には立つだろうけれど、こまっしゃくれてはいても子供のサガルに案内させるのは気が引ける。

「どこでもいいわ。あなたが好きな場所に連れていって」

サガルの顔に戸惑いが浮かんだ。

「俺が好きな場所？　そんなの、ないな……」

そう言いつつ、じっと考え込んでいる。

「行きたい場所でもいい」

苦笑が返ってきた。

「どう違うんだよ。……まあいいや、思いついた。少し歩くけど大丈夫だよな」

「ええ」

行き先が決まって、サガルの歩みは速くなった。

ダルマ通りを通ってジョッチェン地区を抜け、交差点を右に曲がると、アスファルトで舗装された幅広の道が現れた。道の片側には近代的な白いビルが並んでいる。標識には「NEW ROAD.」と書かれていた。ニューロードと読むのだろう。自動車が行き交っているけれど、よく見るとセンターラインが引かれていなかった。

八津田が案内してくれたタメル地区とは、ずいぶん雰囲気が違う。道沿いに建つビルからは庇が張り出すこともなく、窓枠には細工がなく、神々を祀る祠も見当たらない。ヨーロッパ風の街並みを再現しようとしているのだろう。一階には小さな店が入っていることが多かった。通りすがりに覗き込むと、ビデオテープやCD、電球やラジオが目につく。このあたりは電気街らしい。

一方で、バックパックを背負った旅行者たちが興味深そうに視線を巡らし、そこに物売りが群れをなして近寄っていく様は、タメルと同じだった。それらの物売りの中に、どう見ても十歳にはなっていない子供が幾人もいる。たぶん、タメルの物売りの中にも子供は大勢いたのだろうが、目に入っていなかったのだ。子供と歩けば子供の街というサガルの言葉はもっともだった。

「本当は」

と、ぽつりとサガルが言う。

「このあたりで稼ぎたいんだよな」

「どうしてそうしないの」

そんなこともわからないのかと言いたげに、サガルはわたしをじっと見る。

「縄張りがあるのさ」

「なるほどね」

「このへんは競争相手が多いけど、金持ちの客も多いんだよな。トーキョーロッジだけじゃ、ろくに稼げねえよ」

前から人の群れが近づいてくる。旅行者と物売りたちだ。歩道の端に避けながら、わたしは一つ、疑問を思い出していた。

「ところで、教えてほしいことがあるんだけど」

「俺に？　なんだろ」

「今朝、わたしを見てすぐ、日本語でアンモナイトを売りに来たでしょう」

あの時のサガルは、弱々しくすがるような目をしていた。いまは対照的に、強がりとふてぶてしさを表に出している。土産物を売るための演技だったとわかってはいるけれど、それにしても大した豹変ぶりだ。

「買ってくれなかったけどな」

「かさばるものはいらない。そうじゃなくて、どうしてわたしが日本人だとわかったの」

サガルはちらりとわたしを見上げ、事も無げに言った。

「わかってたわけじゃないよ。なんとなくそうかなって思ったから、知ってる言葉で売り込んだだけ」

勘だったというのだろうか。

「それで、もしわたしが日本語がわからなかったら……」

と言いかけて、自分の愚かさに気づく。案の定、サガルは肩をすくめた。

「ソーリーって言って、それだけさ。別に殴られやしないだろ？」

「それはそうね」

「でも、当てずっぽうだけじゃない。あの宿にアジア系の旅行客が来て、インド人っぽくなかったら、七割ぐらいは日本人さ」

なるほど、なにしろ名前がトーキョーロッジだ。ホテルを取らずにカトマンズまで来てトーキョーロッジという宿を見つけたら、興味を惹《ひ》かれて泊まりたくなる日本人もいるだろう。

不意に、横から手が突き出された。思わず身を引いてしまう。見れば、口髭を蓄えた色の黒い男が、手に小さな仏像を持って何かをまくしたてている。早口すぎて聞き取れないのかと思ったが、そもそもネパール語のようだ。歩き出すと、男はわたしの目の前に仏像を振りかざしながらついてくる。サガルはちらりと振り返ったが、同業者の邪魔をするつもりはないのか、何も言わない。

相手にせずに歩き続けるが、男はしつこかった。ずっと喋《しゃべ》りながらついてくる。それでも無視していると、最後には何か乱暴に吐き捨てて去っていった。

サガルがにやにやと笑っている。

「あいつがなんて言ったか、教えてやろうか」

「結構よ」

どうせろくな言葉ではない。

サガルは後ろを振り返り、戻っていく男の姿を見送りながら呟いた。

「ああいうやつもいるんだよな。英語もできず商売の引き際も知らないで、ここいらでやっていこうだなんて。大人のくせに馬鹿なやつだよ。ま、三ヶ月もすれば、いなくなってるさ」

それで、改めて気づく。

「あなたは英語が上手いわね」

発音に少し癖があるけれど、充分に意思疎通が図れる。語彙も豊富だ。わたしには使いこなせない単語も、時々さらりと口にする。

サガルは、はにかんだ。

「そうかな。ま、商売道具だよ」

「誰かに教わったの」

「誰にってわけじゃない。学校に行ける時は学校でも教わるけど……。でもやっぱり、インド人の商売を手伝ってたからだろうなあ」

何か思い出したのか、くつくつ忍び笑いをしている。

「ネパールで商売してるくせに、そいつはネパール語がさっぱりでさ。意地でも英語でしか喋らないんだ。こっちが必死に憶えるしかなかったよ。あの時はくそったれな仕事だと思ってたけど、悪いことばっかりじゃなかったんだな」

ネパール語がさっぱりなわたしとしては、耳が痛い。

ニューロードの突き当たりはT字路になっていた。正面には大きな公園が広がっているが、鉄柵で区切られていて入れない。どこかにゲートがあるのだろう。サガルは道を左へと折れていく。

街並みが、がらりと変わる。コンクリートとガラスで現代風にデザインされた、お洒落なビルが建ち並ぶ。道行く人も、小ざっぱりとした恰好の若者が多くなった。交通量も増え、日本では見かけない車種がひっきりなしに行き交っている。しかし一方で、道にはやはりセンターラインがなく、代わりにロープが張り渡してあった。

「このあたりは、ずいぶん栄えているのね」

と言うと、サガルは胸を張って言った。

「カンティ通りっていうんだ。この道と、公園の向こうの王宮通りを憶えておけば、この街は楽に歩けるぜ」

馴染み深い縞状の横断歩道には、信号がなかった。代わりに警官が立っていて、人が溜まると車を止めている。サガルがいきなり駆け出したので、慌てて追いかけた。通りを渡り、青々とした木々が茂る公園を横目に見る。

もう一本、サガルが言う王宮通りも渡ると、景色はまた次第に日干し煉瓦でできたものへと戻っていった。中世のような煉瓦の街からコンクリートの目抜き通りへ、そしてまた土の香りがする街並みへ。そんな移り変わりを意識しながら、わたしは訊く。

「さっき、稼がなきゃいけないって言ってたでしょう」

サガルは、何を当たり前のことをとばかりに、訝しそうな顔をした。

「ああ」

「立ち入ったことを訊いて悪いようだけど、あなたが家族を養ってるの？」

彼は、トーキョーロッジの斜向かいに建つ家の二階にいた。わたしを見つけ、アクロバティックな方法で降りてきた。物慣れた様子だったし、サガル自身、あのあたりの生まれだと言っている。あそこはサガルの家と考えて間違いないだろう。

つまり、彼には帰る家がある。あのトーキョーロッジの斜向かいの家で、一人で暮らしているとは思えない。家族がいるはずだ。

サガルは気を悪くする風もなく、

「俺一人で、っていうわけじゃないよ」

と言った。

「母さんはホテルに勤めてる。トーキョーロッジみたいな小さなところじゃないぜ。もっと大きいホテルで、制服をもらって夜遅くまで働いてるんだ。でも、俺も稼がないと、妹たちを食わせていけない」

わたしは頷くことしかできない。

「親父はインドに出稼ぎに行ったまま、音沙汰なくなっちまった。向こうで別の生活を始めたんなら、それでいいんだけど」

彼の口ぶりには、そうではない別の可能性が暗示されていた。父親に良くないことがあったと考える理由が、何かあるのかもしれない。

足を蹴り出すようにして歩きながら、サガルは続ける。

「トーキョーロッジはシケた縄張りだけど、ヤツダに日本語を教われたのは運がよかったな。日本人相手にへたくそな日本語で売り込むと、実入りが違うんだ。……ま、タチアライには通じなかったけどさ」

彼は逞《たくま》しい。そして何より、

「あなた、頭がいいのね」

サガルは戸惑い顔になると、困ったように曖昧な笑みを浮かべた。

どこに行くとも言わないサガルの後を、一時間以上もついていった。

川が見えてきた。川幅は、二十メートルはあるだろうか。このところ雨が乏しかったのか、底が見えるほどに浅い。流れは遅く、淀んでいるようでさえある。

ふと顔を上げれば、行く先にこんもりと木々が生い茂っている。日干し煉瓦と、剝き出しの土の乾いた色ばかりが目立つこの街で、初めていのちある緑を見た気がした。その林の手前に、西日に染まったドームがある。写真で見たことがある場所だった。

「パシュパティナート寺院ね」

わたしがその名前を言っても、サガルはどこかぼんやりと「ああ」と言うだけだった。

「人気の観光スポットだからな。喜んでもらえると思って」

パシュパティナートは、ネパール最大のヒンドゥー教寺院だ。石畳が敷かれた川沿いの道に、ぽつぽつと土産物屋が並び始める。門前市を兼ねた参道になっている。

寺院に近づくほどに人が増えていく。人気のスポットというサガルの言葉通り旅行客らしき人々も多いが、それ以上に多いのが地元の人らしき姿だった。白いシャツをぱりっと着こなした男がいるかと思えば、首元が伸びきって色も褪《あ》せるだけ褪せたといった態《てい》のTシャツを着た男もいる。長く伸ばした髪をドレッドヘアーのように束ねた行者もいたし、ドームに向かい頭を垂れる美しい女性もいた。

ここはヒンドゥー教の聖地であると同時に、火葬場でもある。富める者も貧しき者も、いずれはここに来なければならない。

「ここが、あなたの好きな場所なのね」

不思議なほど落ち着いた声が返ってきた。

「違うよ。ただ来たかっただけさ。この街に好きな場所なんてない」

軽く手招きをして、彼はわたしについてくるよう示した。

土産物屋では、定番の神像や曼荼羅絵《まんだらえ》が売られている。サングラスを掛けた金髪の女性が、口許をほころばせて値段交渉をしている。サガルと石造りの橋を渡り始める。その途中でサガルはふと足を止め、川岸を見下ろした。

「見ろよ」

そこからは、川に張り出すように作られた、いくつもの火葬台が見えた。眼下で、櫓《やぐら》に組まれた薪《まき》が燃え始める。誰かが死に、弔われようとしているのだ。

死者を焼くと嫌なにおいが出るという話を聞いたことがある。けれどいま、空気には不快になるようなものは混じっていないように思えた。焚き火や野焼きの後にも似た、火のにおいばかりが漂ってくる。

サガルが呟く。

「あんたには謝らなきゃな。あんたの金でガイドを引き受けたのに、俺が来たい場所に来ちまった」

「気にしてないわ」

「俺の兄貴もここで焼いたんだ」

燃え盛る炎を見ながら、彼はそう言った。

「さっきの話の続きだけど、俺には五歳上の兄貴がいたんだ。兄貴は絨毯工場で働いてた。タチアライ、絨毯工場を見たことあるかい？」

「いえ」

「見せられればいいんだけど、ま、楽しい観光にはならないか。細かい糸屑がずっと飛んでいて、とんでもなく埃っぽいんだ。おかげで肺をやられる連中が多かった」

「お兄さんは、それで」

サガルはかぶりを振った。

「いや。兄貴は丈夫だった。弱かったのは俺だよ」

サガルの小さな手が、彼自身の胸に当てられる。

「生まれた時も死にかけたし、五歳の時にもひどい熱を出して、もうだめだと言われた。兄貴は俺を助ける金を稼ごうとがんばったけど、時期が悪かったんだ」

「……何があったの」

「絨毯工場がどんなにひどいところか、外国のテレビが世界に流したのさ。その頃の俺はたった五歳だし、なんてったって死にかけてたから、当時の騒動はよく憶えていない。ただはっきりしてるのは、それで工場が止まったことと、兄貴が仕事をなくしたことだ」

炎を上げ続ける火葬台の隣では、もう燃え尽きてしまった炭が山になっている。そこに白い服を着た男が近づく。棒で台の上の遺灰を押しやり、川へと落としていく。

「兄貴はついてなかったんだ。代わりにできる仕事を探して、すぐ始められるからっていうんで屑拾いを始めた。で、四日目に何かで腕を切った。そこが腫《は》れて、膿《う》んで、絨毯工場じゃ平気だった丈夫な兄貴が、俺の熱が下がった朝にあっさり死んじまった。もう、六年も前のことになるよ」

新しい死体が運び込まれてくる。黄色い布に包まれ、木の板に乗せられて。

「葬式には俺も出たはずなんだけど、よく憶えてない。憶えてるのは、葬式が終わってぼんやりしてる俺に、ヤツダがセルロティを買ってくれたことだけ。坊さんに食べ物をおごってもらうなんて考えたこともなかったからな、びっくりしたよ」

少しだけ笑みを含んだ声で、彼は続ける。

「そのせいだって言うとヤツダに悪いんだけど、あの日がどんなだったか、憶えてなかったんだ。それでいつかもう一度来たいと思っていたのに、日銭稼ぎで毎日が過ぎて……近くには何度も来てるのに、ここには、今日まで来られなかった」

サガルが首を巡らし、わたしを見る。

「ありがとう。なんだか気分が軽くなったよ。別に何かしたわけじゃないのにな」

土台となる毎日が違いすぎて、わたしはサガルの心を忖度《そんたく》することさえできない。だから、

「そう」

と言うのが精一杯だった。

欄干に手を当てると、反動をつけて、サガルは橋から離れる。

「タチアライ。あんた、ここには仕事で来てるんだろ」

一日の使い方が観光客らしくないという点は、既に八津田から指摘されている。サガルが同じことに気づいても、わたしは驚かなかった。

「ええ」

「じゃあ、俺がその仕事を手伝ってやるよ。この街には詳しいんだ。きっと、たっぷり稼がせてやれる」

わたしは頷いたが、

「残念だけど、そんなに稼げる仕事じゃないの」

と付け加える。

煙とにおいが立ちこめる川の上で、サガルはわたしの腕をぽんと叩いた。

「誰だって最初はそうさ。俺もそうだった。そのうち儲かるようになったら、そこからたっぷり分け前をもらうよ。これは、ええと……なんて言ったかな……ああ、そうそう。これは俺の『投資』さ」

その笑顔に釣り込まれ、わたしは、自分の口許が緩むのを感じた。

## 5　王の死

六月のカトマンズは暑くもなく寒くもなく、過密都市でありながら夜は心地よい静けさに包まれる。パッチワークの掛け布団に包まれ、わたしは目を閉じた。

たぶん、夢のせいだったのだと思う。どんな夢だったか、ほとんど忘れた。いい夢ではなかったはずだ。真っ暗な部屋で目を覚まして、息苦しさに自分の胸を押さえた。自分がすべきではないことをしてしまったような、不名誉な行いを誰かに見られてしまったような、そんないたたまれなさが重苦しく心を占めていた。

ベッドから起き上がる。水を飲まなくては、再び眠れる気がしなかった。カトマンズの水道水は安全ではなく、飲むためには一度沸かす必要がある。部屋に備えつけの電気ポットを手に、洗面台に向かう。

その時、わたしは誰かの声を聞いた。

唸りにも似た、短い声だった。

このロッジの壁は薄いけれど、声は隣から聞こえてきたのではなかった。たぶん別の階からだろう。しばらく待ってみたけれど、それきり続きは聞こえてこない。

眠気が覚めて、わたしは声の主を確かめる気になった。机に電気ポットを置く。手早く寝間着を脱いでチノパンを穿き、白いシャツを着る。万が一のことを考えて、身を守れるものを持っていこうと思いつく。部屋をざっと見まわして、最初に目についたのはサガルが売ってくれたククリだった。少し考えたけれど、やめておく。あんな大振りの刃物を持っていては、かえって危ないかもしれない。といって替わりになるものも見つからなかったので、結局ボールペンを手に握り込んだ。役には立たないだろうけれど、気休めにはなる。

部屋を出て鍵を掛ける。がちり、という錠が下りる音が、意外なほど大きく響いた。廊下は明かりが点《つ》いていなかった。節電のために消灯してあるのだろう。それでも、ロブの部屋のドア枠から漏れる光のおかげで、夜に慣れた目はそれなりに見えている。

何かが聞こえた気がして、耳を澄ます。……声だ。誰かが喋り続けている。たぶん英語ではない。そう思うけれど、よく聞き取れない。

しばらく音の方向を探る。上からのようだ。忍び足で階段に向かう。足元で踏み板が軋んだ。

三階まで上っても、声の主は見当たらなかった。となると、声は最上階の食堂から聞こえているということになる。実際、上は明かりが点いている。何かあればすぐに逃げられるよう後ろを確認してから、素早く階段を上っていく。

食堂の照明はオレンジ色の電球だった。光は弱く、目はすぐに慣れる。男がいた。椅子に座り、食堂の小さな丸テーブルに向かっている。空色の壁に、影が大きく投影されていた。見覚えがあった。昼間、ロビーで電話を掛けていた男だ。フランネルのゆったりした上下を着ている。寝間着だろう。そして彼の前のテーブルには、小さな銀色のラジオが置かれている。声はそこから流れていた。

男が立ち上がる。心なし身構えるわたしに、彼は硬い声で言った。

「やあ、すみません。驚かせてしまいましたか」

「いえ」

「昼間も会っていますね。そう、あなたには電話のことでも迷惑を掛けた。ですが……」

彼はラジオに目をやった。

「あまりにも、恐ろしいニュースが流れていたもので」

ラジオから聞こえてくるのはネパール語のようだ。ニュースらしからぬ早口を聞くうちに、意味はわからないながらも、四肢が強ばるような緊張感が伝わってくる。

「どんなニュースですか。ミスター……」

「シュクマル。インドから来て、食器を売り、絨毯を買っています」

「ありがとう、シュクマルさん。わたしは太刀洗。日本人です。ニュースはネパール語のようですが、わたしにはわからないのです」

シュクマルは何かを言いかけたが、ふと口を閉じ、ゆっくりと首を横に振った。

「あなた自身で聞いた方がいいでしょう。少し待ってください。BBCは英語放送もしていますから」

「BBC?」

わたしは思わず訊いた。

「まさか、イギリスの放送局ではないですよね?」

「いえ、まさにそれです。ネパールはインド同様、イギリスとも関係が深いですからね。第一次インド独立戦争の時、ネパール人がイギリス軍に加わったことをご存じですか」

「……いいえ」

「まあ、そういったことがあるせいか、BBCはネパールに放送局を置いているんです」

シュクマルは椅子に座り、ラジオを手に取った。わたしもまた、彼に倣って椅子を引く。つまみをまわすとニュースはノイズに変わり、やがてそのノイズに言葉が交じり始める。キング……その単語が、最初に耳に入ってきた。

不意にノイズが消え、言葉が明瞭になる。まるでその瞬間から番組が始まったように、アナウンサーは事態を伝え始めた。

『ビレンドラ国王とアイシュワリャ王妃が、ディペンドラ皇太子に殺害されました。皇太子はその後、自殺したもようです』

キルド、と聞こえた。――わたしは何か、英語のスラングを誤解しているだろうか。

『昨日、ナラヤンヒティ王宮で、恒例となっている宮中晩餐会《ばんさんかい》に出席した両陛下は、皇太子殿下に射殺されました。両陛下の他にも、多数の死傷者が出ています。皇太子殿下はその後自殺したもようです。王宮からは断片的な情報しか伝わってきていません。繰り返します。両陛下が皇太子殿下に殺害されました……』

シュクマルを見ると、彼は重々しく頷いた。

「まさかと思ったのですが、同じニュースばかり繰り返しています。声を上げた気持ちは、わかってもらえましたか」

「BBC以外も同じニュースを流していますか」

そう訊くと、シュクマルはかぶりを振った。

「いいえ。いまのところは」

わたしが来たことでショックから立ち直ったのか、シュクマルはテーブルに両手をつき、深々と溜め息をつく。

「商売上の心配事がありましてね。眠れないので、ここまでラジオを持ってきてつけたんです。ところがどこの局も音楽を流すばかりで、おかしいと思ってあちらこちらの局に合わせていたら、これです。まさか……」

シュクマルはそう言って首を振る。そしてわたしは、頭の一部が冷たく動き出すのを感じていた。──王が殺された。

わたしは、自分が何者であるかを思い出す。

「すみません。いま何時ですか」

「いま……二時半です」

日本とネパールの時差は、三時間十五分だ。日本はいま午前五時四十五分、いまから古巣の東洋新聞に電話しても朝刊には間に合わない。第一報は、六月二日の夕刊に出ることになる。携帯電話が使えないのがもどかしい。こんなことになると思わず、ネパールでも使える携帯電話を手配していなかった。

「このロッジからも国際電話は掛けられますよね」

シュクマルは眉をひそめた。

「もちろん……と言いたいところですが、宿の人に立ち会ってもらわなくてはなりません。こんな時刻にチャメリさんを起こすのですか?」

市内の電話屋も、もちろん閉まっているはずだ。気の毒だけど、チャメリを起こさなくてはならないだろうか。

ふっと息を吐く。落ち着かなくては。

仮にチャメリを起こし、日本の新聞社や雑誌社に情報を伝えても、彼らは既に知っているだろう。第一報を流すことだけに特化した通信社のネットワークは、世界中に張り巡らされている。BBCのラジオで流れているぐらいだから、ロイターやAFPなどの通信社は既にニュースを配信しているはずだ。わたしが現地で事件を知ったからといって、ロイターよりも詳しい情報を送れるわけではない。

もう一度ラジオに耳を傾ける。

取材の基本は4W1Hにある。いつ、どこで、誰が、何を、どうやって。「なぜ」は、最初の段階では考えない。それは予断になる。

ＢＢＣが繰り返すニュースには基本の４Ｗ１Ｈが揃っていた。もちろん、第一報だけに鵜呑《うの》みにはできない。夜が明ければ訂正される情報もあるだろう。そう思っているうち、ひとつ奇妙なことに気づいた。

「……情報源を言っていない」

ラジオでは、王宮での事件を誰が発表したのか伝えていない。「内務省によると」とか「報道官によると」といった言葉が出てこないのだ。……つまり、これはたぶんＢＢＣのスクープだ。

ということは、政府が意図的に発表を遅らせている可能性がある。ＢＢＣ以外の放送局が何も言っていないのは、情報を摑んでいないか、でなければ圧力が掛けられているのかもしれない。音楽ばかりを流しているというから、後者だろうか。ただ、情報源がＢＢＣだけということになると、その正確さはやや心許ない。これが日本なら、心あたりの警察と病院に確認を入れるのだけれど……。飛び出したくなる衝動を必死に抑える。夜の単独行動は自殺行為だ。

悔しいけれど今夜は何もできない。外を見れば、開け放たれた窓から暗闇の街が見えている。

『速報です。ビレンドラ国王とアイシュワリャ王妃が、ディペンドラ皇太子に殺害されました。皇太子はその後、自殺したもようです……』

「これは、たいへんなことになりますよ」

シュクマルが呟く。

この夜、確かなことはそれだけだった。

夜中に目を覚ましてしまうほど眠りは浅かったのに、大きなニュースに接して部屋に戻ると、わたしはそのまま気絶するように眠った。昔からこうだった。明日はすべきことがあるから今日は休まなければ、と思うと、どんな状況でも深く眠れる。体質なのだろうけれど、この点に関してはつくづく恵まれていると思う。

この国では朝食を食べないということは、昨日学んだ。それでもわたしは目覚めて朝の仕度を済ますと、まずは四階の食堂へと向かった。またシュクマルがラジオを聞いていたら、一緒に聞かせてもらおうと思ったのだ。しかし、食堂にいた宿泊客は八津田だけだった。そばにチャメリも座っている。

食堂には、昨日まではなかったテレビがあった。キャスターつきのテーブルに十六インチほどのものが載せられている。どうやらふだんは片づけておいて、必要に応じて出してくるらしい。必要といえば、今朝ほど必要な時もない。八津田の前にはブリキのマグカップがあり、飲み物がいっぱいに満たされている。

上がってきたわたしに、八津田が声を掛けてくる。

「おはようございます」

会釈を返す。テレビでは、若い女性キャスターが強ばった表情で原稿を読み上げている。英語だ。やはり、国王夫妻の死を報じている。

八津田はすぐ、わたしが驚いていないことに気づいた。

「ご存じでしたか」

「はい。昨夜、シュクマルさんのラジオで」

彼は袈裟の袖を揺らしながら、ゆっくりと腕を組んだ。

「私は今朝知りました。恐ろしいことです」

「わたしが聞いたのは、昨日の晩餐会で皇太子が国王夫妻を射殺して、その後に自殺したらしいということだけです。ネパール政府は他に何か発表しましたか?」

八津田はわたしの顔をじっと見ると、納得顔で言った。

「そうでした。あなたは記者でしたね」

黙って頷く。

ちらりとテレビに目をやってから、八津田は体ごとわたしに向き直った。

「いいえ、政府はまだ沈黙しています。ですがあなたがご存じなのがそれだけなら、もう二つほど新しい情報が出ています」

彼は慎重に言う。

「まず一つ。皇太子は亡くなっていないかもしれません」

「……誤報でしたか」

「まだわかりません。とにかくテレビでは、ディペンドラは自殺を図り意識不明ではあるものの、死亡はしていないと伝えています」

「容体の今後の見通しについては、何か言っていましたか」

「いいえ。……そして二つ目ですが、亡くなったのは国王夫妻に留まりません」

「ほかにも誰か」

八津田の眉間に深いしわが刻まれた。

「他の王子や王女……つまり、皇太子の弟妹たちも撃たれたようです。死者は五人とも七人とも十二人だとも、アナウンサーに新しい原稿が届くたびに変わるので、はっきりしません」

「それは――」

一瞬、言葉を失った。なんてことだ。両親と弟妹を……。

唾を飲み、訊く。

「昨日の晩餐会は恒例のものだったそうですが、王族以外にはどんな人間が出席していたか、テレビで何か言っていませんでしたか」

宮中晩餐会というと、国外の賓客を招いてのセレモニーというイメージがわたしにはあった。もしそうであれば、国際問題に発展してしまう。

八津田は少し考え込んだ。

「……さて、そういうことは言っていなかったようです。晩餐会についてなら、彼女の方がよく知っているでしょう」

日本語から英語に切り替え、食い入るようにテレビを見つめている女主人に声を掛けた。

「チャメリさん。すまないが、彼女に話を聞かせてやってくれないか」

「話ですか?」

「ああ。彼女は日本の記者で、昨日の晩餐会はどういう集まりだったのかを知りたがっている」

チャメリは、ちらちらとテレビに未練らしい視線を送りながら言う。

「タチアライさん、記者でしたか」

「はい」

そう答えると、チャメリはテレビに最後の一瞥を投げ、思いきったように首をわたしに向けると、

「王族の方々は毎月、三番目の金曜日に集まります」

おもむろに話し始めた。

昨日は六月一日だった。どんなカレンダーでも、昨日が第三金曜日ということはあり得ない。チャメリはその疑問に先まわりする。

「毎月といっても、西暦とは違います。ネパールの暦……ビクラム暦で数えるのです。昨日はビクラム暦でいう二番目の月、ジェトの三番目の金曜日でした。三番目の金曜日には王族の方々が集まって、食事《ディナー》を共にされると聞いています」

「食事《ディナー》? 晩餐会《ディナー・パーティー》ではなく?」

「王族の食事ですから、晩餐会のように豪華でしょう。でもわたしが知っているのは、ただ食事をするということだけです」

言うなれば、家族会に近いものだったのだろうか。もしそうなら、他国の人間が巻き込まれ

たおそれは少ない。

「お役に立てましたか？」

「ええ、はい」

「それはよかったです。……ええと、タチアライさん、朝のチヤはいかがですか」

チヤというのがどんなものかは知らないけれど、恐らく八津田の前に置かれている飲み物のことだろう。魅力的な提案だったが、いまは急ぐ。腕時計を見れば八時過ぎ、日本との時差は三時間十五分だから、目当ての雑誌編集部には誰か必ずいる。

「ありがとうございます。でも、すみませんが先に電話を貸してもらえませんか。日本に電話を掛けたいのです」

チヤを断られることは珍しいのかもしれない。チャメリはいかにも、訝しそうな顔をした。

宿泊客が使える外線電話は、やはりロビーにある一台だけだという。チャメリの後について、早足で階段を下る。

ロビーでは、ゴビンがフロントデスクに雑巾を掛けていた。チャメリが指示してゴビンを立ち去らせる。

「国際電話は、一分百六十ルピーです。いいですか」

「はい」

即座に答えると、チャメリは目を見開いた。

「ええと、でも、日本のお客さんは特別に百五十ルピーで結構です」

電話代まで交渉できるとは思っていなかった。本当はまだ下げられるのかもしれないけれど、いまはネパール流の駆け引きを楽しむ時ではない。

「わかりました。お願いします」

チャメリがフロントデスクの裏にまわり、ストップウオッチを取り出す。わたしは手帳を繰っていく。日本から予約を入れる際、トーキョーロッジの電話番号は控えておいた。そのページを探し出す。

「向こうから掛け直してもらう可能性があります。ここの番号を伝えても構いませんか」

「はい」

「FAXを受け取ることはできますか」

「それは……」

先例がなかったのか、チャメリは少し困り顔になる。

「実費を頂けるなら」

「わかりました。番号は電話と同じですか」

「そうです」

受話器を取り、国際電話を示すゼロ二つ、日本を示す八一、東京を示す三のボタンを押していく。日本では携帯電話のメモリから電話することが多くなったけれど、重要な番号は暗記するようにしていた。

髪をかき上げて耳に押し当てた受話器からぷつっ、ぷつっ、という危うげな音が何度か聞こえ、続いて呼び出し音が鳴り始める。それも束の間、二コールで相手が出た。

「はい、月刊深層編集部」

音質は悪いけれど、相手はわかった。編集長が電話に出てくれた。これは運がいい。

「牧野《まきの》さん、太刀洗です」

「……おお！　もうそっちなんだよな。無事か」

牧野は、八月から始まるアジア旅行特集にわたしを誘ってくれた。つまり、わたしのクライアントだ。わたしがいまカトマンズにいることは把握している。第一声で無事かどうかを訊いてくるということは、王宮での事件のことも知っているらしい。

「はい、無事です」

「そうか。そりゃよかった。戻ってこられそうか」

「まだわかりません。ただ、すぐ戻るのではなく、少し留まろうと思っています」

「……なるほどな」

仕事の話だと察したのだろう。牧野の口ぶりが変わる。

「取材できるのか」

「はい」

月刊深層は総合ニュース誌だ。国内ニュースがメインではあるけれど、扱う幅はスポーツから政治まで広く、国際ニュースもよく載せている。

電話口から伝わる声だけで、牧野の身振りがわかるようだった。彼は受話器を持ち替え、あらゆる資料が山積みになったデスクの端に肘をつき、口髭を撫でているに違いない。

「カメラは持ってるか」

「はい。デジタルカメラですが」

「デジカメ？　そりゃあいいや。写真はデータで送れるな。インターネットは使えるか？」

「はい」

昨日、街の電話屋でネットに接続できることを確認したばかりだ。

「そうか。俺のメールアドレスは知ってるか」

「控えてあります」

「よし。なら、写真はいつでもＯＫ、と。ちょっと待てよ……そうだな、六ページ空けて待っててやる」

「お願いします」

「写真は三枚。見開きに大きく一枚」

新聞社では翌日の紙面に載せる記事を書くことがメインだったので、月刊誌の進め方にはまだ慣れない。けれど、校了日が間近に近づいているこの時期に六ページもらえるのは破格の待遇だ、ということはわかった。

そして牧野は、ぎらつくような声で言った。

「で、国王殺しか。どう切り込むか」

日本では一般に、あまり馴染みのない国だ。それこそ、王制だというところから説明する必要があるかもしれない。

「犯人は皇太子で自殺したって聞いてるが、間違いないのか」

「ＢＢＣはそう伝えています。ただ、自殺を図ったけれど、亡くなってはいないそうです」

「ＢＢＣ？　イギリスの？　ネパールにあるのか」

「あるんです」

「そうか。まあ、なら信用できるな」

そこで彼はしばらく沈黙した。いちおう伝えておく。

「牧野さん。一分あたり百五十円かかってます」

笑い声が返ってきた。

「わかってるよ。払ってやるから領収証もらっとけよ」

「そうします」

ふっと息を吐く音が聞こえてきた。

「二十一世紀にもなって王子様が王様を殺したとなれば、とんでもないインパクトだ。いくらでも煽っていけるが、ま、ウチはそういう雑誌じゃない。未練はあるがな……。まず国情の概説から入って、事件の経緯を柱にし、現地の生の声を伝える。もちろん、新情報次第で柔軟に変えていく感じで。本格的なルポになるが、お前書けるか？」

「書きます」

「締切は……今月売りに間に合わせないと意味がないよなあ」

こちらの反応などまるで聞いていない。

月刊誌では、ニュースの鮮度はほとんど問われない。しかしそれでも、間に合わせられるのなら間に合わせたい。速報性を重視しないことと、今月載せられるものを来月にまわすのとは別の話だ。そうなると時間がない。

「ウチの校了日は知ってるか」

「十日ですよね」

「ところが今月十日は日曜日だ。どうするかな」

カレンダーの巡り合わせが悪い。日曜は印刷所が休むため、校了が前倒しになる。

フリーであるわたしには、ある程度余裕を持たせた早めの締切が伝えられるのがふつうだ。けれど牧野は、はっきりと言った。

「駆け引き抜き。六日がデッドラインだ」

「FAXで送ります」

「ゲラは七日、即日戻し。その頃お前、まだネパールにいるか?」

「わかりませんが、必ずFAXが受け取れる場所にいます」

「よし。そっちの番号を教えてくれ」

手帳を見ながら電話番号を伝えていく。チャメリが見ているストップウォッチを気にしつつ、付け加える。

「これはホテルの番号ですから、誰が出るかわかりません。電話口での呼び出しには気をつけてください」

「わかった。こっちでできることはあるか？」

「各国政府からコメントが出るはずです。日本政府の見解が出たら控えておいてもらえますか」

「わかった」

その時、天ぷら屋で八津田から聞いた話を思い出した。確かネパールは国王の親政下にあったけれど、十一年前に民主化されたと言っていた。受話器を持ち替える。

「ビレンドラ国王の経歴についても、わかる範囲で調べてＦＡＸで送ってもらえると助かります。電話と同じ番号で受け取れます」

「人使いが荒いな。ま、そっちはそれどころじゃないか。わかった、任せておけ」

「お願いします」

そして牧野は、最後に言った。

「太刀洗。お前は変に思い切りがいいからな。やばくなったら尻尾巻いて逃げても恥じゃねえぞ。国境閉鎖されてから逃げようと思っても、遅いんだからな」

「……ありがとうございます」

「一分百五十円だったな。じゃあな、気をつけろよ」

それで電話は切れた。

受話器を耳に当てたまま、少し考えていた。掲載の当てと、経費を出してもらう約束を得た。

ここからは行動あるのみだ。フリーになって事実上初めての仕事でこんな事件に行き当たるとは、まさか思ってもみなかったけれど。

受話器を置く。即座に、チャメリがストップウオッチを見せてくる。

「七分三十秒で、千百二十五ルピーです」

電話が切れてから考え事をした時間も、当然勘定に入っている。しまった。ボディバッグから財布を出し、ちょうどの額をフロントデスクに置く。

「領収証をお願いします」

〈千百二十五ルピー受け取り　トーキョーロッジ〉と書かれた、メモの切れ端を受け取る。領収証の決まった用紙がないのだろう。

精算が済んでも、チャメリはその場を動こうとしなかった。どうやら、何か話したいことがありそうだ。わたしも彼女とは話したかった。なにしろわたしが親しくなったネパール人は、まだサガルだけだ。大人の視点も欲しい。

「たいへんなことになりましたね」

と、当たり障りのないことから切り出す。チャメリは頷いた。

「恐ろしいことです。これからお客さんが増える時期なのに、こんなことになってしまって……。もう何件もキャンセルの電話が入っているんです」

「いまは何人泊まっているんですか」

「四人です。この季節に四人では、やっていけません」

ということは、宿泊客はわたしの他には、ロブとシュクマルと八津田しかいないのか。

確かに、商売には大いに差し支えるに違いない。ネパールは観光立国だ。頭を抱えているのはトーキョーロッジだけではないだろう。

「タチアライさん、あなたは記者ですよね。カトマンズは大丈夫だと書いてくれませんか？」

「それは……まだ外の様子を見ていませんから、なんとも言えません」

「そうですか……」

「ところで、あの、いくつかお訊きしたいんですが」

チャメリに、わたしは何もしてあげられない。何も取材しないうちから、「カトマンズは平穏です」と彼女のために書くことは約束できない。それなのに、わたしは彼女から話を聞かせてもらおうとしている。

「はい」

顔を上げたチャメリは、それでも微笑んでいた。

「……事件のことをもっと知りたいのです。詳しく知っていそうな人に心あたりはありませんか」

それほど期待をしていたわけではなかった。ところがこの仕事をしていると時々痛感することではあるけれど、人と人は思いがけないところで繋がっている。彼女は、少し考えると、おずおずと答えた。

「夫の知人が王宮に配属されています」

「王宮に?」

声が裏返ってしまった。

「はい。彼は軍人で、確か昨晩も勤務だったはず。何か知っているかもしれません」

王宮の警備に当たっていた軍人なら、情報源として申し分ない。知らず、わたしは勢い込む。

「チャメリさん。その人物と連絡を取ることはできますか。できるだけ早くに」

「ええ、たぶん。彼はいつも良くしてくれるので、頼めると思います」

いったん閉じた手帳を開いて、ボールペンを構える。

「その人の名前を教えてもらえますか」

「彼はラジェスワル。ラジェスワル准尉です。少し難しい人ですが……」

どこかで聞いた名前だった。

# 6　長い葬列

五年間の記者生活で自分が何を得たのか、よくわからない。

ただ、身支度と食事を早く済ませる術《すべ》だけは、確かに身についた。ラジェスワル准尉からの返事は早くとも夜になると聞き、チャメリに礼を言って二〇二号室に戻る。ボディバッグに手帳とペン、それにコンパスが入っていることを確かめる。デジタルカメラを持ち、予備の電池も確認する。

続いて地図を見る。昨日の散策でだいたいわかっていた位置関係を、改めて整理して頭に叩き込む。これでよしと思えるまで地図を睨み、ボディバッグを体に巻き付け、腕時計に目をやると、三分が過ぎていた。

何を見られる当ても、誰に話を聞ける当てもなかった。事件は王宮で起きたのだから、もちろん現場の取材は不可能だろう。それでもとにかく現場へ、さもなくば少しでも現場の近くへ。トーキョーロッジの鉄扉を押し開け、通りに出る。カトマンズの六月は確かに雨期のはずなのに、空は昨日と同じく晴れている。澄みきってはいない。ぼんやりと霞んだように見えるのは風が乾いた土を巻き上げるからなのか、それとも大気汚染のせいだろうか。

首から下げたカメラの重みを意識しながら、街路に駆け出す。

地図を見る限り、途中までは昨日サガルと歩いた道から行けそうだ。街角のそこかしこで男たちが数人ずつ集まり、新聞を覗き込んでいる。一面には国王の写真が大きく出ていた。物売りは少なかった。通りに面した店も、その多くが品物を出していない。昨日と人の数は変わっていないように見えるのに、どこか静かなニューロードを抜けていく。

突き当たりを左に曲がると、カンティ通りに出る。この道を北上し、公園をまわり込めば、もう王宮通りに出る。カトマンズは小さな街だ。王宮までは遠くない。

王が殺されたばかりだというのに、通りにはスーツを着た男たちが行き交い、車線のない道路の路肩ではタクシーが客待ちをしている。一見したところ変わった気配はない。しかしわたしは、遠くから微かなどよめきが聞こえてくるのに気づいていた。その音に引き込まれるように、いっそう足を速めていく。

茶色の、飾り気のない直方体が並んでいる。左右の端に一番小さな建屋が、その内側にもう少し大きな建屋が。そうして左右から階段状に直方体が並んでいき、真ん中には薄い桃色の塔が聳え立っていた。その塔の中央部には台形に大きな窓が切られ、南からの太陽を反射して輝いている。

何かの間違いではないかと、まわりを見まわす。しかし、他に大きな建物はない。思わず声を上げてしまう。

「本当にここなの？」

モダンな建築ではあると思う。……しかし、モダンで美しい建築ではなかった。わたしが立ち止まったのは、王宮に見とれたからではない。カトマンズの美しさ、時代を感じさせる街並みに比べ、最も贅を尽くしていてしかるべきナラヤンヒティ王宮が、まるでこの街の歴史から切り離されたようにぽっかりと無個性だったからだ。

よく見れば中央に聳える塔の天辺には、法隆寺の五重塔を思わせる飾り屋根が載せられている。大きく庇が張り出し、頂点に宝珠を備えた様式は、そこだけが取ってつけたようにネパール風だった。

王宮の正面は、南北に延びる王宮通りに、東西に走るナラヤンヒティ通りがぶつかるT字路になっている。より正確には、わたしが歩いてきた王宮通りはそのまま宮殿まで続いているが、途中で門に遮られている。正門であるはずのそれもまた、白い鉄柵でできた味気ないものだ。

正門の前には大勢の人が集まり、鉄柵の前で何をするでもなく佇んでいた。

カメラを構える。王宮の薄桃色の塔をフレームに入れ、三枚、四枚と撮っていく。しかし人々はみな王宮の方を向いており、群衆の端からでは後頭部しか撮れない。シャッターボタンを押しかけた指を止め、わたしはいったんカメラを下ろした。

この場には最低でも数百人の統率の取れていない人々が集まっている。しかしそれにしては、王宮前は静かだった。どよめきは重い霧のように立ちこめているけれど、それらは怒りやかなしみといった明確な方向性を持たず、ただ個々の囁《ささや》きが響き合っているようだ。見える範囲の人々には共通点があるように思えた。戸惑いだ。およそ信じられないニュースに接してとにかく王宮に駆けつけたものの、何をすればいいのかわからない、茫然自失した人の群れがそこにあった。

間近に、小綺麗なシャツを身につけた若い男性がいた。メモを取り出し、英語で話しかけてみる。

「すみません」

「えっ。ああ、僕ですか」

「日本の雑誌、月刊深層の記者で、太刀洗といいます。お話を聞かせていただけますか」

男は目を丸くして言った。

「日本の記者！　では、もうご存じなのですね」

「何をでしょう」

「我々の国王が亡くなったんだ。こんな悲劇はないよ」

「お察しします」

わたしは深く頷いてみせた。

「皇太子が撃ったただなんて、信じられない。バイ・ティカをしてくれた妹を殺すだなんて、考えられないことだ」

「バイ・ティカ、ですか？」

「ああ。こうして」

と、男は自分のひたいに指先を当てる。

「赤や黄色の粉で印をつけることをティカというんだ。バイ・ティカはティハール祭の最後に、女性が自分の兄や弟にティカをすることをいう。ネパール人にとって、とても大切な儀式だ。バイ・ティカの相手を殺すなんてあり得ない！」

わたしは、彼の言葉を書き取っていく。

「すると、犠牲者の中には皇太子の妹も含まれているということですか」

「そういう話だよ。……でも、政府は黙ったままだ！」

手振りをつけて、彼は言い募る。

「日本の人たちにも伝えてくれ。僕たちはとても悲しんでいると」

「わかりました。ありがとう。お話が聞けてよかった」

「どういたしまして」

それから場所を変えて数人に話を聞いた。彼らは口々にかなしみを訴え、政府の沈黙を批難した。バイ・ティカの話は複数人がしてくれたけれど、犠牲者の中に皇太子の妹が含まれているのかどうか、確かなことはわからない。ただ、王の崩御を悼む気持ちと共に、皇太子が犯人だという報道をあまりに信じられないものとして、受けとめかねている雰囲気が漂っているのはわかった。

同じ話が二度三度と出るようになったところでインタビューを切り上げ、撮影ポイントを探す。王宮通りを少し南に下ったところに、二階にテラス席を設けたカフェを見つけた。客がまばらな店内に入り、二階に案内してもらう。そして再びカメラを構え、群衆へとズームアップしていく。

鉄柵の前には迷彩服を着た兵士たちが並んでいる。彼らは手に小銃を持ち、詰めかけた人々と対峙《たいじ》している。

「大丈夫。問題は起きてない」

自分に言い聞かせる。カメラを通じて見る限り、兵士たちと群衆との距離は一、二メートルほど離れていて、それを踏み越えようとする者もいない。暴動の気配はない——そう頭ではわかっていても、ずらりと並ぶ小銃を見ていると、冷たい汗が首すじを伝うのを感じる。

息を止め、彼らを撮っていく。

ざわめくカトマンズ市民を、冷静な兵士たちを、走り抜けていく、何かの荷物を積んだトラックを、人の気配がない王宮を、屋根ばかりがネパール風の、ナラヤンヒティ王宮全景を、わたしは撮り続けた。

インタビューと撮影で、結局一時間半ほど王宮通りに留まっていた。

その後、わたしはトーキョーロッジに引き揚げることにした。最新情報を得なければならないが、そのためにはロッジでBBCを見るのが最善の手段になる。記者がテレビに頼るのは情けないようではあるけれど、日本でも速報はだいたい通信社の配信かテレビで得ていたのだから大差はない。

ラジオの必要性を痛感する。ラジオがあれば、情報を受け取りつつこちらの取材も並行して進められたのだ。今日がネパールの休日に当たり、店のほとんどが閉まっているのは痛いけれど、なんとか、どこかでラジオを調達したい。戻る途中、かろうじて開いていた雑貨屋で、ビレンドラ国王の写真が入った英字紙だけを買った。

緑色の鉄扉を引き開け、ロッジに入る。一階には三人がいた。ロブは電話に向かい英語でまくしたてていて、チャメリはストップウオッチを見ている。そしてシュクマルは、戻ってきたわたしに深刻そうな顔を向けた。

「タチアライさん。街の様子はどうですか」

「思ったよりも平穏でした。ニューロードあたりは、昨日より静かなぐらいです。王宮前には人が集まっていましたが、危うい雰囲気はありません。ただ、警備の兵士たちは小銃を持っていました」

「ああ。それは、この国では珍しくありません。兵士ではなく、警官隊でしょう」

シュクマルは顎に手を当てて、思案げに頷いた。

「市内が落ち着いているのは、いいことです。このまま穏便に済めばいいのですが」

その口ぶりから、彼は何か特定の事情を心配しているのだと察する。

「何かあるのですか」

隠すつもりはないらしく、彼はよく訊いてくれたとばかりに言った。

「友人からの話ですが、国境が封鎖されたかもしれないと」

「国境？　インドとの国境ですか」

シュクマルは頷いた。

「インド政府は、ネパールのゲリラが活発化するかもしれないと危惧《きぐ》しているようです。仮にそういうことがあったとしても、ゲリラがインドとの国境を侵すとも思えませんが……」

「神経質になっている、ということでしょうか」

「でしょうな」

この国には武装反政府ゲリラがいる。

彼らはマオイストを名乗り、ネパール政府の統制が及ばない農村部や山岳部を中心に勢力を伸ばしているという。警官や政府の役人を追放し、自治を始めた地域もあると聞いている。その自治が住民たちに受け入れられた実効力のあるものなのか、それともゲリラが成果を過大に宣伝しているだけなのか、わたしは知らない。

「国境は全面封鎖ですか」

そう訊くと、シュクマルは困った顔をした。

「わかりません。わかっているのはウッタル・プラデシュ州で州兵が集められたということだけです。彼らは国境を封鎖しているのかもしれないし、少し警備を強化しているだけかもしれない」

「BBCは?」

「この件については何も言っていません。いまからインドにいる友人に訊いてみるつもりです」

シュクマルはそう言って、相変わらず電話口に悪罵《あくば》をつくロブを見やった。

彼の言葉は早口だけれど、聞き取れないほどではない。彼が何をしようとしているのかは、すぐにわかった。

「三日後だって? ちくしょう、そんなに待てるかよ。いいか、この際、空路だって構やしないんだ。全部の便が埋まってるなんて、そんなわけないだろう。ちゃんと調べろよ!」

ロブは出国しようとしているのだ。いまは比較的平穏が保たれているとはいえ、この先なにが起きるのか誰にもはっきりしたことが言えない以上、もっともな行動だった。

やがてロブは電話の相手に耳を傾けていたかと思うと、

「また連絡するよ」

と言って受話器を置いた。チャメリがストップウオッチを止め、金額を告げる。ポケットからネパールルピー紙幣を出し、そこで初めてロブはわたしに気づいたようだ。

「やあ」

引きつった笑顔で、彼は片手を挙げる。

「まったくふざけてるよ。バスが全部満席だなんて、信じられるか?」

「大勢の人が同じことを考えたのね」

「なに。俺がちょっと電話の相手を間違えただけさ」

ロブは肩をすくめた。チャメリから釣り銭を受け取ってポケットにねじ込むと、わたしに近づいて肩に手を置いてくる。

「心配はしてない。俺にはチーフがついてるんだ」

チーフにはさまざまな意味がある。主任、長官、署長——わたしには、彼がそのどれのつもりで言ったのかわからなかった。彼のバックにいるというチーフが何者なのかも。彼は続けて、

「この街がサイゴンになるとしても、自分の身と、あんたぐらいは守れる」

と言った。

ロブの顔からは血の気が引いているけれど、口許には無理に作ったような笑みがある。自分自身が不安でたまらないのに、わたしを勇気づけようとしてくれているのだ。

「大丈夫。この街は、サイゴンのようにはならない」

根拠はないけれど、そう返し、そしてロブの見栄っ張りな優しさに、

「ありがとう」

と付け加える。ロブは力なく頷き、覚束《おぼつか》ない足取りで階段を上がっていった。

シュクマルがチャメリに言う。

「さて、私は国際電話をお願いします」

「はい」

ストップウオッチのボタンを何度か押してから、チャメリはシュクマルに「どうぞ」と言う。

シュクマルが電話のボタンを押していく間、彼女はわたしに意味ありげな目配せをした。

もしかして、ラジェスワル准尉との話が進んだのかもしれない。事件当夜、ナラヤンヒティ王宮にいた軍人の話が聞けるのか。

一刻も早く、チャメリと話したかった。インタビューの可否だけでも聞かなくては、宙ぶらりんでやりきれない。

けれどチャメリはそれきり、わざとのようにわたしから視線を外し、ストップウオッチに目を向けた。人の耳を憚《はばか》る必要はない気がするが、後の方が彼女の都合がいいのなら、それに合わせるしかない。背後でシュクマルが話し始めるのを聞きながら、わたしも階段を上がっていく。

二〇二号室は清掃中だった。

ごうごうと騒音を立てる掃除機を、ゴビンが床に掛けている。目が合い、わたしはポケットから二ルピー硬貨を出して渡した。

「感謝します、ミズ」

いったん掃除機を止め、ゴビンはたどたどしい英語でそう言った。彼の仕事の邪魔をしても悪い。テレビがある四階に向かおうと踵を返したところで、

「ミズ、主人から預かっているものがあります。少し待っていてください」

と言われた。

待つというほど待たずに、ゴビンは駆け戻ってくる。手には一束の書類があった。

「あなた宛に届きました」

「ああ。ありがとう」

ちらりと見ると、日本語のFAXだった。お礼を言ってチップを渡す。

これも上で読もうと思って部屋を出ると、二〇三号室のドアに張り紙がされていることに気がついた。細いペンで何度もなぞったらしい文字で、「DO NOT ENTER」と書かれている。「DO NOT DISTURB」ならホテルにはつきものだが、客室が立入禁止とは珍しい。二〇二号室に戻り、小さい体で再び掃除機を構えようとしていたゴビンに話しかける。

「何度も悪いけど、訊いてもいい?」

「はい、なんでしょう」

「二〇三号室に立入禁止って書いてあるけれど、何かあったの」

するとゴビンは、子供らしからぬ渋い顔になった。

「ミスター・フォックスウェルが自分で貼ったんです。掃除していいのかどうかわからなくて、困っています」

ロブは自室に引きこもるつもりらしい。さすがにそれは大袈裟だろう。

「笑い事ではないです」

「わたし、笑っていた?」

意識していなかったけれど、少し緊張が緩んだのかもしれない。ゴビンにとっては、確かに笑い事ではない。まず第一に掃除ができない。第二に、これからこの国がどうなるかわからないのだ。この小さい体で生きていかなければならないゴビンにしてみれば、笑えるはずがなかった。

「ごめんなさい。笑うつもりはなかったの」

「はい……」

仕事に戻りたいらしく、ゴビンは掃除機を始動させる。再び始まった大きな音を背に、わたしは階段に向かう。

四階の食堂には誰もいなかった。腕時計を見ると、一時をまわっている。手近なテーブルの椅子を引き、英字紙と日本からのＦＡＸを広げる。ボディバッグから赤のボールペンを出し、テレビのスイッチを入れる。

チャンネルはＢＢＣに合わせたままになっていた。

『繰り返してお伝えします。判明している死者はビレンドラ国王陛下、アイシュワリャ王妃陛下、ニラジャン王子殿下、シュルティ王女殿下……』

いきなり始まった情報に、ペンを持つ手が間に合わない。国王と王妃の名前は間に合わなかったけれど、三番目の名前から書き取っていく。聞き慣れない名前ばかりでスペルがわからない。カタカナで、自分が聞こえたように名前を書き取っていくしかなかった。

続いてテレビに、若い男の写真が映し出される。

『ディペンドラ皇太子殿下は重態で、懸命に治療が続けられています』

渦中の皇太子の顔を、わたしは初めて見た。トピー帽をかぶって口髭を生やした、頬がふっくらしている若い男だ。わたしは画面をじっと見つめた。BBCはことさらに柔和そうに見える画像を選んだのだろうか。大量殺人の犯人には、とても見えない顔だった。もちろん、顔だけで皇太子の人柄を量ることなどできはしないけれど。

彼は二十九歳だ。父であるビレンドラは五十五歳だった。

やがて画像は切り替わり、現在の王宮前を映し始める。そこの状況は見てきたばかりなので、いったん視線をテレビから外す。

牧野からのFAXにはビレンドラ国王の業績のみならず、ネパール王家についても簡単なまとめが書かれていた。

それによれば、現在のネパールの王制は、それほど古く遡《さかのぼ》るものではない。カトマンズ盆地の複数の王朝を滅ぼして現在の王朝が成立したのは比較的新しく、十八世紀後半のことだった。山岳民族や南方の民など異なる文化背景を持った人々をカースト制で束ね、イギリス東インド会社の干渉を退けて現在の国土が確定したのは十九世紀に入ってからだ。人々の文化の違いが、大きな民族紛争に至ることはなかった。インドと中国という大国に挟まれているという外的な圧力が、曲がりなりにも人々をまとめてきたのだと言えるかもしれない。

しかしそれでも、この国は王家の下に一枚岩だったとは言いがたい。

ネパールの実権を握っていたのは、王ではなく宰相家だった。ラナ家という一族が宰相を世襲し、その他の重職も占め、王家との婚姻を繰り返した。ネパール国旗の二つの三角形のうち、一方は王家をあらわすが、もう一方はラナ家をあらわしているという。それほどにラナ家の影響力は強かった。牧野からの資料を読むうちにわたしは、もし江戸時代にたとえるならネパール王家が天皇家、ラナ家が徳川家に近かったのだろうと解釈する。

一九五一年、王政復古がなされ、ラナ家は政治の中枢から遠ざけられた。それから国王による親政が始まったが、やがて国民は民主化を求めるようになる。その状況で王位に就いたのが、今回亡くなったビレンドラだった。

ビレンドラは、さまざまな政治的妥協の上ではあったけれど、結果的に民主化要求を受け入れた。一九九〇年に新憲法が制定され、ネパールは立憲君主制へと移行する。これをもって、ビレンドラは国民の側に立つ国王としての人気を博したという。

「これは……どうなるか、わからない」

ネパールの人々にとって王室がどのような存在なのか、その点は資料には書かれていない。長く日陰者だった有名無実の一家に過ぎないのか、カースト制の畏《おそ》るべき頂点なのか、あるいは人々に深く愛されているのか。亡くなったビレンドラ国王は、民主化の成果ゆえに尊敬されていたという。それはつまり、王権を削減したことで愛されたということだ。ビレンドラ個人への敬愛が王家全体に及び、人々は何が起きても——たとえば皇太子が王を射殺しても——王制を支持するものか、一抹の危うさを感じる。

次に、街で買った英字紙を手に取る。

政府の公式発表がない中、新聞の記事はやはり、ＢＢＣの第一報を上まわるものではなかった。情報に対するメディアごとのアプローチに差が発生するのは、もうしばらく経ってからだ。けれど、大きな収穫もあった。王家の家系図が載っていたのだ。さっそく手帳に写し取っていく。

テレビでは、BBCが再び犠牲者の名前を読み上げ始めた。もう一度、今度は家系図と対照しながら犠牲者を確かめていく。

犠牲者は、皇太子の父のビレンドラ国王、母のアイシュワリヤ、伯母のシャンティとシャラダ、シャラダの夫クマール、従兄弟小父《いとこおじ》のジャヤンティー、妹のシュルティ、弟のニラジャンの八人だという。――家系図のおかげで、国王の子供は、犯人とされる皇太子を除いて全員が亡くなったことがわかった。

天井を仰ぎ、溜め息をつく。

そのとき、テレビの音に混じって、階段が軋む音がすることに気づいた。誰かが上がってくる。

けれど音は少し妙だった。小さすぎる。あの階段はもっと大きく鳴るはずだ。上がってくる人が音を立てないよう気をつけているのか、そうでないなら、体重の軽い人物が近づいているのだろう。

後者が当たりだった。声変わり前の高い声が、わたしの名を呼んだ。

「タチアライ、何してるんだ」

サガルだった。頭の後ろで手を組んで、口を尖らしている。

「こんなところで座ってていいのか？」

「あなたこそ、勝手に入ってきていいの？」

サガルは得意げに言う。

「勝手じゃないさ。ちゃんとチャメリさんに話してきた。タチアライに頼まれてるってね」

「わたし？　何も頼んだ憶えはないけど」

「きっと役に立てる。ゴビンに聞いたぜ、あんた記者なんだろう。記者ってやつには興味があるんだ。手伝ってやるよ」

わたしは少し考えた。取材に子供を連れ歩くのは危険だ。けれど街の反応を知るのにチャンネルは多い方がいいし、第一ネパール語の通訳が確保できる。サガルは利発だ。いろいろ話も拾ってきてくれるだろう。こまっしゃくれているのは良し悪しだろうけれど、そこはわたしが気をつければいい。

危ないところに連れていかないよう注意すれば、渡りに船だ。

「ありがとう。じゃあ、お願いする」

サガルは白い歯を見せて笑った。

「そうこなくちゃ」

そう言って丸テーブルを挟んで向かいに座ると、テレビと、テーブルの上の資料を一瞥する。

途端、彼は顔をしかめた。

「記者がテレビや新聞なんか見てていいのか？　これって、誰かがもう調べたことなんだろ？

こんなの見てるようじゃ、まるで周回遅れじゃないか」

サガルがそう思うのも無理はない。わたしも子供の頃は、まだ誰も知らないことを探してくるのが「ニュース」だと思っていた。

しかし、誰も知らないことは取材できない。記者は、誰かがもう知っていることを拾い上げ、まとめ、伝えることを役割とする。そして記者にもいろいろと種類がある。

「速さだけがすべてじゃない。テレビやラジオは事件が起きたその日に伝えるけれど、新聞は半日遅れる。週刊誌なら七日、月刊誌なら一ヶ月遅れることもある。速さがない分だけ、調べて作り込んだ記事を書く。わたしはそういう仕事をしているの」

「へっ」

馬鹿にしたように笑うと、サガルはテレビを指さした。

「上手いこと言うぜ。つまり、テレビにはかなわないって言ってるんじゃないか」

「確かに速さではかなわない。でも、わたしの仕事も役に立たないわけじゃない。役割が違うのよ」

サガルは少し考え込んだ後、変に感心したように、

「そっか。考えてみればそうかもな。飛行機が一番速いけど、バスもリクシャもいらないってことはないもんな」

と言った。そのたとえ方は聞いたことがなかったけれど、いい比喩だと思った。

「ま、それはいいや。でも、ずっとここでテレビと新聞を見てるだけってわけじゃないんだ

ろ？」

「もちろんよ。これまでの情報をまとめて、新しい情報が入っていないか確かめていたの。すぐに出かけるわ」

「新しい情報？」

待っていたとばかりに、サガルはテーブルに身を乗り出す。

「それなら、いろいろ知ってる。聞かせてやろうか」

「それは、街の噂話ってこと？」

噂という単語に、多くの人が話しているけれど必ずしも信用はできない話、というネガティブな意味合いが含まれているのは英語も同じはずだ。けれどサガルはかえって胸を張った。

「そうだな。でもタチアライ、この街は噂でできてるんだぜ。みんな噂話が大好きなんだ」

街の噂を集めて「現地の人の言葉」として紹介するのは、記事作りの定番だ。わたしもある程度は噂を集めるつもりでいた。情報源が十歳前後の子供というのはやや不安ではあるけれど、いまは一人でも多くの話を聞きたい。

「わかった。聞かせて」

「もちろん。まず王子だけどな……」

わたしは慌てて、手帳とペンを構える。それを見て、サガルは機嫌良さそうに笑った。

「準備はいいか？」

「お願い」

サガルは椅子の背もたれに体を預け、小さな体を大きく見せるように肩を張って、話し始めた。

「ディペンドラ王子には恋人がいたんだ。すっごい美人だってさ。でも、俺も写真を見たことがあるけど、そんなに綺麗だとは思わなかったな。だいたい俺、美人ってよくわからないんだ」

いくら大人びていても、このぐらいの年頃なら無理もない。相槌《あいづち》を打って先を促す。

「それでディペンドラ王子はその恋人と結婚するつもりだったんだけど、王さまと王妃さまは反対したんだ。占い師がその結婚は不幸を招くって言ったんだって。王子が三十五歳までに結婚したら王さまが死ぬって予言したたって話もあるんだぜ」

「占い師？　王様は占いを信じていたの？」

するとサガルはあきれたような顔をした。

「当たり前だろ。占いは王さまこそ信じるに決まってる」

「そうなの？」

「ああ」

それがこの国の常識なのだろうか。

「サガル。その占い師の名前はわかる？」

「知らない。誰も知らないと思う」

「じゃあ、ディペンドラ皇太子の恋人の名前は？」

「それは知ってる。有名だからな。デブヤニ・ラナさ」

名前を書き取る。結婚に反対されての凶行……ありそうな話だ。けれど、違和感は残る。

「皇太子が王様と王妃様を恨んで殺意を持ったとすれば、理屈は通る。だけど昨日撃たれたのはその二人だけじゃなかった」

「そう、そこなんだ」

サガルが訳知り顔に言う。

「おかしいんだよ。ディペンドラ王子は、いつでも王さまと王妃さまに会えたはずなんだから。デブヤニと結婚したくて二人をやっつけたいと思ったんなら、何も昨日でなくてもよかった。そうしたら、撃つのは二人だけで済んだはずだ。だろ？」

「そうね」

再び、彼はぐっと身を乗り出す。

「ここが問題だ。タチアライ、俺、とっておきの話を知ってるんだ。知りたいか？」

目を輝かせている。内心苦笑しつつ、わたしは言う。

「教えて」

「こいつはタダってわけにいかない。本当にすごい話なんだ」

ペンを置く。

「ありがとうサガル。いい話を聞かせてもらった」

サガルは覿面《てきめん》にうろたえた。

「おいおい、いいのか？」

「話を聞かせてもらうことでお金を払ったりはしないの。でないと、お金目当てで話を大袈裟にする人がいるから」

もちろん場合によるけれど、サガルにそこまで言う必要はないだろう。

「そんなことしないよ。なあタチアライ、後悔するぜ」

食い下がってくる。わたしが子供の心理に疎《うと》いとしても、ここまであからさまならぴんとくる。彼は自分の話を聞いてほしいのだ。

「絶対だって！」

「そう？　どうしてもって言うなら。ただ、やっぱりお金は出せないし……」

悔しそうに顔を歪め、サガルはこぶしを震わせる。顔が赤くなっている。からかいすぎたかもしれない。

「わかったよ！　金はいらない。その代わり、この話で大もうけしたら、分け前はもらうからな」

「はいはい」

「いいか、実はな……」

ふとサガルは口を閉じ、左右を見る。窓が開いているのを見て鎧戸《よろいど》を閉じ、階段の下を覗いてから、椅子に戻ってくる。ずいぶん大袈裟だ。声を殺して、ようやく言う。

「こいつはインドの陰謀なんだ」

「……ふうん」

「死んじまった王さまは、この国がインドに狙われてるのを知ってた。だから中国に味方になってもらおうとしていたんだ。インドはそいつが気に入らなかったのさ。だから殺し屋を送り込んだ」

「ははあ」

「王さまと王妃さまだけじゃなく、晩餐会にいた王族がみんな撃たれたのも、これでわかるだろ？　口封じさ。皆殺しにすれば誰が犯人かわからないからな」

わたしがペンを走らせていないのに気づき、サガルは束の間不満そうな顔をしたが、すぐに納得顔になる。

「メモを取らないのはさすがだな。こんなやばい話、書き留めたら誰に見られるかわからないもんな」

「いえ、そうじゃなくて」

記者はどんな話でも聞くけれど、陰謀論は拒まなくてはならない。

「……インドは国王夫妻が亡くなられたことでネパールが不安定になることを恐れて、国境に兵士を集めているそうよ」

王の死がインドに利するわけではないと伝えたかったのだけれど、サガルは深刻そうに眉をひそめて頷いた。

「ほらみろ。攻めてくるつもりなんだよ」

サガルと話すことは楽しい。ふだんなら、もう少し話していたいところだ。けれど今日は他にやることが多すぎる。

「サガル。わたしは、そういう話は求めていない」

彼は、傷ついたような表情を浮かべた。

「信じないのか？」

「信じるとか、信じないとかの話じゃない」

「わかった。証拠だな。証拠がないから、役に立たないと思ってるんだ」

いまサガルを説得する必要はない。彼がそれで納得するなら、否定することはない。

「そうね。証拠があれば話は違う。でも、いまは写真を撮りたい」

サガルは椅子の背にもたれかかり、ふくれっ面になる。

「写真なんか、どこでだって撮れるじゃないか。何を撮りたいんだよ」

おそらく無意識に出てきたのだろうサガルの問いは、思いがけず、わたしを戸惑わせた。何を撮りたいのか、何を書きたいのか。上手く言えないことは充分に承知しながら、わたしは言う。

「そうね……。この街の、いつもとは違っているところ」

返答が不充分であることを見抜いたのだろうか。サガルは一瞬、とても子供とは思えない冷たい顔になった。ぎくりとして、わたしはその顔を見つめてしまう。

しかしすぐに、彼は悪戯っぽい笑みを取り戻す。

「なんだ。そういうことなら言ってくれればよかったんだ」

「……何か心あたりがあるの？」

「ああ」

サガルはちらりとテレビを見る。ＢＢＣはまだ、王宮前広場の喧騒を伝えている。

「噂じゃ、王さまは陸軍病院に運ばれたらしい。この街の葬式はパシュパティナート寺院でやるって決まってるんだ。葬列は、あんたも撮れるはずさ」


古都に日が落ちる。

四囲に山が聳えるカトマンズ盆地では、空の彼方が夕暮れに染まっていく様を見ることはできない。ただ青空が群青《ぐんじょう》に変わり、ふっと何もかもが暗くなっていく。

サガルは、さらに詳しい噂を聞き込んできた。陸軍病院は、カトマンズの西の端に近いところにある。葬列は夕刻に病院を発ち、まずナラヤンヒティ王宮に向かう。それからバグマティ川の河畔、街の東端に近いパシュパティナート寺院を目指すという。

沈黙を続けていたネパール政府は、先ほど、葬儀を前にようやく国王の死を正式に発表した。国王陛下が崩御し、多くの王族も身罷《みまか》った、と。しかし発表されたのはそれだけだった。皇太子が撃ったのだとも、皇太子は自殺を図り重態なのだとも発表しなかった。

ＢＢＣの誤報だとは思わなかった。ネパール政府は事件の情報をできるだけ伏せようとしているか、国民に知らせる必要はないと思っているか、あるいはその両方なのだろう。

公式発表をトーキョーロッジのテレビで見てから、わたしはサガルの案内で、ナラヤンヒティ通りに面して建つスーパーマーケットの屋上に向かった。

空が闇へと移り変わるにつれて、通りにぽつりぽつりと人が増えていく。気がつくといつしか、歩道はおろか通りに面した家々の窓や屋根にまで、人の姿が溢れ始めた。彼らのほとんどは白い服を着て、弔意をあらわしている。

やがて西から、ゆっくりと葬列が近づいてきた。

黄金の布が掛けられた国王の棺を、白い衣を纏った人々が運んでいる。亡くなったのは王だけではない。後ろにいくつもの棺が続く。その列の中に、場違いに思える飾り駕籠があった。華やかなそれは、王妃が婚礼の時に乗ってきたものなのだという。

長く伸びる葬列を見つめながら、わたしは棺の数を数えていく。七基だった。飾り駕籠の中の王妃を加えて、八人――八つの死。

今日の午前中、王宮の様子を見てきた。人々は正門前に詰めかけてはいたものの、何をするでもなく佇んでいる風だった。いまは違う。左右の建物には、既に人々が鈴なりになっていた。建設途中なのか解体途中なのか、壁のない三階建てのビルには危ういほど隙間なく人の姿が並んでいて、体の間から、顔の上から、また別の顔が覗いている。一目だけでも王の葬列を見送ろうというのだろうが、わたしはそのことを少し意外に感じていた。王が殺されても、街は平穏に見えていた。だからわたしは、この王は人々にそれほど愛されてはいなかったのかと思っていた。しかし、そうではなかった。

ネパールはヒンドゥー教の国だ。ヒンドゥー教では人の死を悼まないと聞いたことがあった。

全ては輪廻《りんね》する、死は終わりではない。だからヒンドゥー教を信じる者は、むしろ笑顔で死者を送るのだと。

それは嘘か、少なくともケースバイケースの話だったのだと知った。人々は明らかに、王の死を悲しんでいた。民主化運動を受け入れ、議会を開き、新憲法を公布した王の非業《ひごう》の死を。嘆きの声はいよいよ高く、王の棺に弔花が降り注ぐ。──王が死ぬとは、こういうことか。頭髪を剃り上げた男が目につき、僧かと思ったけれど、あまりにも多い。サガルに訊くと、当たり前だというように「見送るためさ」と答えた。その横顔はしかし平然として、大人たちの悲嘆を一歩引いたところから眺めているようでさえあった。

あなたは悲しくないの、とは訊けなかった。かなしみは個人のものだ。

葬列を見送る何万人という人々の中から、フラッシュの光がまたたくことは一度としてなかった。少なくともわたしは見なかった。わたしもまたデジタルカメラを操作して、たとえ周囲の暗さのために何も写らなくなるとしても、フラッシュが焚かれないように設定を変えた。それが、この国の人々に対する最低限の礼儀だと思ったからだ。

屋上から降り、サガルの案内で次々と場所を変えながら、黒い棺に掛けられた黄金の布を、それを運んでいく白い衣の人々を、見送る人々の表情を撮った。地の底から響いてくるようなかなしみの声を撮ることはできなかったけれど、この国に来て初めて、何かを撮れた気がした。

葬列がバグマティ川に近づく。昨日サガルと来た場所だ。ここで、今日は国王が荼毘《だび》に付される。時刻が違うし、死者を見送る人の数もまるで違う。けれど、遺体が河畔で焼かれることは同じなのだ。いまさらながらに死の平等さを思わずにはいられなかった。

先頭の棺が、いよいよパシュパティナート寺院に到着する。人々の声の中に異質なものが混じった気がして、わたしは周囲を見まわした。葬列から離れたところに、黒い車が一台停まっている。人々はその車に向けて、怒りの声を投げつけている。

「あれは?」

とサガルに訊くけれど、彼にもわからないようだった。車に近づき、怒りの声を上げる男に同じことを尋ねてみる。

「コイララさ」

と、彼は言った。

「首相だよ。王を守れなかったんだ」

男はしゃがみ込み、舗装されていない道から石を取り上げると、黒い車に向かって投げつける。石は放物線を描き夜空に吸い込まれ、首相の車に当たったかどうか、わたしの位置から確認することはできなかった。

# 7　弔砲の夜

自分の中で高揚と疲労がない交ぜになっているのを感じながら、わたしは葬儀の写真を撮り続けた。現地時間の夜八時過ぎ、いくら本人が平気だと言ってもこれ以上は連れまわせないとサガルを帰してからは一人で移動し、英語が通じそうな相手を選んでは話を聞いた。やがて疲労が勝ち始め、重くなった足をなんとか励ましてトーキョーロッジに戻る頃には、時刻は十一時になろうとしていた。

ジョッチェン地区のメインストリートにはまだいくらか明かりが残っているものの、路地を一本入れば、闇は危険を感じるほどに深い。日干し煉瓦の壁に時折手をつき、家々の装飾的な窓から僅かに漏れる明かりを頼りに帰途を急ぐ。夜が更けても、街に人の気配は多かった。それだけ多くの人々が王を送り、深夜まで名残を惜しんだのだ。しかしそれでもロッジの近くまで来ると、わたしは一人で歩くことになった。

遠く、何かの音が響いてくる。ごおん……という、鐘の音色にも似たそれは、王の死を悼んで放たれる大砲の音だった。数十秒の間隔を空けて撃ち続けられ、いまのが何発目になるだろう。途中までは数えていたが、わからなくなってしまった。合計では五十五発放たれると、街の誰かから聞いた。弔砲は王の享年と同じ数だけ鳴らされるという。

ロッジが見えてくる。緑色の鉄扉の上に据えられた電灯から、三角錐の範囲にオレンジ色の光が落ちている。仮の宿でも帰ってきたのだと思うと、やはり、心身が弛緩《しかん》していく。

その途端、思いがけないことに、ロッジの鉄扉が内側から開いた。チャメリがわたしを迎えてくれたのかと思ったけれど、出てきたのはシュクマルだった。変わらず白いシャツを着こなしているが、さすがに腕の部分には折りじわがついている。わたしが驚いたのと同じように、彼もまたわたしを見て目を丸くする。

「こんな時間までお仕事でしたか」

「ええ。王の葬儀を見届けてきました。あなたはどちらへ？」

彼は決まりが悪そうに笑った。

「酒ですよ。ここで飲んでもいいんですが」

「賑やかな方がお好きですか」

「そういうわけではありませんが。まあ、すぐにわかりますよ。では」

言い残し、シュクマルはふらりと夜の街に出ていく。王が死んだ翌日に、酒を飲ませてくれる店などあるのだろうか。そう思っているうちに、彼の姿はもう、通りの闇に消えていた。

ロッジの鉄扉を引き開ける。薄明かりのフロントロビーにはチャメリがいて、フロントデスクの向こうで帳面を繰っていた。わたしを見ると、申し訳なさそうに言う。

「タチアライさん。まだ、返事がないのです」

ラジェスワル准尉への取材申し込みの話だった。内心の落胆を押し隠す。

「無理もありません。その人が王宮の軍人なら、今日はおそろしく混乱していたでしょうから」

「わたしもそう思います。返事が来たら、伝えます」

「お願いします。もしわたしが休んでいても、起こしてくれて構いません」

そう伝えはしたけれど、いったん眠ってしまったら、ノックぐらいでは起きられないかもしれない。

「わかりました。わたしも、今夜は遅くまで起きていると思います」

「わたしのお願いのためでしたら……」

チャメリは微笑した。

「いいえ。シュクマルさんが出かけましたから、戻るまでは起きていなくては」

もっともなことだった。トーキョーロッジには、フロントを二十四時間開けていられるほど大勢の従業員はいそうにない。客が全員戻ったところで施錠し、チャメリも休むのだろう。

疲れていた。頭の片隅では、今日撮った写真を確認しなければならないと考えているけれど、意識のほとんどは、温かい風呂と柔らかなベッドに向けられている。

しかしチャメリは、階段に向かうわたしに付け加えた。

「それから今夜は断水です」

振り返ると、彼女はもう帳面に目を落としていた。

慢性的な水不足に悩むカトマンズでは、しばしば計画的な断水が行われる。地区ごとに時間を決めて送水を止めるのだ。それは知っていたけれど、よりにもよって今夜とは。全身を包む疲れが倍加し、首から下げたデジタルカメラさえ、みしみしと肩に食い込んでくる気がした。シュクマルが外に酒を飲みに行ったのも、これが理由だろう。水が出ないのは、いろいろ不便だろうから。

二〇二号室の鍵を開け、明かりを点ける。計画断水と同じように、この街では計画停電も日常茶飯事だ。せめて電気は来ていてよかったと思うべきだろうか。断水という事実を自分の目で確かめたくて洗面台の蛇口を捻ると、水道管の中に残っていた僅かな水がちょろちょろと垂れてきて、やがて止まってしまう。わたしはボディバッグをベッドに放り投げた。風呂はお預けだが、それはいつまでなのだろう。チャメリから断水が解除される時間を聞いておくべきだった。

バッグを追って寝床に身を投げ出したい衝動に駆られるけれど、まだやることがあった。今日がネパールの休日である土曜日だからか、それともどの店の主人も王の葬送に加わったせいか、街ではラジオを手に入れられなかった。シュクマルのラジオを借りるわけにもいかない。座となれば、四階のテレビは貴重な情報源であり、少しだけでも見ておかなければならない。座ってしまったら気力が萎《な》えてしまいそうだったので、わたしはカメラを机の上に置き、ボディバッグはやはり念のため手に持って、安息を与えてくれるはずの二〇二号室をすぐに出た。

廊下が妙に暗いと思ったら、電球が一つ消えていた。部屋のドアに鍵を掛けて、階段に向かう。

と、階段の手前で、別の客室のドアが開いた。のっそりと男が出てくる。ロブ・フォックスウェルだ。顎鬚が伸び、顔色は青ざめている。彼はわたしを見ると、それでも気丈に微笑んだ。

「やあ、マチ。戻ったんだね」

「ええ」

「疲れたろう。それなのに断水なんだ。まったく、まいるね」

「同感」

言葉を交わしながら、彼はちらりちらりと意味ありげな視線を送ってくる。色目を使われているのかと思ったけれど、どうもそういう感じではない。

「どうしたの」

と訊くと、ロブは戸惑いもあらわに言った。

「いや、君が僕に話があるっていうから」

「わたしが?」

わたしはよほど怪訝そうな顔をしていたのか、ロブは慌てて、弁解するように言った。

「間違いだったんだろう。すまなかった」

ドアを閉めようとする。その様子があまりに悄然としていたので声をかけようとして、はっと思いついた。

さまざまな立場の人間から話を聞きたい。たまたまカトマンズにいたアメリカ人旅行者の思いも、是非聞いてみたい。

「わたしから話すことはないけれど、あなたの話は聞かせてほしい」

「僕の？」

落ちくぼんだ眼窩《がんか》の中で、灰色の瞳に喜色が浮かぶ。誰かと話がしたかったようだ。

「ええ。でも、ここじゃ他の客に迷惑になる」

「僕の部屋でよかったら……」

「テレビも見たいの。四階に行きましょう」

彼は溜め息混じりに「わかった」と呟き、ドアを閉めた。鍵を掛けて、わたしについてくる。

四階には誰もいなかった。チャメリは一階にいて、シュクマルは酒を飲みに出ていった。八津田は見かけていないけれど、ニュースにかじりつくタイプではないだろう。テレビをつける。手近なテーブルの椅子を引いて座ると、何か言う前に、ロブもわたしの向かいに座った。

「出国のチケットは取れたの？」

ロブは渋い顔で首を横に振った。

「いや。ちょっと待てと言われ続けて、あっちこっちに掛け直しさせられて、最後には閉店したって言われたよ。チャメリさんをずいぶん稼がせた」

「そう……」

「ま、明日また探すさ」

諦めがついたのか、彼はあっさりとそう言った。

「それで、俺は何を話せばいいんだ?」

わたしは彼を手で制した。いまつけたばかりのBBCで、アナウンサーが緊張した面持ちで原稿を読み上げる。

『政府は今夜、ディペンドラ殿下が王位に就いたことを発表しました。新国王の意識は恢復しておらず、当面はギャネンドラ王子が摂政として公務を代行します……』

驚きつつ手帳を繰る。ギャネンドラは、事件で亡くなったビレンドラ国王の弟だ。つまり、銃を乱射したというディペンドラ皇太子から見れば叔父に当たる。

アナウンサーの言葉が終わらないうちに、

「いかれてる」

とロブが吐き捨てた。

「大量殺人者が王様だって?」

「彼は意識不明よ」

そう言うと、彼はがらりと表情を変えた。火の出るような勢いでわたしに食ってかかる。

「だからどうした? 恢復するかもしれない。そうなったら素晴らしい話だ。一つの命が救われるんだからな。でも、ベッドから起き上がってなんて言うんだ? 僕は父親と母親を殺しました、でも皇太子だから王様になります、って? 冗談だろ。中世じゃあるまいし。大統領を撃ち殺せば副大統領が昇格できるなら、ホワイトハウスは毎日決闘だ」

彼はテレビに顔を向ける。ＢＢＣは皇太子の即位を伝えた後、いったん音楽を流し始めた。人を悼む時の音楽なのだろうか、弦楽器の音色が余韻嫋々《じょうじょう》として、ひどく悲しげだ。

「たぶん今夜、ネパール人も同じことを考えてるんじゃないか。王殺しを王にするなんてふつうじゃない、何かあると思ってるだろう。こりゃあ、一波乱あるね」

そしてロブは天井を見上げ、叫んだ。

「ちくしょう。こいつは家のソファで見ていたかったな。面白くなってきたのに……近すぎる！」

彼はエキゾチズムを求めて東洋に来たが、殺人のために国から出ることもできなくなった。ライオンを見るために動物園に来て、ライオンの檻に閉じ込められたような気がしているのだろう。近すぎるという言葉には実感がこもっている。

わたしは、ロブの上気した横顔を見ている。彼はアメリカでこの事件を見たかったと言う。わたしは日本の読者に向けて記事を書くべく取材をしている。つまり、ここにはニュースの送り手と受け手がいるのだ。わたしが想定する自分の読者は、彼のような人間だっただろうか。ふと気づく。五年も記者をやっていたのに、どんな人がわたしの記事を読み、喜ぶのか、本当に深く考えたことはなかったのではないか――。

ロブとはもう少し話をしてみたかった。わたしと話すことで、もう少し彼の気持ちが楽になればとも思うのだ。手帳とペンを出す。

「ロブ。わたしは日本の雑誌、月刊深層から依頼を受けて取材してるの。事件の感想を聞かせてくれる?」

するとと、彼の目つきが変わった。誇らしさと反発が併存しているような、喜びながら戸惑っているような。

「雑誌だって? するとマチ、君は本当に学生じゃないんだね」

「そう言ったでしょう」

「二十八歳なんて冗談みたいだから、どこまで本気にしていいかわからなかった」

わたしは微笑んだ。学生の頃は、学生には見えないと言われていたのに。

「そうだね、想像もしなかった大事件だから、とてもびっくりしているよ。できれば早くこの国を脱け出したい。何が起きるかわからないからね。本当はバスがベストだけど、この際、飛行機でも仕方がない。この国を出るまでは気が抜けない。慎重に冷静に、って自分に言い聞かせているよ」

彼の言葉を日本語にして書き取っていく。日本の文字が面白いのか、メモを取り終えてもロブはじっとわたしの手元を覗き込んでいる。少しサービスしたくなって、必要もないのに「と、ロバートが言った。彼にはチーフがついているそうだ」と書き加え、手帳を閉じる。

「ありがとう、ロブ」

「記事が載るのはいつだい?」

「たぶん今月中よ、他にもっと大きな事件が起きなければね。雑誌が刷り上がったら送りましょうか?」

彼は子供のように勢い込んで頷いた。

「ああ。ぜひ、頼むよ！」

それでわたしは彼の住所も控えることになった。ロブが自分で書くと言ったので手帳を貸す。彼がカリフォルニア州の住所を書いていくのを見ながら、わたしは遠くから聞こえてくる弔砲を聞いていた。

ＢＢＣは音楽をやめ、またニュースを伝え始める。

『政府は今夜、ディペンドラ殿下が王位に就いたことを発表しました……』


日付が変わる頃に二〇二号室に戻る。もしかして、という希望を込めてカランを捻ったけれど、今度は一滴の水さえ出てこなかった。不意に喉の渇きを覚え、机の電気ポットを持ち上げる。重い手応えがあったので蓋を開けると、水が入っていた。自分で入れたような気もするけれど、よく憶えていない。危ないかと思ったけれど、沸騰させれば大丈夫だろうと考え直し、スイッチを入れる。

ベッドに腰を下ろし、カメラを手に取る。替えの電池はずいぶん持ってきたけれど、足りるだろうか。海外取材の経験はなく、デジタルカメラで取材するのも初めてだ。電池の消費量が読めないし、海外で買った電池でも問題なく動くのかどうかもいまひとつ自信が持てない。たぶん、大丈夫だとは思うけれど。

デジタルカメラを買う際、充電式にするか電池式にするかでかなり迷った。充電式は長時間使えるし、本体も薄くて軽い。電池式は電池を使う分、どうしても重い。けれど充電式が外でバッテリー切れになってしまえば手の打ちようがないのに比べ、電池式は替えの電池がある限り交換できるメリットがある。どちらがいいのか、今回の取材の後でもう一度考えてみよう。

電池残量は不安でも、写真の確認はしなくてはならない。カメラの電源を入れ、撮った写真をチェックしていく。カトマンズの街並みを行く王の葬列を、わたしは何十枚も撮っていた。古い都らしい煉瓦と格子戸の通りを通っていくそれや、二十一世紀らしいコンクリートとガラスとハンバーガーショップの看板の下を通っていくそれを。

何かが撮れたと思っていた。確かに、午前中の王宮前の写真よりは、構図的に面白く撮れているものが多かった。ただ、自分の手応えほどには、どれも充分に満足できるものではなかった。けれど、わたしは何を充分に撮ろうとしているのだろう。

ふっと息を吐く。どれも、ふつうに使う分には問題ないレベルではある。月刊深層に送るため、インターネット環境を確保しなければ……。考えることはいくらでもあった。

そうして画像を見ていると、ドアが遠慮がちにノックされた。ゆっくりと立ち上がる。部屋のドアに覗き穴がないことに、わたしはこのとき気づいた。

「誰ですか」

答えもまた、ノックと同じように小さかった。

「チャメリです。あの話で……」

滅多なことはないと思うけれど、念のためチェーンロックを掛けてからドアを開ける。チャメリは一人だった。なぜか、気遣わしげな顔で階段の方をちらちら気にしている。

「どうかしましたか」

「いえ……。あちらの部屋から物音がするんです」

言われてみれば、なるほど確かに重いものを動かす音がする。

「この階に泊まっているのは、わたしとロブ……ロバート・フォックスウェルだけですか？」

「いえ。シュクマルさんもこの階です。でも彼はまだ戻ってきていません」

「では、この音はロバートの部屋から？」

「はい。あまり遅くまで続くようなら、様子を見に行かないと。……それで、ですね」

彼女はいっそう声を低くした。人に聞かれるのを恐れているのだろう。

チェーンを外す。

「どうぞ」

「……ありがとうございます」

チャメリが二〇二号室に入ってくる。

「あの話と言っていましたが」

「はい」

少し、間があった。

「彼が会うそうです」

疲れきっているはずの自分の体に、新しく力が湧いてくるのを感じた。彼とはもちろん、事件当夜、王宮を警備していたという軍人だ。本当に話が聞けるなんて！

「ラジェスワル准尉ですね」

わたしの声も、彼女に合わせて囁くようになったが、それでも彼女はくちびるに指を当てた。

「気をつけて。……彼は、あなたに会うことは秘密にしたいと言っています」

もっともな話だった。王宮の警備の情報は、最高の機密事項だろう。まして王の殺害を防げなかったこの状況下では、箝口令《かんこうれい》が敷かれていても不思議ではない。それなのに記者に会うというのだから、当然同僚には知られたくないだろう。そんな状況でも会ってくれるというのは、何かきわどい話をするつもりがあるからだろうか？　いや、これは先走りすぎかもしれない。気持ちを抑える。内心が顔に出ないたちなのは、こういう時つくづくありがたい。

「わかりました。誰にも言いません」

おそらく、何か話してくれるとしても匿名を条件にされるだろう。それは構わない。消息筋の話として書けるだけでも充分だ。

「何時にどこで会えますか」

「それは、明日伝えるそうです」

いつ仕事から抜け出せるか、わからないのだろう。明日状況がどう動くか、まるで予想がつかない。けれどそれでは、わたしが一日中ここに釘付けになってしまう。

「午前中か午後かだけでも、わかりませんか」

チャメリは困った顔になった。彼女が時間を都合するわけではないのだから、確かに訊かれても困るだろう。

「午後だと思います……たぶん。彼が午前中に来たことはありませんから」

「わかりました」

電気ポットの湯が沸き、スイッチが切れるカタンという音がした。

「では、どうぞ内密に」

と言って、チャメリは立ち去ろうとする。わたしはその背中を呼び止めて言った。

「あの、チャメリさん。ありがとう」

「どういたしまして。お礼は彼に言ってください」

肩越しに振り返った彼女に、訊く。

「あの、それからもう一つ。……断水はいつまでですか」

何を訊かれるのか不安だったのか、強ばっていたチャメリの表情がふっとほぐれた。彼女はわたしに向き直って言った。

「朝の六時までです」

やはり、今夜風呂に入ることは諦めなければならない。

「明日も同じく、午後十時から断水の予定です。ではタチアライさん、おやすみなさい」

チャメリはドアを閉じた。

風呂のことは残念だ。けれど、仕事はチャンスに恵まれた。二〇二号室で、わたしは静かな昂奮が込み上げてくるのを感じていた。伏せてあるマグカップを手にして、ポットから湯を注ぐ。

ふと気づくと、カトマンズの夜は静まりかえっていた。耳を澄ましても、聞こえてくるのはがたごとという物音だけ。ロブが何かしている……そのうち、チャメリが様子を見に行くだろう。

弔砲は鳴り終わったらしい。わたしが眠りに就くまで、あの遠い鐘のような音はもう聞こえてこなかった。

# 8　噂の街

ネパールの雨期は、日本の梅雨とは違うものだ。しとしと長雨が降るのではなく、少し前まで晴れていた空が一転かき曇り、夕立のような雨が降るという。

今朝も晴れていた。剝き出しの土を、乾いた風が撫でていく。シャワーを浴びて日焼け止めを塗っただけの顔に早くも土埃がまとわりつくのを感じながら、朝のカトマンズを歩く。ラジエスワルからの連絡待ちなのであまり遠くには行けないが、昨日手に入れられなかったラジオをどうしても買っておきたかった。

すぐに戻るとチャメリに伝えたかったけれど、彼女はフロントにはいなかった。従業員スペースに誰かいる気配はあったけれど、呼んでも出てこなかった。仕方がないので、できるだけ早く用を済まして戻ろうと早足になる。

ラジオを売っている場所には、二ヶ所心あたりがあった。一つはインドラ・チョクだ。あそこで買い物をするのは、きっと楽しいだろうし、値段の交渉次第では安く買えるかもしれない。

けれどいまは、多少高くついたとしても確実に早く手に入れたかった。わたしはもう一つの心あたり、ニューロードへと向かう。

ネパール滞在は既に四日目となり、日干し煉瓦の街並みも、シヴァ像に赤い色粉をつけて祈る女性の姿も目に馴染み始めている。ビニールや野菜屑が詰まった側溝を覗き込んでごみ拾いをしている子供たちの姿にも、驚かなくなってきた。だからこそ、だろうか。カトマンズの街の雰囲気が少し変わってきているのをなんとなく感じる。

昨日、男たちは街角に集まり、黙って食い入るように新聞に見入っていた。声を上げて嘆いてみせる人々もいるにはいたけれど、稀だった。けれど今朝は様子が違った。トピー帽をかぶった初老の男や逞しい二の腕をあらわにした男が、眉を吊り上げて怒声を張り上げている。摑み合いの喧嘩さえ見かけた。彼らが発する言葉はネパール語なので、何を言っているのかはわからない。けれど新聞を振りかざし記事を指さしているところを見ると、王宮事件が諍《いさか》いの原因であることは間違いないだろう。昨日までは、怒りを街で見かけることはほとんどなかったのに。

ネパール政府は情報を小出しにしている。王宮で殺人が起きたとこの街の誰もが知っているのに、公式発表では、国王を含む八人の王族が死亡したとしか言っていない。そのことが、そもそもネパール政府は王宮事件について何も発表するつもりがないのではないか、今後もまともな説明はされないのではないかという疑いを招いている。人々のフラストレーションは、この不信感が引き起こしているのではと思う。

ニューロードは電気街だ。カセットテープやビデオテープ、導線や電球などを売るさまざまな店がある中に、小型の電気製品を売る店があったことを憶えていた。戸口が狭く奥行きがある鰻《うなぎ》の寝床のような店に入ってラジオを探す。レジカウンターでは、ちりちりの髪に顎鬚を生やしたふくよかな店員が新聞を読んでいる。わたしに気づくと、人の良さそうな笑顔で訊いてきた。

「何を探してるんだ？」

英語だった。わたしも微笑み返し、

「ラジオを」

と答える。

「ラジオね。どんなのがいい？　ＣＤが聞けるやつもあるぜ」

「ありがとう。でも、小さいものが欲しい。ポケットに入るような」

そう言うと、店員がのっそりとレジカウンターから出てきた。棚の一つに手を伸ばす。

「これが一番小さいかな」

ポケットには入りそうもないけれど、ボディバッグには収まりそうな、銀色のラジオだった。

「それをお願いします。電池も、いま入れる分と、交換用を。イヤホンもください」

「はいよ」

手際よく注文の品をカウンターに並べながら、彼はわたしをちらりと見た。

「旅行かい」

「ええ、まあ」

「こんな時だ。ラジオは欲しいよな。何が起きてるのか、さっぱりわからん。……噂だけなら、いくらでもあるけどな」

「噂ですか」

ボディバッグから財布を出しながら、言う。

「この街には旅行で来ましたが、いまは取材をしています。日本の雑誌、月刊深層から依頼された記者で、太刀洗といいます。もしよかったらどんな噂が流れているか教えてもらえませんか」

店員が顔を上げる。

「記者だって？　なんてこった。それなら聞いてくれよ」

レジカウンターに肘をつき、彼はいきなりまくしたてる。

「一昨日、ギャネンドラは撃たれなかった。なんでか知ってるか？　あいつはポカラにいたっていうんだ」

ギャネンドラというのは新摂政のことで、亡くなったビレンドラ国王の弟だ。彼が晩餐会を欠席していて難を逃れたということは、今朝の時点で報じられていた。

「ポカラ？」

「この国で二番目に大きい街さ」

「なるほど。彼はたまたまカトマンズを出ていて、無事だったということですね」

「そうさ。それはいい。そういうこともあるさ。でもな」

男は強く眉を寄せる。

「王宮にいたのに、たまたま無事だったのがパラスなんだぜ！　ギャネンドラの息子だ！　親父はたまたま晩餐会に出なかった、息子は出たけれど、たまたま無傷だった。こいつが偶然だと思うか？　みんな裏になにかあると思ってる。でも、どうせ俺たちには何も知らされない。それがこの国なのさ。千四百ルピー」

「千四百ルピーというのは、何かの隠喩《いんゆ》ですか」

「何を言っている？　ラジオと電池とイヤホン、合わせて千四百ルピー」

「……ああ」

いくつかのやりとりを経て、千二百ルピーで折り合う。

店員が無造作にラジオをビニール袋に放り込むのを見ながら、考える。彼は、今回の事件には何か陰謀が隠されているとほのめかした。そう感じているのは彼だけだろうか。それとも、同じような疑心が国中に広がっているのだろうか。


一つわかるのは、状況は大きく変わったということだ。直感だけで言うなら、たぶん、悪い方向に。

野次馬的な興味から出た言葉だったのだろうが、昨夜ロブが言ったことは当たっているのかもしれない。ディペンドラが即位したことで、人々は事件の裏を疑い始めるだろう。あの晩何があったのか、今日会うラジェスワルが全部知っていて、それを全てわたしに話してくれるということがあるだろうか。

もしそれを報じることができたら……それは、世界に先駆けたスクープになるのではないか？

新聞社を退職してから、フリーでやっていく覚悟は決めたつもりでいた。けれど、定期収入の当てがないというのは想像以上に心細い。会社勤めをしていれば、たとえ不本意な仕事をした月であっても、ルーティンワークばかりでこれという仕事もしないまま過ぎ去った月であっても、預金口座に月給が振り込まれた。その頃の方が良かったとは思わない。選択を悔いてはいない。ただ、あの時は、月々の家賃が自分の足元を少しずつ掘り崩していくようなうら寒さは感じなかった。

王宮事件の真相をスクープできれば、わたしの名は一気に上がる。十年とは言わないまでも、五、六年は仕事に困ることはない。事と次第によっては単著を出すこともできるかもしれない。お金は大事だ。収入がなければ暮らしていけないだけでなく、お前の仕事には価値がないと断じられたも同じこと……。

「タチアライ！」

呼びかけに、はっと顔を上げる。迷いを振り払おうと頭を振る。サガルがトーキョーロッジの壁にもたれていた。手のひらで日干し煉瓦の壁をトンと押し、駆け寄ってくる。

「どこに行ってたんだよ。チャメリさん、出掛けちまったぜ」

しまった。ラジェスワルから連絡があったのか。ロッジを離れていたのは三十分ほどだったのに、入れ違ってしまうとは運がない。

「出掛けたって、どこに？」

「買い出しだよ。でなきゃメシも作れないだろ。だいぶ心配してたぞ、タチアライはどこに行ったんだろうって」

やはりなんとかして行き先を伝えておくか、でなければメモを残しておくべきだった。そうすれば待っていてもらえたかもしれないのに。どうしたものかと思っていると、サガルがにっと笑った。

「大丈夫だよ。伝言を預かってる。ほら」

小さな手が、小さな封筒を持っている。わたしはそれを受け取り、表と裏を検《あらた》めた。灰色の封筒で、糊付けされている。紙の質が悪いのか、妙に張りのない柔らかい封筒だった。頭の後ろで手を組んでサガルが訊いてくる。

「中身はなんだい」

「ごめんね、内緒にしなきゃならないの。ありがとう」

メッセンジャーを務めてくれたサガルに、チップとして二ルピー渡す。彼は肩をすくめて受け取った。

部屋に戻ってからでもよかったけれど、気が急いてその場で封を切る。中には二つ折りの紙が二枚入っていた。一枚には、走り書きで英語が書かれている。

――午後二時、クラブ・ジャスミンにて。一人で来ること。秘密厳守。

もう一枚は地図だった。わかるだろうか、と不安になったけれど、よく見れば王宮通り沿いのようだ。これなら大丈夫だろう。

わたしが手紙を読んでいる間、サガルは手持ち無沙汰そうに地面を蹴っていた。元通りにメモを二つ折りにして封筒に戻した途端、

「ところでさ」

と話しかけてくる。

「俺、今日は屑拾いやってたんだよ。客は通りそうもないし、あんたは起きてこないしさ」

「起きていたわよ」

八時には起きていた。

「そうかい？　でも部屋からは出て来なかっただろう。で、王宮の方に行ったんだ。そしたらさ、いまどうなってるか知ってるか」

「いいえ」

するとサガルはいつになく深刻な顔になって、

「大人たちが集まってる。すごい数なんだ」

「昨日よりも？」

「ぜんぜん違う。警官どもと睨み合って、ギャネンドラを出せとか本当のことを発表しろとか叫んでるんだ。警官どもも相手に押し合い寸前なんだぜ。一つ間違ったら……バン！」

不穏な雰囲気には気づいていた。王宮前に集まった人々が集団心理から過熱したとしても、不思議はない。そして、王宮を守る警官隊は小銃で武装しているはずだ。サガルが言うとおりだとしたら、確かに危険な状況らしい。

けれど、現に銃撃が始まっているならともかく、緊張が高まっているというだけでは怯《ひる》んでもいられない。腕時計を見る。十時半、まだラジェスワルとの約束まで時間はある。

「ありがとう。行ってくる」

部屋にカメラを取りにいくため、トーキョーロッジの鉄扉に手を掛ける。するとサガルが横から言った。

「なあ、道案内してやろうか」

「ナラヤンヒティ王宮でしょう、道は知っているわ」

彼は小馬鹿にするように鼻を鳴らした。

「タチアライが知ってるのは、ニューロードからラトナ公園をまわり込む道だろ？　そうじゃなくて、近道があるんだ。十分は早いぜ。もしかしたら十五分」

わたしは少し考えた。王宮前にはたぶんこれからも何度か取材に行く。往復二十分短縮できるならありがたい。サガルの身の安全を確保できるかが問題だけれど、道案内だけなら大丈夫だろう。

「わかった。お願いするわ」

サガルは白い歯を見せて笑うと、胸板を二度、こぶしで叩いた。

暗い廊下で、ポケットから鍵を出す。小さな木片に穴が開けられ、麻紐で鍵に結わえつけられている。

部屋に入り、買ったばかりのラジオに電池を入れた。

二〇二号室の傷だらけの机にラジオを置いてスイッチを入れる。しばらくチューニングを続けてBBCを探すと、ほどなく英語放送が流れ出す。

『政府はこの後、改めて事件についての発表を行う予定で……』

ラジオの性能のせいか、室内にいるせいで電波が弱まっているのか、音質が良くない。ニュースを聞き取るにはかなり集中しなくてはならなかった。それでも聞けることだけは確認し、イヤホンを差し込む。こちらは何も問題ない。

ラジオとイヤホンをボディバッグに入れ、すぐにロッジを出る。サガルは外で待っていた。

わたしたちは路地を歩き出す。

トーキョーロッジの斜向かいには、ガネーシャの祠がある。さっきは誰もいなかったが、その前に若い女が屈み込んでいた。後ろを通る時、啜り泣きが聞こえた。王のために泣いているのか、それともまったく違う理由からか。

右に曲がればニューロードに出る交差点をサガルは直進し、すぐに、建物の隙間に細く開いた路地へと入っていく。ここから先は知らない道になる。

日干し煉瓦の赤みがかった街並みは変わらない。そのはずなのに、心なしか、道幅がだんだん狭くなっていく気がした。頭上に紐が張られ、白いシーツが干されて風にはためいている。スパイスの香りが漂っているが、あるいは神々に捧げられた香なのかもしれない。

サガルの足取りは迷いなく、後ろをついていくわたしのことなど知らぬげに路地を突っ切っていく。子供の足は速い。わたしは少し、歩幅を大きくする。

道端に祠があった。トーキョーロッジの斜向かいにあるものとは違い、土塗りではなく煉瓦造りの祠だ。その前にも若い女が屈み込み、やはり嗚咽《おえつ》を漏らしている。啜り泣く調子もほぼ同じだ。わたしは思わず後ろを顧みた。さっきの女が先まわりしてきたような気がしたのだ。違うとはわかっているけれど、迷宮に入り込んだような感覚に襲われる。

先細りの道は、強い圧迫感を感じさせる。そんなわけはないとわかっていても、心のどこかで、このまま道が消滅してしまうのではないかという不安に襲われる。人通りもいつしかなくなっていた。

サガルが言う。

「他にも見たよ」

「……何を」

「タチアライと同じやつらを。記者さ。それともカメラマンっていうのか？　俺にはどう違うのかわからない」

ネパール王の不慮の死は、世界の注目を集めた。もちろん、世界中から記者が集まってくる。サガルはぽつりぽつりと話す。

「思い出すよ。あれはカメラマンだったのかな。記者だったのかな。ま、どっちでもいいんだ、本当は。おっと、ここで曲がる」

細い道からもっと細い、ほとんど道とも呼べないような隙間へ、サガルは体を滑り込ませる。日の差さない小径《こみち》だ。一足踏み入れたそこには、腐臭が漂っている。……いや、もっと枯れた、腐り果ててしまったにおいがする。足元にどろりとした黒いものが落ちているのを見て、踏み出す足が中空で止まった。どうやら、バナナのようだ。見れば、果物の皮や魚の骨、洗濯物が風に飛ばされたのか泥まみれになったシャツ、何かのフンらしきかたまり、木ぎれ、正体のわからないヘドロ状のものが落ちている。

サガルはにおいに気づいてもいないのか、それとも平気なのか、暗がりの先へぐんぐんと進んでいく。ボディバッグのストラップをぐっと握り、気持ちを決めてわたしも続く。

カトマンズはごみが多い。どんな道でも、両側には食べかすや空き瓶や瓦礫《がれき》や、何かしらが捨てられている。綺麗だったのは王宮通り沿いぐらいだ。けれど住宅街の路地を一本奥へと入り込むと、こんなにおいがするとまでは思っていなかった。日当たりの悪さのせいでもあるだろうか。すぐに慣れるとは思うけれど、それでも息は浅くなる。

「すごい道を知ってるのね」

そう言ったのは、内心の脅えをごまかすためでもあったかもしれない。サガルはちらりと振り返ると、誇らしさを滲《にじ》ませて、

「そりゃあ、ここで生まれたんだからな」

と言った。

「秘密の道さ。あんたにしか教えてない。……おっと、嘘だ。ヤツダにも教えた。面白いな、二人とも日本人だ」

「八津田さんも王宮に行く用事があったの？」

「いや。街を詳しく案内してくれって言われたんだよ」

それきりふっと黙りこみ、サガルは振り返るのをやめた。

「……俺の兄貴も」

前を向いたまま、かろうじて聞き取れるぐらいの声でサガルが言う。

「記者を案内してたっけ」

「亡くなったお兄さん？」

「ああ。ドイツ人に雇われた男が、絨毯工場で誰がどんな風に働いてるか話せて、中も案内できる子供を探していたんだ。で、兄貴がそれを受けた。タチアライ、あんたは俺の話には金を出さないって言ったな。そのドイツ人はちゃんと払ったぜ。兄貴はその金で俺の薬を買って、残った金で荷車を買ったんだ。いまは俺が屑拾いに使ってる。役に立ってるよ」

だからわたしも情報料を出せ、と言いたいのだろうか。

そうではない気がした。でも、何を言おうとしているのかはわからなかった。

「縄張り争いがきつくてね。俺は土産物売りもやるから、屑拾い専門の連中に睨まれてる。ボスに上がりの七割を渡してるんだ。他の連中は、そこまで出してないと思うんだよな」

「ボスがいるの？」

サガルは背中で笑った。

「いるさ。当たり前じゃないか。怖いやつなんだ」

不意に、サガルが前方にジャンプする。路地はだしぬけに終わっていた。

抜け道の先は、ぽっかりと空き地になっていた。波打つブリキ板で仕切られた空間に陽光が降り注ぎ、背の低い雑草がまばらに生えている。しぼんだサッカーボールが落ちていた。エンジンさえ掛かれば乗っていけそうな軽自動車が停まっている。そして耳にどよめきが届いた。言葉は何一つ聞き取れないけれど、怒りに満ちているとはっきりわかる声が、波のように響いてくる。

空き地を囲うブリキ板には、いまわたしが入ってきた隙間の他に、もう一つ切れ間があった。サガルはその道を指さす。

「そこから出て、歩道橋を渡ってまっすぐ行けばすぐに王宮通りさ」

知らない道は長く感じる。本当にこの道が近道になっているのか、実感はない。けれどサガルが言うのだから、間違いないのだろう。

「悪いけど、俺はここで帰るよ。稼がなくちゃな」

道案内のお礼に、わたしはポケットから再び二ルピー硬貨を出す。なぜかサガルにはそれが意外だったらしく、

「いいのか？　ありがとう」

と戸惑いながら受け取る。
去り際、彼はふと思い出したように言った。
「なあタチアライ。俺、兄貴が大好きだったんだよ」
わたしはただ、頷くことしかできなかった。
サガルが路地の奥に消えるのを見送り、デジタルカメラを手に取る。電池残量の警告が出ていないことを確かめ、声のする方に向けて駆け出していく。
ナラヤンヒティ王宮前は、群衆に占められていた。
人々は口々に何かを叫んでいる。統一のスローガンはなく、プラカードの類《たぐい》も見当たらない。
ただ怒りの赴くまま、めいめいが声を上げているといった風だ。髪を剃り上げた男が多い。三
千人とも四千人とも見える群衆の、ざっと三分の一ほどは髪を剃り上げていて、彼らは天に腕
を突き上げて気勢を上げている。
わたしは、群衆の最後尾から少し離れたところに立った。ここから王宮までは見渡す限りの
人波で、正門前がどうなっているのかはまるで見えない。サガルは警官隊と群衆が揉めていた
と言っていたが、それもいまや確認することはできなかった。
わたしはしばらく、詰めかけた人々の背後をうろついていた。彼らの声は強く激しく、憤り
に満ちている。それを文章にすることはできるけれど、写真には収められない。いまこの場の
空気感を伝える写真を撮るためには、群衆の前に出る必要がある。最前列に立ち、そこから後

ろを振り返って初めて、人々の怒りを撮れるのだ。

もしかしたら抜け道があるかもしれないけれど、それを案内してくれるサガルは帰ってしまった。そもそも、さすがにこの場に子供は連れてこられない。もしどうしても人々の顔を撮ろうとするなら、この群衆をかき分けて前に出るしかないだろう。しかしもし移動中に人々が暴徒化したら、あるいは警官隊が発砲したら、どこにも逃げ場がなくなる。まだ大丈夫だとは思うけれど……。

何かもっといい方法はないか、周囲を見まわす。気づくとすぐ近くに、ネパールのテレビ局なのか、パラボラアンテナをつけた車が停まっていた。その車の屋根にカメラマンが上がり、背伸びするようにして群衆を撮っている。彼らは前に出ることを諦めたらしい。あの中継車で人の群れに突入するわけにもいかないだろう。

他にも、記者らしい姿はまばらに見られた。その中で、通りの反対側で何かを話し合っている二人組に目が留まった。格子模様のシャツに灰色のパンツを穿いた若い男と、髭を生やしひたいにバンダナを巻いた中年の男で、バンダナの方がカメラを手にしている。おもちゃのようなわたしのデジタルカメラとは違うが、プロ仕様にしては小さなカメラだ。

二人は日本人ではないか、という気がした。若い男の履いている靴が、日本の靴メーカーが出しているスニーカーだったのだ。もちろん、国産の靴を履いているから日本人だとは限らない。けれどサガルも言っていた。日本人ですかと声を掛けて、もし間違っていても、殴られるわけではない。

わたしは四車線を横切って、彼らに近づく。バンダナを巻いた方が先にわたしに気づき、怪訝そうな顔をしながらも、ちょこんと頭を下げてくれた。こちらから話しかける。

「こんにちは。月刊深層から仕事を受けた、太刀洗万智といいます。もしかして日本の新聞社の方ですか」

「ああ、はい、そうです。どうも」

答えたのは若い男の方だった。ほっとした表情でポケットから名刺入れを出してくる。若い男が中外新聞の記者で池内、バンダナを巻いた男はカメラマンではなく通訳で、西といった。予想通りデリー支局に所属している。西はわたしの名刺を受け取ると、

「ちょっと行ってきます」

と無愛想に言って離れてしまう。池内はハンカチを出してひたいの汗を拭った。

「どうも。まさか月刊深層さんが来ているとは思いませんでした」

月刊誌の機動力は、海外支局を持つ新聞やテレビには遠く及ばない。池内が驚くのは当然だった。わたしは微笑む。

「たまたま別件でカトマンズにいたんです」

池内は溜め息をついた。

「そいつは運がいい。僕は強行軍でした。昨夜なんとか到着して、情報を集める間もなくこの大群衆です。参りますよ」

「昨日の夜に着いたのなら、葬儀は取材できましたか」

「かろうじて。写真はロイターの配信を使いましたが。……ところで、何か情報はありますか」

独占状態の情報は伏せることもあるが、遅かれ早かれどこかから伝わりそうな情報は、惜しまず交換し合う。この仕事をする者はたいてい、手柄を立てたい気持ちよりも、他社が把握している情報を掴み損ねることを恐れる気持ちの方が強いからだ。

しかしいまは、あまり出せる情報がない。最新情報はＢＢＣのニュースに頼ってばかりで、一番の情報源にはこれから会う。さすがにラジェスワルのことは教えられない。わたしは首を傾げてみせた。

「噂話程度なんですが……。新しく摂政になったギャネンドラが、事件の晩に限ってポカラの街に行っていて、晩餐会を欠席したのはどうも怪しい、と。彼の息子は出席していましたが、無傷だったそうです」

小さく二度、三度、池内が頷く。

「摂政の息子が無傷だったという話は聞きました。でも、ギャネンドラがカトマンズにいなかったことは初耳です」

「裏を取ってはいませんが」

「わかっています。で、噂と言えば、パラスの噂は聞きましたか」

「摂政の息子のことですよね」

「そうです」

怒声が飛び交う中にあって、それでも池内は心なし声を潜めた。

「悪い噂が聞こえてきますよ。ギャネンドラはもともと人気がないんです。民主化に反対したことで有名ですから。でも、パラスはもっと不人気でしてね。俗っぽい。女遊びがとにかく派手だし、麻薬の密売にも関わってるって言われています。ひき逃げで人を殺したことまであるとか。でも王族だから裁かれない」

「……信じがたい気もしますが」

なにしろ今年から二十一世紀だ。子供の頃に想像していた二十一世紀には、人を殺しても捕まらない王族は出てこなかった。池内は肩をすくめる。

「広く知られた話のようですよ。デリー支局に出入りしていた出稼ぎのネパール人が、この事件を聞いてまず教えてくれました」

そういうこともあるかもしれないと呑み込むと、この王宮前の騒動の理由もわかる気がしてくる。つまりこの国の王族も政府も、信用されていないのだ。政府は信頼されていないがトップ個人は敬愛されているという状況は、珍しいことではない。ユーゴスラヴィアではあらゆる人々がチトーの死を悲しんだが、政府は国を保つことができなかった。昨日の葬儀にあれほど多くの人々が集まったのは、あくまでビレンドラ個人の人気ゆえと考えるべきかもしれない。

「ありがとうございます」

「こちらこそ。僕はシシャパンマ・ホテルに泊まっています。何かあったら教えてください」

「わたしは、トーキョーロッジという民宿に泊まっています」

「トーキョーロッジ？　そんな宿があるんですか」

「あるんです。少なくとも水は出……出ませんでしたけど」

計画断水のことを知っているのだろう。池内はくすりと笑った。

ささやかに情報を交換し、それでわたしたちはお互いの取材に戻るはずだった。ところがその時、いきなり音のうねりがわたしたちにぶつかってきた。詰めかけた群衆が、ほとんど悲鳴のような声を上げたのだ。

「なんだ？」

ついに制圧が始まったのかと思った。けれど人々は誰一人逃げるでもなく、いっそう声高に叫んでいる。

「何かあったようですね」

もしパニックが起きるようなら、逃げ道を確保しなくてはならない。人々の様子を見守っていると、通訳の西が走って戻ってきた。

「西さん、どうした」

池内の問いに西は首を傾げるばかりで、

「わかりません。ニュースがどうとか言ってましたが」

ぴんときて、わたしはボディバッグを開ける。ラジオを出し、電源を入れる。ロッジの部屋でチューニングを合わせたとおり、BBCニュースが流れ出した。池内が目を見開く。

「用意がいいですね！　月刊深層の、ええと」

「太刀洗といいます」

それだけ言って、三人でラジオに耳を傾ける。質の悪い音は人々の声に紛れていっそう聞こえづらく、わたしはボリュームのつまみをいっぱいにまわした。

聞こえてきたニュースは、わたしの聞き取りが間違っていなければ、こう言っていた。

『……以上、新摂政ギャネンドラ殿下の声明でした。繰り返してもう一度お伝えしますと、摂政殿下は先ほど、ビレンドラ国王をはじめとした王族が亡くなったのは、自動小銃の暴発が原因だと発表しました。銃の暴発により、八人が亡くなったという発表です……』

わたしは思わず、池内の顔を見る。池内はきょとんとした顔で西を見ていて、西は苦々しい顔でラジオを睨んでいた。

これでは誰も納得しない。むしろ、真相を追求するつもりはないと発表したも同然だ。数千の人々の叫びを聞きながら、池内が呟く。

「こいつは悪手だと思いますよ」

同感だった。

一方でわたしは別のことも考えていた。これほど過熱してしまっては、群衆の前に立って写真を撮ることは不可能だろう。わたしは機会を逸したのだ。

それでもカメラを構えて数枚撮る。後ろ頭ばかりの写真は使えないとわかっていて撮ったのは、未練がましいとしか言いようがなかった。

# 9　王とサーカス

わたしは四度、クラブ・ジャスミンの前を通り過ぎた。

地図には王宮と、そこから延びる幅の広い道路、横断歩道、目印になる旅行代理店の看板が書き込まれていた。方向感覚は記者の仕事に必要なものの一つであり、地図の見方はそれなりに身につけている。けれどわたしは一向にクラブ・ジャスミンを見つけることができなかった。

クラブとはいうけれど、それがどんなクラブなのかがわからない。チャメリの伝言にはただクラブ・ジャスミンとだけあったので、それが社交クラブなのかナイトクラブなのかカフェなのか、ダンスホールに近いものなのか、あるいは阿片窟《あへんくつ》なのか、見当がつかない。そのせいでわたしは、目に入るもの全てをクラブ・ジャスミンではないかと疑わなければならなかった。

それなのに、同じ場所を四度通り過ぎるまで、そこに目当てのクラブがあるとは思いもしなかった。目に入っているはずなのに、見えていなかったのだ。クラブ・ジャスミンは、入口のガラス戸に「KEEP　OUT」と書かれたテープが貼られた、廃ビルの中にあった。まさかと思って土埃に汚れきった窓ガラスを透かし見て、かつてはネオンが輝いていたのだろう電飾看板を見つけたのだ。

立入禁止の表示をひとまず無視して入口のドアに手を当てるけれど、施錠されていた。迷うことを計算に入れて、早めに来ておいてよかった。コンクリート舗装の歩道にぽつねんと立ち、少し考える。

「間違えたわけじゃない、とすると……」

引っかけられたのだろうか。ラジェスワル准尉は取材に応じるつもりはなく、廃ビルを待ち合わせ場所にしてわたしに一杯食わせたのだろうか。

その可能性はなくもない。けれど、そうであったからといって失うものはない。ラジェスワル准尉はクラブ・ジャスミンを待ち合わせ場所に指定した。なら、約束の時間までにそこに行かなければならない。なんとしても。

廃ビルの両側にもビルが建っている。右隣のビルはクリーム色の外壁で、一階には楽器屋が入っている。ショーウィンドウにはエレキギターが並び、「ＳＡＬＥ！」と書かれた赤札がついていた。

左隣のビルは、濃い灰色のコンクリートの外壁に、模様かと思うほど満遍なくひびが入っている。廃ビルよりもよほど古いように見えた。四階建てで各階ごとに看板が掲げてあるけれど、どれもネパール語を書き表す文字、デーヴァナーガリーで書かれていて読み取れない。二階の窓ガラスに内側からポスターが貼られている。髭の生えた男が酒を飲んでいる絵が描かれていて、色は褪せていない。ということは最近貼られたものだろうから、無人ではないらしい。

このビルと廃ビルの間に、少し広めの隙間がある。ポテトチップスの袋やビラ、泥まみれの靴が片方だけ、そして動いていない壁掛け時計も捨てられている。その先に、わたしは灰色のドアを見つけた。通用口だ。

なんとなく左右をうかがい、誰もこちらに注目していないことを確かめてから、路地へと体を滑り込ませる。だいたいはサガルのせいなのだが、この街に来て以来、建物の隙間ばかりを縫って歩いている気がする。

通用口のドアはアルミでできていて、ノブも同じく見慣れたアルミ製だった。胸の高さから上はガラス戸になっていて、そこには黒く塗られた鉄格子がついている。塗料がところどころ剝がれ、赤い錆が覗いていた。泥棒が入るなら、この鉄格子を破るよりもアルミ戸を叩き壊した方が早そうだ。ノブに手を掛けようとして、気づく。あまり汚れていない。もっと土埃がこびりついていてもよさそうなのに。再び手を伸ばして摑む。

ノブを捻ると、それは僅かな抵抗と共に、まわった。鍵が掛かっていない。

捨てられたものたちの異臭が漂う路地で、銀色のドアノブを摑んだまま、わたしはふっと息を吐いた。疑わしい状況で国王を含む王族が殺され、民衆が腕を突き上げて正確な情報を求めている国で、これから軍人相手に一人で会おうとしている。わたしがやっていることは、自分が考えているよりも危険なのかもしれない。

ドアを開ける。

廃ビルの中は、想像していたように埃のにおいが立ちこめていた。喉をやられてしまいそうで、ポケットからハンカチを出して口に当てる。けれどもちろん、これから人の話を聞くのにこんなことはしていられない。数回呼吸してから、そっとハンカチを外す。

ボディバッグからボイスレコーダーを出して、胸ポケットに入れる。スイッチを入れておくべきか考える。本来なら、録音してもいいかどうか相手に尋ねてから入れるのがマナーだ。けれど時と場合によっては、隠して録音することもないわけではない。

今回はスイッチは入れないことに決める。隠して録音する理由がないし、もし露見した場合に危険すぎる。

一階はダイナーのような場所だったらしい。わたしが入り込んだのはキッチンだった。既に全ての食材が片づけられて久しい……と思うのだけれど、目にも留まらぬ速さで虫が床を這《は》っていく。台所によく出る例の虫のように見えた。もっともこれは、わたしの心理が見せた幻だったかもしれない。蜘蛛《くも》の巣が張ったガスコンロやドアが半開きになった食器棚、床に落ちているソースパンを見ながら、キッチンを通り抜けようとする。そこでわたしの耳は、微かな音を捉えた。

ジー……という、均一な機械音だ。どこから聞こえてくるのか確かめようと、耳の向きを少しずつ変える。壁に向けると音が大きくなる。業務用の大きな冷蔵庫がまだ生きているのかと思ったけれど、そうではなかった。冷蔵庫に隠れていた死角に配電盤がある。音を立てているのはこれだ。するとこのビルは、まだ電気が生きているということになる。

キッチンを抜けると、カウンターに丸椅子が並ぶフロアになっていた。床は赤と白のチェック模様だけれど、埃まみれでコントラストが弱くなっている。これだけ荒れた雰囲気なのに、椅子が一つも倒れていないのが不思議だった。椅子と椅子の間隔はばらばらなので、床に固定されているわけではない。カウンターをまわり込んで椅子の座面を見たけれど、どれも同じように埃が積もっている。ということは、誰かが使っているわけではない。倒れていないのは単に偶然だろう。どうでもいいようなことまで気になってしまう。緊張のせいか、神経が過敏になっている。

このダイナーがクラブ・ジャスミンかと思ったけれど、どうやら違う。廊下に通じるガラス張りのドアを通り抜け、振り返ると、「ＢＩＧＦＯＯＴ」と書かれた看板がドアの上で傾いでいた。

廊下に明かりはないが、窓から入ってくる日光が散乱して、視界はそれなりに確保できる。電気が来ているなら照明も点くだろうと思って天井を見ると、蛍光灯はソケットから取り外されていた。

広さから考えて、一階にはダイナーしか入っていなかったのだろう。するとクラブ・ジャスミンは他の階にあるということになる。訳もなく足音を殺し、廊下を歩く。どこかにテナントの表示はないだろうか。

そして廊下の突き当たり近くまで来て、電飾看板を見つけた。

「……これ、かな」

網タイツを穿いた女性の脚が、ネオン管で形作られている。かつてその脚は、ネオンの明滅で伸びたり曲がったりして見えたことだろう。通電していないいま、それは三本足の不気味なオブジェだった。店名もネオン管で描かれている。「ｃｌｕｂ ｊａｓｍｉｎｅ」、ハートを象《かたど》った矢印は下を向いている。

廊下を突き当たりまで行くと、右手に階段があった。上と下に延びている。

約束の時間まで、あと十分。既にラジェスワル准尉は来ているらしい。立入禁止の廃ビルの地下一階から、弱々しい明かりが漏れていた。

ふっと、膝から力が抜けるような感覚があった。これが足が竦《すく》むということか。新聞社にいた時、わたしの背後には常に会社という後ろ盾が、命綱があった。それらに頼らず地下に下りていくことができるだろうか。

勇を鼓すための儀式が必要だった。いままでは、そんなものは必要なかった。取材の中で危険を感じたことはなかったからだ。記者会見の会場や囲み取材の中で取材対象が激昂することは日常茶飯事だったけれど、それを怖いと思ったことも、一度もなかった。怒鳴られているのはわたしという個人ではなかったからだ。けれどいまは、そうではない。わたしはひとりだ。この階段を下りるためには、何かが必要だった。

なんのために階段を下りるのか？

なぜ他の誰かではなく太刀洗万智が、ここを下りていかなければならないのか？

「……それがわたしの仕事だから」

そう呟く。

知は尊く、それを広く知らせることにも気高さは宿る。そう信じているからこそ、退職してからも記者として生きていこうと決めたのだ。いまこの場にいるのはわたしなのだから、わたしがやらなくてはならない。

――それだけ？

ぞっとする寒気が足元から、いま見つめている地下から襲ってくる。

目をつむり、二度三度と激しく頭を振る。ゆっくりと目を開けると、全身を覆った冷たさは去っていた。いまの感覚はなんだったのだろう。

結局わたしの背を押したのは、腕時計だった。約束の時間まであと一分に迫り、わたしは「待ち合わせの相手を待たせるのは失礼だ」という常識だけを頼りにして、クラブ・ジャスミンへと一歩一歩コンクリートの階段を下りていく。

クラブ・ジャスミンはダンスホールか、ディスコのような場所だったらしい。フロアが広く取られていて、小さなボックス席が数席、壁際に沿って置かれている。バーカウンターの後ろの棚には、かつては酒瓶がずらりと並んででもいたのだろう。いまはがらんどうの姿を晒《さら》している。カウンターの裏に出入口があって、その奥はどうやらキッチンのようだ。軽食も出していたのだろう。

壁紙は赤く、フロアには割れたガラスや紙屑が散らばり、ミラーボールまでもが転がっている。なんのチラシなのか、そのうちの一枚に赤字で大きく「WARNING!」と書かれているのが目についた。

照明は暗い。あるいは、本来点くべき電球のいくつかが、もう切れているのかもしれない。

その薄ぼんやりとした光と、乾いた埃のにおいが立ちこめる中、男が立っていた。

「時間通りだな」

男は濃緑と焦茶とベージュから成る迷彩服を着込み、豊かな口髭を蓄えていた。暗い照明の中でも、彼の顔が黒く日に焼けていることがわかる。肩幅は広く、首も太い。目は細く白目はほとんど見えなかった。腰にはホルスターを下げている。そこに銃が収められ、銃には実弾が装塡《そうてん》されていることを、わたしはちらとも疑わなかった。

一昨日、トーキョーロッジの一階で見たはずだ。その時は後ろ姿しか見ていないので、目の前の男と同じ人間かどうかはわからない。はっきりと見た短い髪も、いまは軍帽に隠されて見ることはできない。

一九〇センチ近い大男だ。ただそこに立っているだけで強く感じられる沈着な雰囲気のため、恐ろしいような威圧感がある。万が一トラブルになった場合のことを考え、わたしは階段を背にして立つ。まず、訊く。

「記者の太刀洗といいます。日本の雑誌、月刊深層から取材を請け負っています。あなたが、トーキョーロッジのチャメリさんが紹介してくださった、ラジェスワル准尉ですか」

彼は微動だにせず、ただ口だけが動いた。

「ああ。そうだ」

「彼女は、あなたが軍人だと言っていました。ネパール軍の方ですか」

「そうだ」

「チャメリさんは、あなたが一日の夜、王宮の警備に就いていたと言っていました」

ラジェスワルは首を横に振る。

「いや、王宮にいたことは確かだが、警備の当直ではなかった」

「晩餐会が行われた部屋の警備には就いていなかった、ということですか」

「そうだ。詰所にいた」

それでも、事件当夜、王宮にいたことは間違いない。わたしは、ぶるりと身が震えるのを感じた。本当に、世界を驚かせた大事件の証人に接触しているのだ。

「准尉。あなたのお話を記事にするために、録音することを許可していただけますか」

返答は明快だった。

「それは断る」

彼は、記者と会うことさえ伏せてほしいと言っていたそうだ。警戒するのも当然だろう。取材対象が録音を嫌うことは珍しくない。わたしはすぐに、

「わかりました。では、間違いがないようにメモを取らせていただきます」

と、ペンと手帳を出す。訊きたいことは山のようにある。ラジェスワルに会えるとわかった

時から、質問を何度も考え、磨き、まとめてきた。簡潔なQ&Aだけれど、それらはまさに、世界に先駆けた情報になる。

しかし彼は手を振って、わたしの動きを遮った。太い声が言う。

「それも無用だ」

「……どういうことですか」

手帳を開くこともできずに、訊く。

「タチアライ。憶えにくい名前だ。お前が私に訊きたいのは、先王の死に関することか？」

もちろん、それ以外に訊くべきことはない。

「そうです。ビレンドラ前国王の死について、あなたにお話を伺いたいのです」

彼は、あらかじめ言葉を決めていたように、言った。

「ならば何も話すことはない」

ペンを持ったまま、わたしは彼の顔を見つめる。

「……ですが、この場所を指定して会う時間を作ってくださったのは、取材に応じていただけるからではないのですか？　チャメリさんからはそう聞いています」

「チャメリか。あの女がどう言ったかは知らないが」

彼はそこで、少し言葉を切った。

「私はかつてチャメリの夫と共に仕事をしたことがある。彼は私のために怪我を負い、いまでも病院にいる。私はあいつに借りがあるし、あいつは妻を頼むと言った。そのチャメリの紹介なら無下にはできない。だから、私になんの用があるのか確かめるため、ここに来たのだ。用件はわかった。先王について話せと言うのなら、断る」

手の中から、何かがすり抜けていく感じがした。

事件の夜に王宮にいた軍人に話を聞けるとわかった時点で、わたしは今回の取材の成功を確信していた。ネパールで起きた国王殺害の真相を日本で、いや世界で最も早く書くことになるかもしれない。媒体が速報性に欠ける月刊誌というハンデはあるけれど、この記事はわたしの人生を切り開くものになる。そう思っていた。

断ると言われ、わかりました、と答えるわけにはいかない。

自分の名前が出ることを恐れる事件関係者は多い。新聞社にいた頃、警察の口はいつも重かったけれど、説得する方法はいつも必ずあった。素早く必死に考えを巡らす。

「匿名がご希望なら、記事には出しません。取材源は秘匿します。あなたに危険が及ぶことはありません」

「そういう問題ではない」

「誰にも話したくない、ということですか」

「いや」

彼はにべもなく言う。

「私が知っていることは、信用のおける友人たちには話してもいい。求められれば、公的な調査や裁判でも話すつもりだ。だがお前には話さない」

「……それは、わたしが外国人だからですか」

「いや。外国人の、記者だからだ」

言葉を失う。

いや、黙っていては、彼はもう話が終わったものとして立ち去ってしまう。そうさせないためには話し続けるしかない。

「ラジェスワル准尉。この事件は世界中に衝撃を与えました。民主化を進め国民から慕われていた王が、非業の死を遂げたのですから。今日の王宮前の騒動をご覧になりませんでしたか。人々は真実を、でなくとも少しでも多くの情報を求めています。伝えることは重要です。話していただけませんか」

埃舞う明かりの中で、准尉の眉が動いた。さびた声で彼は言った。

「重要だと。誰にとって重要なのだ？」

僅かに間があった。

「少なくとも、私にとっては重要ではない」

「世界に知らせることが重要ではないと言われるのですか」

「もちろんだ」

彼の語気は変わらない。重く、どこまでも淡々としている。

「重要ではない。我々の国王が殺されたのだ。誰がやったにせよ、これは軍の恥だ。ネパールの恥だ。なぜそれを世界に向けて知らせなければならないのだ」

国王の死は警護の失敗を意味する。語りたくないという気持ちになるのは、当然かもしれない。

けれどラジェスワルは、ただ断ると言っただけではなかった。彼は、なぜ、と問いかけてきた。なぜ報じなければならないのか。

なぜか。

「……正しい情報が広まれば、この国に世界が助けの手を差し伸べることもあるでしょう」

「必要ない」

「そうでしょうか」

くちびるが乾くのを覚える。

「いまでさえ、この国には多くの支援が寄せられています。王室が揺らいだとなれば、それはますます必要になるのではありませんか」

ラジェスワル准尉は初めて、笑った。

「マオイストとの戦いに向けて？　お前は私を脅迫するのか。お前に話をしなければ、世界は助けに来ないと」

そんなつもりは毛頭なかった。けれど、そう聞こえても当然だった。わたしは、自分の取材のために世界を引き合いに出してしまったのだ。頬が赤くなるのを感じる。

「失礼しました、准尉。わたしは、ただ、真実について言いたかっただけなのです」

「それは理解する。お前を責めはしない」

彼は穏やかにそう言うと、呟くように付け加えた。

「真実、か」

「そうです」

「つまりお前は真実のために、理由も知らされないまま追い返されることには耐えられないと言うのだな」

——答えられなかった。

他の誰でもなく、わたしが聞くことが真実にとって重要なのだとは、言えない。わたしはさっき、世界を盾に取って自らを正当化しようとした。今度は真実を盾に取るようなことはできない。

准尉の鋭い目が、まっすぐにわたしを見据える。

「なるほど、この国には助けが必要だと仮定しよう。真実がそのために有効だとも仮定しよう。だが、なぜお前なのだ。チャメリから聞いている。お前は日本人だろう」

「そうです」

「では、お前が書く記事は日本語だ。お前の記事は日本で読まれる。それが、この国となんの関係がある？」

素朴で、それでいて強烈な問いだ。彼は続けて言う。

「インドはこの国との関係が深い。中国もそうだ。歴史的にイギリスとの関わりも多く、いまも多くの兵士が雇われている。アメリカとの関係は言うまでもなく重要だ。それらの国の記者に話したというのであれば、真実が力を持つというのも頷けなくはない。だが日本はどうだ？お前に私が見聞したことを話すと、日本がこの国に何かしてくれるというのか」

日本はネパールに対し、多額の政府開発援助を行っている。決して無関係ではない。だが隣国インドや中国、それにアメリカのように、ネパールの運命を決めるほどの関わりがあると言えるだろうか。そして、わたしの書く記事は、その関わりに資するだろうか？

そう問われてなお、真実は役に立つから話せと、わたしに言えるのか。月刊深層の記事はネパールを救わない。もちろん影響力は皆無ではない。誰かは読むはずだ。けれど、ゼロよりはましという程度の力で胸を張ることは誠実と言えるだろうか。

そう、ネパールのためになるから話してくれというアプローチは間違っている。わたしがラジェスワルから王宮事件の真相を聞き、それを日本語で記事にすることは、ネパールのために行うことではない。

それでも黙るわけにはいかなかった。知は尊いと、わたしは信じてきた。だから、関わりのないことを知る必要はないと言われて、沈黙するわけにはいかない。

「確かに、日本語で書けば、ネパールのために役立つとは言いがたいかもしれません。……ですが、どこの言葉で書かれても真実は真実。記録されるべきです」

知は手の届く範囲にだけあるものではない。たとえ直接の関わりはないことでも、知ろうとすることそれ自体は正しいはずだ。

「私はそうは思わない」

少し考えるほどの間があって、彼は付け加える。

「だが仮に真実は記録されるべきだとして、なぜお前なのだ。お前は歴史家ではない」

「そうです。でも、歴史家に伝えることはできます」

「なんの資格があって？　私はお前を、バスで隣り合った乗客ほどにも知らない。なぜお前を、真実を記録し伝える者として信じられるというのだ。王の死は、ただのお喋りの話題ではない。あの晩のことは、いい加減に面白く脚色されていいことではない」

「わたしは日本で五年間、記者をしてきました」

「だから信じろと言うのか？」

ラジェスワルの言葉に嘲弄《ちょうろう》の響きはない。本当にそうなのか、と確かめるように、彼はわたしに訊く。

わたしは記者であるがゆえに、真実を伝える者である。ではなぜ記者なのか。それは大学四年生の時に就職活動をして、筆記試験と面接を通過して新聞社に記者として採用されたからだ。それが理由なのか。准尉にわたしを信じてくれと伝える、わたしを信じるべき根拠は、それだけなのか。

いや、そうではない。それだけではなかったはずだ。――けれど、言葉にはならなかった。

束の間、ラジェスワルの表情が歪む。苦痛に耐えるように。あるいは、何かを思い出したように。

「真実ほど容易《たやす》くねじ曲げられるものはない。あるいは、多面的なものはない。私がお前に話し、お前が伝えたことは、そのまま日本人がネパールに抱く印象になる。ここで私が国王は自殺だったと言えば、お前の国の人々はそれを信じて疑わないだろう。もし仮に後で真実とやらが流布《るふ》したとして、それを読んで最初の印象を改める者はどれほどいるのか」

それは、やはり、ほとんどいないとしか言えない。訂正報は常に小さい。

「お前が私の話を聞いてそれを書くというのなら、日本人がネパール王室に、この国そのものに持つイメージを一人で決定づける立場にいることになる。なんの資格もなく、なんの選抜も受けず、ただカメラを持ってここにいたというだけで。タチアライ、お前は何者だ？」

声が反響し、消えていく。

さっき階段の上で躊躇ったとおり、クラブ・ジャスミンは危険だった。しかしその危険は、わたしが考えているものとは違った。わたしはわたしが信じてきた価値観にナイフを突きつけられている。

ラジェスワルの目つきが、ふっと和らぐ。哀れむように。

「私はお前自身を責めたいのではない。チャメリの紹介だからこそ、話さない理由を話したのだ。さあ、わかったら出ていきなさい。私も一度部隊に戻らなければならない」

それでもわたしは、説得を試み続けるしかないのだ。

「わたしは……わたしはこの仕事を信じています。それは裏切れない」

その言葉を聞き、准尉の声は、たちどころに冷厳なものへと戻った。

「それがお前の信念か」

関係がない」

泥棒の信念が、詐欺師には詐欺師の信念がある。信念を持つこととそれが正しいことの間には

「確かに信念を持つ者は美しい。信じた道に殉じる者の生き方は凄みを帯びる。だが泥棒には

「はい」

わたしはまた、自らを恥じなくてはならなかった。その通りだ。信念を持ち、自らの信条が正しいと思うからこそ吐かれる嘘は、わたしも何度も聞いてきたはずだったのに。

「お前の信念の中身はなんだ。お前が真実を伝える者だというのなら、なんのために伝えようとしているのか教えてくれ」

ナラヤンヒティ王宮事件の報道ではBBCが一歩先んじた。日本の新聞社も既に現地入りしている。わたしは現地にいたという有利な立場にありながら後《おく》れを取ることに、本能的な危機感を覚えている。ラジェスワルという最有力の情報源に接する機会を持ち、最高の記事を書けるかもしれない期待に昂奮している。

それが自分の信念の、プロフェッショナリズムの中身なのか。

わたしはこれまで、なぜ伝えるのかを深くは考えずにいた。あえて、そうしてきたのだ。考えるよりも先に手を、足を動かすことがプロだと信じていた。けれどいま、問われた。考えるよりも先にすべきことがあるという理由で、考えていなかったことを問われている。

いま言える言葉は、一つしか思い当たらなかった。

「……わたしはここにいるからです。黙って傍観することは許されません。伝える仕事をして

いるのだから、伝えなければならない」

すぐに、厳しい声が飛ぶ。

「誰が許さないというのだ。神か？」

神ではない。月刊深層編集部でもない。別の理由があるはずだ。あるはずなのに、それを見出すことができない。

ラジェスワルは、一つ息をついた。うんざりとした溜め息ではなく、自分を落ち着かせようとしているように見えた。

「もう一度言うが、私はお前を責めようとしているのではない。お前の後ろにいる、刺激的な最新情報を待っている人々の望みを叶えたくないだけだ」

さっき彼は、取材に応じないのはネパール軍の恥である国王殺害について世界に広めたくないからだと言っていた。それももちろん本当なのだろう。けれどいま、彼は違うことも言った。

「それは、あなたが秘密を守る義務がある軍人だからですか」

「そうだ。……いや、それだけではない」

ラジェスワルは少し俯き、沈黙した。

やがて彼は顔を上げた。細く鋭く、しかしどこかやりきれなさの残る目が、じっとわたしを見据える。

「昔話をしよう。私はイギリスで傭兵《ようへい》として働いていた。一時期はキプロスの平和維持軍にいたこともある。ある日、私は休暇でロンドンに戻っていた。……あそこは雨が多くて嫌なにおいのする街だ。私はいつも酒場にいた。バーテンダーの頭上に小さなテレビがあった。フットボールが始まるのを皆が待っていた。テレビはもうついていて、ニュースが流れていた。BBCだ。世界のニュースを伝える、短いコーナーだった」

声はがらんどうのクラブ・ジャスミンに響いていく。

「私は目を疑った。キプロスで平和維持軍の車列が崖から落ち、二人死に、一人が大怪我を負ったというのだ。国籍はばらばらだったが、あそこにいたのはみんな仲間だった。私は混乱した。キプロスの状況は落ち着いていたが、跳ねっ返りがテロを起こしたのか？　それともただの事故か？　死んだのは誰だ？　しかしアナウンサーは十五秒で話を終わらせた。誰もそのニュースを気にしなかった」

彼はゆっくりと言う。

「次のニュースは、サーカスでの事故だった。インドのサーカスで虎が逃げたという。映像は、現場にいた誰かのハンディカメラの動画に切り替わった。男女の悲鳴と、そして怒り狂う虎の唸り声が聞こえた。逃げ惑う人々の合間から、ほんの一瞬だけ虎が見えた。その美しかったこと！　飼い慣らされていたはずの虎の裏切りに、猛獣使いが泣き叫んでいた。私は気づいた。パブの多くの人間が、そのニュースに釘付けになっていることを。誰かが、こいつはひでえや、と言った。嬉しそうに」

そしてラジェスワルは、細い声で付け加える。

「私も、そのニュースに興味を惹かれていた。……なにしろ、衝撃的な映像だったからな」

「准尉」

「もしキプロスの仲間たちが事故ではなく、ロケット弾で死んでいたら、その現場の映像があったら、パブの客たちはサーカスの虎と同じように楽しんだだろう。私は教訓を得たのだ」

言葉に力強さが戻ってくる。

「自分に降りかかることのない惨劇は、この上もなく刺激的な娯楽だ。意表を衝くようなものであれば、なお申し分ない。恐ろしい映像を見たり、記事を読んだりした者は言うだろう。考えさせられた、と。そういう娯楽なのだ。それがわかっていたのに、私は既に過ちを犯した。繰り返しはしない」

娯楽という言葉が、胸を抉る。違うとは言えなかった。もちろんわたしは娯楽のつもりで記事を書いてきたわけではない。しかし受け取る側は？　情報は奔流だ。誰も、一つ一つを真面目には受け取れない。

「たとえば私が王族たちの死体の写真を提供すれば、お前の読者はショックを受ける。『恐ろしいことだ』と言い、次のページをめくる。もっと衝撃的な写真が載っていないか確かめるために」

そうだ。そうするだろう。

「あるいは、映画が作られるかもしれない。上々の出来なら、二時間後に彼らは涙を流して我々の悲劇に同情を寄せるだろう。だがそれは本当に悲しんでいるのではなく、悲劇を消費しているのだと考えたことはないか？　飽きられる前に次の悲劇を供給しなければならないと考えたことは？」

ラジェスワルは、わたしに指を突きつける。

「タチアライ。お前はサーカスの座長だ。お前の書くものはサーカスの演し物《だもの》だ。我々の王の死は、とっておきのメインイベントというわけだ」

ほとんど悲鳴のように、夢中で言い返す。

「准尉、わたしにそんなつもりはありません」

「お前の心づもりの問題ではない。悲劇は楽しまれるという宿命について話しているのだ。人々はなぜ綱渡りを見て楽しむのか。演者がいつか落ちはしないかと期待しているからだと思ったことはないか？　ネパールは不安定な国だ。そして一昨日、演者は落ちた。興味深いことだ。これが他国で起きたことなら私も楽しんだかもしれない」

ラジェスワル准尉は言った。

「だが私は、この国をサーカスにするつもりはないのだ。もう二度と」

対話の終わりを告げる言葉だった。言葉は尽きたのだ。


——その日の残り、わたしはほとんど機械的に取材をこなした。

人々から話を聞き、インドラ・チョクに設けられた献花台に出向いて写真を撮った。街角の定食屋でダルバートを食べ、トーキョーロッジに帰り着いたのは昨日よりもずっと早い六時ごろだった。

重い鉄扉を引き開けて戻ったロッジのロビーは、煌々とした明かりに包まれていた。

これまでトーキョーロッジの一階が明るいと思ったことはない。電球を取り替えたか、ふだんは消している明かりも点けたのだろう。フロントデスクにはシュクマルとチャメリがいた。チャメリは手にストップウオッチを持っている。シュクマルはノートパソコンを使っていた。電源コードとは別に、コードが壁に向かって伸びている。インターネットを使っているのだ。彼はロッジの鉄扉が閉まる音に振り向いて、微笑んだ。

「やあ、どうも」

わたしは頭を下げ、何も言わずに階段を上った。

二〇三号室のドアには、未だ「DO NOT ENTER」の張り紙が貼られたままだ。昨夜は何かを探すような音が続いていた。いまは何も聞こえてこない。

部屋に入ってボディバッグを机に置く。バスルームに向かい、カランを捻る。今夜も十時から断水だという。土埃を洗い流したい。自分が汚れきり、裏路地のにおいが髪や肌に染みついたような気がする。

カランから流れ出る湯がバスタブを叩き、滝のような音が部屋に満ちる。ベッドに腰かけて目を閉じる。ごうごうという水音と全身を浸す疲労、そして睡魔が思考をかき乱す。静けさが欲しくて、両耳に手のひらを当てる。

ラジェスワルはわたしに問いを投げかけた。わたしのなりわいについて、報道について、何よりも、手の届かない場所のことを知ろうとする意味について。

けれどわたしは答えられなかった。五年間もその仕事に携わっていたのに。会社を離れたいまは、一人ででも続けていこうと願っている仕事なのに。

「答えられなかった」

わたしの呟きは水音にかき消され、どこにも届かない。

# 10 傷文字

六月四日の朝、わたしはサガルに教わった近道を通り、ナラヤンヒティ王宮の前にいた。昨日に倍する市民が集まり、さまざまな叫び声を上げている。シュプレヒコールが繰り返される。彼らは何を求めているのか。真相の究明を求めているのか、先王を悼んでいるのか、王を守りきれなかった政府と軍に抗議しているのか、新摂政の就任に反対しているのか。怒れる人々に取材を試みると、そのどれもが答えとして返ってきた。一つだけ確実なのは、人々が加速度的に過熱しているということだ。何が起きてもおかしくない。いや、何かが起きるだろうという確信が、胸の中でふくらんでいく。次々に押しかける群衆の流れに逆らい、わたしは常に群衆の最後尾にいるようにしていた。

突然、古い瓶詰めの蓋を開けた時のような、乾いた破裂音が聞こえた。一度だけだ。人波の向こうに白い煙が上がる。シュプレヒコールも無秩序な怒声も、一瞬だけ静かになった。風は王宮の方から吹いている。煙は、こちらに流されてきた。

直接見たことはない。けれど、それが何か直感した。催涙弾だ。とうとう、始まったのだ！少しずつ群衆が押し戻されてくる。腕時計を見て、十時半という時刻を確認する。来る、という予感を覚えたその途端、誰かが悲鳴を上げた。それで潰走《かいそう》が始まった。人々が走る。弔意を示すために頭を剃り上げた男が、何が起きているのか理解できているとは思えない子供が、白い顎鬚を蓄えた老人が、獣から逃れるように王宮に背を向けて走り出す。警官隊は、最初から銃を持っていた。彼らが撃たないのは命令がないから、そして彼ら個人個人が自制しているからに過ぎないということを、誰もが知っていたはずだ。そしていま、枷《かせ》は外れた。抗議の時は終わり、恐怖がそれに取って代わった。

銃声は聞こえなかった。もし彼らが自動小銃を撃っていたら、ひとかたまりになっていた群衆は何百人となく死んでいただろう。

代わりに彼らが使っているものが、逃げ惑う人々の合間から見えた。まず、迷彩服の裾を押し込んだ半長靴が見え、次いで中国武術の棍《こん》のような長い棒がにょっきりと見えた。警官たちは逃げ遅れた男たちを囲み、滅多打ちに殴りつけている。

路上にネパール語が飛び交う。どこかから英語で「逃げろ！」という声が聞こえてきた。わたしに向けられた言葉だったのかもしれない。パニックに駆られた人々が押し寄せてくるのに、抵抗して留まり続けることは不可能だ。逃げなければ、と足が下がりかける。しかし歯を食いしばり、デジタルカメラを構えた。王宮から少しでも離れようと振り返りもせずに走る人々を正面から捉え、撮る。

さっきまで最前列にいて、いまや最後尾となった男たちが殴りつけられているところも見えていた。わたしのデジタルカメラのズーム性能は、最大でも三倍に過ぎない。その最大倍率まで拡大して、シャッターを切った。一枚撮るごとにほんの僅かに差し込まれる処理時間がもどかしくて仕方がない。悲鳴と怒号が飛び交う中、わたしは腰を落としてカメラを構え、撮り続ける。

わたしがフレームに捉えた男はアスファルトに横たわり、体を丸めていた。頭を守っているように見えた。絶え間なく振り下ろされる棒には無反応だった。ただひたすら頭だけを守り、それ以外の場所は打たれるに任せていた。

いつの間にか、わたしはカメラから目を離していた。日本語で呟いた。

「死んでしまう」

助けることはできない。それに、わたしも逃げ遅れていた。撮影のために立ち止まった一分が仇《あだ》となり、雪崩《なだれ》を打つ群衆に呑み込まれてしまった。

誰かに肩から当たられた。ぐらりとよろめく。ここで転倒してしまったら、人々の下敷きになってしまう。体を捻り、足を踏んばる。ネパール語なのか悲鳴なのかもわからない金切り声や胴間声が飛び交う中、「助けてくれ」という英語が聞こえる。警官たちは逃げ遅れに追いすがり、棒の乱打を加えていく。彼らはヘルメットをかぶり、バイザーを下ろしている。だから視線の方向はわからないが、そのうちの一人が、こちらをじっと見ているような気がして、その手に持った棒が緩やかに動いた瞬間、わたしも走り出した。

どことなく大気が霞がかったカトマンズの街を必死に駆ける。路上にコーラの空き瓶や破れた新聞紙が散らばり、誰かの足がそれを蹴飛ばしていく。群衆は道路をまっすぐに逃げていくように見えて、二人三人とばらばらに左右のビルの隙間へと逃げ込んでいく。わたしも走り、走り、通りを渡り、とにかく見覚えがある路地へと身を躍らせる。

そこは、カンティ通りからスークラ通りへと続く抜け道だった。後ろを振り返るが、誰も追っては来ていない。膝に手をついて荒い呼吸を繰り返す。たった二百メートルほどのダッシュでこうも息が切れるとは。ひたいに手の甲を当てたけれど、汗は出ていない。胸から下げたカメラの無事を確かめる。

コンクリートのビルの狭間から見上げる。細く覗く青空まで、エアコンの室外機が規則正しく並んでいる。ファンの音は聞こえなかった。

まだ弾む呼吸を整えながら、カメラを手にする。電源を入れて、いま撮った写真を確かめる。一枚、二枚、三枚。デジタルカメラは連写ができない。八枚しか撮れていなかった。息を詰めて撮ったものを見ていく。

まなじりを吊り上げた人の顔、叫ぶ形に大きく口を開けた人の顔……すべてを見終えたわたしは、溜め息を漏らす。

「ああ」

臨場感はある。けれど、ほとんどの写真で誰かがフレームの前を大きく横切っていて、何を撮った写真なのかよくわからない。警官たちが棒を振り上げている写真もあったけれど、これには打たれる側が写っていなかった。逃げてくる人々を撮った写真はどれも、ぶれがひどい。報道写真では多少のぶれは許容範囲だとはいえ、これはぶれすぎている。決定的な一枚には、どれも程遠い。

写真が全てではない。この場にいて、見聞きした事実を伝えることに意味がある。そう自分に言い聞かせるけれど、自分を奮い立たせることができなかった。昨日まではそうではなかった。いまは、伝える意味を無前提では信じられない。写真が欲しかった。誰をも、自分自身さえもねじ伏せるような、力のある写真が。

カメラのストラップを首に掛け直し、いま逃げてきた路地を振り返る。悲鳴はまだ聞こえている。いい写真を撮るのに、いまからでも遅すぎはしないかもしれない。そう踏み出しかける足を、何かが止める。

警官隊は二日間挑発に耐え続け、いまは銃を使うことなく群衆を追い払っている。しかしわたしがその場面を撮れば全ての前提は消え失せて、暴虐な警察が逃げ惑う市民を殴りつけている写真にしかならない。記事本文で補足すればいいというものではない。写真は、第一報は、それ自体だけで解釈されてしまう。いまわたしが戻って鎮圧の様子を撮れば、その写真はわたしの意志を離れて、残酷さを鑑賞するものに成り果てる。

そうしたいのだろうか。それが、わたしの伝えたいことだろうか。

足が止まってしまった。高揚が去り、恐れがそこに取って代わる。もう、あの混乱の中に戻ることなど思いも寄らない。うかうか戻れば、次に囲まれるのは自分かもしれないのだ。

ロッジに戻って、これまで取材した情報を一度まとめよう。既報のニュースに付け加えられることは何もないけれど、雑感を交えれば多少は独自性も出せるはず。何より編集部にそろそろ連絡を入れなくてはならない。……本当は記事をまとめるのは明日でも充分に間に合うし、月刊深層に定時連絡を入れる約束はしていない。進む理由を見出せず、ただ引き返すことへの言い訳に過ぎない。それを知っていてなお、わたしは喧騒に背を向ける。

ビルの合間を抜けて、街中にぽっかりと開けた空き地に入る。丸めたちり紙から鉄パイプの山、土埃にまみれた軽自動車まで、あらゆるごみが散らばるその場所は、トーキョーロッジへの近道に通じている。短く細い雑草がまばらに生えて、僅かに吹き込む風にそよいでいる。

ふと、空き地の一隅に数人が集まっていることに気がついた。

橙《だいだい》色や緋色のシャツを着た、子供たちだった。数人は帽子をかぶっていて、みな肩を寄せ合ってこちらに背を向けている。見たところ、日本で言えば小学生ぐらいの年頃の子供ばかりだ。街の状況が状況だけに恐がっているかもしれない。刺激しないように迂回して帰ろうかと思ったけれど、どこか、様子がおかしい気がした。

彼らは何かを覗き込んでいる。わたしはゆっくりと近づいていく。囁き交わすネパール語が聞こえてくる。

「あの」

と、声を掛ける。間近の二人がわたしに気づき、手に持っているカメラに目を向けた。一人は男の子らしく、もう一人は女の子らしい。はっきりとはわからない。二人とも顔は黒く汚れ、目はどんよりと沈んでいる。そしてどちらも不気味なぐらいに無表情で、わたしのために場所を空けてくれた。

人が倒れていた。ごみと雑草の中に、まだら模様のズボンを穿いた足がまず見えた。靴の踵に僅かに掛かったズボンの柄は、濃緑と焦茶とベージュ色の迷彩……倒れているのは兵士なのだろうか。

全身が見えた時、喉の奥で声が詰まり、奇妙な音が鳴った。男の上半身は裸だった。うつぶせになっていて、背中が傷つけられていた。赤黒く細い傷跡が、幾筋も幾筋も刻み込まれている。肌の色は、彼を取り巻く子供たちとほとんど変わらない。短く刈り込まれた髪の生え際から続く首すじだけが、黒々と日に焼けていた。

死体を見たことがないわけではない。仕事の中で、自殺や事故で死んだ死体を見るはめになった回数は片手に余る。けれどこれほど生々しいそれを至近距離で見たことはなかった。頭がかっとなり、目眩《めまい》に襲われる。

そう、彼は間違いなく死んでいる。脈を取ったわけでもないのに、それがはっきりわかるのはなぜだろう。酸鼻さに耐えかねて背けた顔から、それでも目だけを動かして死体を見やる。背中の無残な傷を見るうちに、だんだんと死を悟った理由を納得していく。彼の傷は血に汚れているけれど、もう出血してはいない。彼の体の中で、もう血液は循環していないのだ。生きている人間についた傷なら、ああはならない。

あまり続けて見ていると、網膜に焼きついてしまいそうだ。知らず天を仰ぎ、一呼吸する。

そしてわたしは、子供たちの誰に向けるともなく、英語で訊いた。

「彼はいま死んだの？」

咄嗟に出たものとはいえ、あまりにも間の抜けた質問だった。けれど誰かが、短く答えた。

「ううん。もう死んでた」

甲高い声が続けて言う。

「死んでたんだ、ここで。俺が見つけた」

恐れを帯びた声が続く。

「俺じゃない。俺がやったんじゃない」

その一言が、場の雰囲気をはっと引き締める。思わず左右の顔を盗み見る。

子供たちの顔に浮かんでいる表情は、どれも似通っていた。どんよりとした目が、上目遣いにお互いの顔を見ていく。不安と疑いだ。たぶん、わたしも同じ顔をしているだろう。不意に、誰かが大声を上げた。ネパール語だった。

その叫びが呼び水になり、ネパール語が溢れ出す。

聞き取れない言葉の中で、わたしはじっと身じろぎもせずにいた。この分だと、いますぐ自分の身に危険が及ぶということはなさそうだ。なら、冷静にならなくては。

まず時刻を確かめる。十時四十二分だった。

警察は呼んだのだろうか？

倒れている男は本当に兵士なのか？　咄嗟にそう思い込んでしまったけれど、よく考えれば根拠は迷彩服を着ていることだけだ。警官たちが着ていたのも迷彩服だった。

死因はなんなのだろう？　まだ他殺と決まったわけではない。事故や病気で死んだ人間の背中を、刃物で傷つけただけかもしれない。

さまざまな疑問が浮かんでは消える。どれもいまは答えが得られず、そしていずれはわかる問いだ。いまはただ、事実を認識しなくては。そう気づいた時、自分の手の中にカメラがあることを思い出した。首から下げたデジタルカメラを、そっと両手で包み込む。

瞬間、死体を撮ることを躊躇《ちゅうちょ》してしまう。死者への畏敬の念からではない。死体を撮った写真は、まず誌面には出せないのだ。これほど無惨な傷がついていては、なおさらのこと——。

次の瞬間わたしは、自らを恥じた。観察し記録するためにここにいる。写真が売れないかもしれないから撮っても仕方がないなどと、ほんの僅かでも思ってしまうとは。

カメラを構える手が小刻みに震えているのがわかる。誰かに咎《とが》められる前に手早く、わたしは死体を撮っていく。全身像、迷彩服に覆われた下半身、髪が短く刈り込まれた頭部、黒々とした頭部、そして傷だらけの背中を。

「……あ」

声が出た。

男の背中の傷は、滅茶苦茶に切りつけられたもののように思っていたけれど、違うかもしれない。見るに堪えず、直視できていなかったのでわからなかった。いま、カメラを通して見て、それに気づいた。何かの規則性がある……。いや、落ち着いて見れば明白だ。男の背に刻まれた傷は、アルファベットになっている。

右の肩胛骨《けんこうこつ》から腰にかけて何文字かが刻まれ、二行目が背中の中央あたりから始まっている。ハイフンは見当たらない。最初の傷は縦に一本だけ。「I」だ。次の傷は、二本の縦線を繋ぐように斜めにも切り込まれている。「H」にも見えるが、たぶん「N」だろう。

アイ……エヌ……エフ……オー。

読みにくい。カメラを下ろし、一文字ずつ直接確かめていく。

次は「A」か「R」か、どちらにも見える。二行目に移って「M」、「E」、そしてまたAともRともつかない傷で終わっている。

「……インフォーマー?」

男の背中に刻まれた文字は「INFORMER」と読めた。一行目が「INFOR」まで、二行目が「MER」。言葉の雰囲気はわかっても、正確な意味を把握している単語ではなかった。

もう一枚写真を撮ろうとファインダーを覗き込んだところで、鋭い笛の音が空き地に鳴り響いた。制服姿の男が四人、こちらに駆けてくる。彼らの制服は迷彩柄ではなかった。小銃も持っていない。死体を取り囲んでいた子供たちが、一人二人と、輪を離れてそっと立ち去ろうとする。面倒事が嫌なのだろう。

男たちの取り仕切りは、穏やかなものではなかった。来るや否や、まだ残っていた子供たちに怒鳴り始める。何もしていない男の子を突き飛ばし、わたしに向けてもカメラを下ろすよう乱暴な手振りで命令した。子供たちはちりぢりになり、代わりに制服姿の男たちが死体を囲む。

二人が死体に向けて屈み込む。残る二人は、子供たちを牽制するように死体に背を向けた。一人はしわだらけの顔で、無表情だ。もう一人は短い髭が不似合いに見える若い男で、こちらは緊張が見て取れる。わたしは若い方の男に訊いた。

「失礼します。わたしは日本の雑誌、月刊深層の記者です。あなたがたは警察官ですか?」

話しかけられるとは思っていなかったのだろう。男は大きく目を見開いたが、取り繕うように表情を引き締めると、

「そうだ」

と答えた。

「誰かが通報したのですか?」

通報とは別の経緯で、ここに死体があるという情報を得た可能性もある。念のため訊くと、警官はやけに重々しく頷いた。

「ああ。電話での通報を受けて、すぐに駆けつけた」

次にわたしは、倒れている男を目で示す。

「あの死体が着ている服はなんの服か、ご存じですか」

答えやすい質問を投げかけられると、気が緩むものだ。警官はすぐ、得意げに答える。

「ああ、もちろんさ。みんな知ってる。あれはもちろん軍服だよ」

しかしそこで、もう一人の立っている警官が鋭く言葉を挟んできた。

「これから調べる。全部これからだ。何も答えられることはねえよ」

わたしは警官に礼を言って引き下がった。

屈み込んでいる警官二人が、何やら身振りを交えて話し合っている。やがて一方が、死体の肩に手を掛けた。どさりと音を立てて、死体が仰向けになる。

背中に傷で文字を書かれた死者は、ネパール国軍准尉、ラジェスワルだった。


死体発見から一時間後。わたしはトーキョーロッジの自室に戻っていた。

部屋の明かりも点けず、飴《あめ》色の机に両肘を乗せ、指を組み合わせてひたいに当てる。

昨日話した人間が、今日はもう冷たくなっている。それは初めての経験ではなかった。

何度か取材していた起業家、いつ死んでもおかしくなかったような無頼漢、若くして病気に斃《たお》れた伯父、それに、遠い異国から来た大切な友人。これまでいくつかの死に巡り合ってきた。けれど初めてではないからといって、無反応になれるわけではない。気がつくと、指が震えていた。膝も。全身に力を込めて、震えを止めようとする。

ラジェスワルは、わたしには何も話してくれなかった。問いだけを投げかけて、後は全てを拒絶した。

彼は王宮事件を恥だと言っていた。ネパール王国のトラブルが世界に配信されるのは耐えがたいことだと思っていた。ふだんネパールには興味を持たない、この国が王国であることさえ知らない世界中のふつうの人々が、センセーショナルな問題が起きた時だけ目を向けてくることを嫌悪していた。彼には彼の道理があった。彼の拒絶は、誇りゆえのものだったのだろう。わたしは何も答えられなかった。甘かった。返すべき言葉があったはずなのに言えなかったのだ。

視界が滲んでいる。わたしは彼の死を悼んでいるのか。それとも、もう彼の問いに答えられないことが悔しいのか。あるいは単に……目の前に現れた死が恐ろしいのか。

ポケットからハンカチを出し、目元を拭う。

いま、わたしの手元には写真があった。あれほど欲した、インパクトのある写真が。剝き出しの背中には傷があり、使い込まれた迷彩柄のズボンが軍靴を覆っている。子供たちの顔は写っていないけれど、その細い手足が背景に写り込んでいるだけで何か異様な感じを受ける。

……力強い構図だ。

立ち上がり、ボストンバッグから電子辞書を出す。机に向かい、電源を入れる。液晶が安定するのを待ち、一文字ずつ入力していく。I、N、F……。

INFORMERと打ち込んで、翻訳ボタンを押す。出てきた和訳は短かった。

——密告者。

## 11　注意を要する上出来の写真

密告者。

わたしはその文字を、ただじっと見つめていた。

薄々、わかってはいた。インフォームで始まるからには、何かを知らせる人という意味なのだろうと思っていた。しかし電子辞書に表示されたのは、想像を大きく超えた、強い言葉だった。

ラジェスワルは晒し者にされたのだ。彼の背に密告者と刻んで屋外に放置した意味は、およそそれしか考えられない。

埃っぽい風が吹き込んでくる。布地の厚いカーテンが、ほんの僅かに揺れている。焚かれた香のかおりが漂ってくる。わたしは、はっと窓の外を見た。誰かの視線を感じたのだ。……気のせいだ。窓の外には細い通りを挟んで民家が並び、視界に入る窓は全て閉まっている。それでもわたしは立ち上がり、二〇二号室の窓を閉める。古い窓枠が擦れ合う軋みと共に、部屋は薄暗さを増す。窓に手を当てて立ったまま、わたしは考える。

密告という言葉が、胸の中に澱《おり》を作っていく。ラジェスワルを晒したのは制裁のためだろうか、それとも見せしめのためだろうか。彼は、何を密告したために殺されたのか。

彼は昨日、わたしに会った。雑誌記者に会ったことを第三者が知ったら、当然、ラジェスワルはナラヤンヒティ王宮での殺人について記者に情報を伝えたと見做すはずだ。それが密告であり裏切り行為であると考えられて、彼は殺されてしまったのではないか。

つまり――。

ラジェスワルは、わたしに会ったから、殺されたのではないか。

可能性は充分にある。ラジェスワルはもともと取材を拒んでいた。わたしに会ってくれたのは、戦友の妻であるチャメリに義理立てしてのことだと言っていた。そんな彼が、他の記者にも会っていたとは考えがたい。彼の死が取材を受けたことへの罰だとしたら、その原因は間違いなくわたしだ。

もちろん、他の考え方もある。サガルはラジェスワルを「インドのスパイ」だと言っていた。それが当たっているかはわからないが、彼が軍人であり、ネパールが中国とインドに挟まれて常に緊張感のある国家運営を強いられていることは事実だ。わたしとはまったく関係のないところで、密告と指弾されるようなことをしていたのかもしれない。

再び机に戻り、さっきと同じように指を組んでひたいに押し当てる。じっとりと汗が滲むのを感じる。ラジェスワルの写真をどう扱うか考える前に、急を要する問題がある。

わたしも危ないのではないか？

ラジェスワルを殺害し、背中に「密告者」の文字を刻んだ何者かは、わたしを放っておくだろうか。

何か外部には絶対に漏らせない情報があるのだとして、それを漏らしたおそれがあるというだけでラジェスワルが粛清されたのなら、わたしが狙われないはずがない。むしろ、情報が広まる前に、わたしの口をこそ一刻も早く封じなければならないはずだ。それこそ、ラジェスワルよりも先に。

しかしわたしは生きているし、誰かに脅迫されてもいない。これはどういうことだろう。ラジェスワルを殺した何者かは、まだわたしを見つけていないのだろうか。ラジェスワルは記者に会うことは隠していたはずだ。だから情報が不充分で、ラジェスワルを殺した誰かは、その記者の正体や居場所までは知り得なかったのかもしれない。……ならば、殺人者はいま、わたしを探している。

空気の循環が止まった部屋の中で、背がすうっと冷えていく。

五年間の記者生活で、叩き込まれた原則がある。「安全第一」、ほんの少しでも危険があるのなら、迷わず身を引くべし。

――この原則は、報道に携わる者全員が共有しているものではない。記者の信条がいついかなる場合でも安全第一ならば、この世で起きている悲劇はほとんど報じられないことになる。しかし日本の記者が、なかんずく企業に勤めている記者が安全第一を原則としていることには、理由がある。

一九九一年、長崎県。雲仙普賢岳で、大規模な火山活動が観測された。噴煙が噴き上がる中、間近に迫った噴火を報じようと、複数の記者が現地に入っていた。彼らの一部は、迫力のある映像を撮るため、立入禁止とされた区域にまで入り込んだ。

大規模な火砕流《かさいりゅう》が発生し、麓《ふもと》に押し寄せた。火山活動は先が読めない。突然の火砕流に、逃げる時間はほとんどなかった。普賢岳の取材は四十三人の死者および行方不明者を出す惨事となった。

わたしはその頃、高校生だった。後に東洋新聞に入社した時、先輩からこう教わった。

「事件の前線に出る以上、記者が危ない目に遭うのは、ある程度は仕方がないとも言える。だがな、憶えておけ。俺たちはもう絶対に、タクシーの運転手まで巻き込んではいけない」

普賢岳の取材事故では、深入りした記者を引き返させようとした地元消防団の人間や、迫力のある写真が撮れる場所まで記者を連れていったタクシー運転手も犠牲になった。彼らの死は巻き添えであり、原因を作ったのは間違いなく記者だった。無関係の人間を死なせてしまったという痛恨の念は受け継がれ、いまもわたしたちの意識の底流にある。……少なくとも、万が一の時に浴びる社会的な批判を恐れ、危険地帯での取材には報道機関の社員ではなくフリーの人間を送り出すという傾向が生まれた。

では、いまは雲仙の教訓を生かすべき時なのだろうか。危険を避け、わたしは身を引くべきなのだろうか？

本能的には、そうしたい。いますぐ飛行機のチケットを手配して、それが取れないということなら陸路を辿ってでも、この国から逃げ出したい。写真も取材メモも何もかも投げ出して日本に帰り、ラジェスワルの背中の無惨な傷を一日も早く忘れたい。月刊深層はもう仕事をくれないかもしれないけれど、牧野も危険を冒してまでもとは言わないはずだ。

ひびの入った天井を見上げ、深呼吸する。

頭が冷えていく。自分を埒外《らちがい》において考えるよう、思考を客観化させていく。これまで聞き知ったことを論理で編み上げていく。

「……怖い、けれど」

じっと考えを進めていくと、わたしは心の底から怯えているわけではないと思えてくる。死体の酸鼻さにたじろいでいるのは間違いない。けれど、恐れきってしまうには、どうしても疑問が残るのだ。

ラジェスワルはわたしという記者に会ったから、秘密漏洩《ろうえい》を疑われて殺されたのだとしよう。となると殺人者は、ラジェスワルがわたしに何を話したか、具体的には何も把握していないということになる。彼は何も話さなかったのだから。そしてさっきも検討したとおり、わたしがまだ無事で脅迫も受けていないという事実から考えれば、殺人者は記者の正体や所在についても摑んでいない。

誰に会ったのか、何を話したのかもわからないのに、記者に会ったという事実だけわかっているなんてあり得るだろうか。仮にそういう断片的な情報だけが伝わったとして、その段階でラジェスワルを殺し、背中に傷文字を彫って晒し者にするだろうか？

やはりおかしい。リンチにしてもあまりに短絡的だ。

そう、殺人者にはどうしても守りたい秘密があると考えた場合、わたしが無事なのにラジェスワルだけ殺すことには意味がない。仮にラジェスワルを先に殺害したとしても、その死は隠さなければならないはずだ。でなければ記者は国外に逃げ出し、口封じもできなくなってしまう。なのに死体に文字を刻んで、ビルの谷間とはいえ街中に晒したのはなぜか。

記者を殺す必要は感じていないから、としか考えられない。

つまり殺人者にとっては、ラジェスワルが記者に接触したこと自体は裏切りであり処刑にも値する一方、彼の話を聞いた記者は興味の対象外……ということになる。それはおかしい。

どこかがずれている。いったい、何がずれているのだろう？

取りあえず推定できるのは、わたしは狙われていないということ。少なくとも、いますぐ身を引く理由はない。

……けれど、では、身を引かない理由は何かあるのだろうか。

理屈の上では、まだ逃げるのは早いと考えている。けれど、取材を試みた相手が殺されて密告者と刻まれたことは確かなのだ。どうしても、腹の底が冷えるような恐れが込み上げてくる。

「なぜ、わたしはここにいるのだろう」

呟きが漏れる。

記者が危険な目に遭うのは、ある程度は仕方がない。なるほど、そうかもしれない。家に引きこもっているのではない以上、多かれ少なかれ危険はある。それでも伝えることが仕事なのだと思えばこそ、現場に踏みとどまってきた。

けれどこの王宮事件を報じることは、意義のある仕事だろうか？

ラジェスワルが言ったとおりだ。このニュースを日本に届けたところで、どこかの国での恐ろしい殺人事件として消費されていくだけだろう。「安全第一」が報道の原則なら、「悲劇は数字になる」は報道の常識だ。一国の皇太子が国王と王妃を殺害して自殺したというニュースは、さまざまな陰謀説も含めて、ひとときの娯楽を提供するだろう。……そして、次のニュースに押し流される。たぶん東名高速の玉突き事故か、政治家の失言か、そんなニュースに。ニュースのほとんどは、ただ楽しまれ消費されていく。後には、ただかなしみを晒されただけの人々が残る。

それでも一万人に一人、十万人に一人は、ニュースから何かを得るかもしれない。心の底からこのニュースを必要としている人がいるかもしれない。九割九分の読者が「こわいね」と呟いて忘れてしまうことでも、一分なり一厘なり、誰かのためにはなるかもしれない。だから伝える。……もし「なぜ伝えるのか」と問われれば、こう答えるのがたぶん模範解答だろう。

けれど、わたしはそのためにカトマンズに残るのだろうか？　既にナラヤンヒティ王宮での事件は広く報じられ、日本の大手マスメディアも次々に現地入りしている。おおよそのことは、もう伝わっている。そもそも情報だけならBBCの受け売りで充分ではないか。

それなのに、わたしはまだここにいる。取材を続けようとしている。なぜか？

「誰かのためじゃない」

薄暗い二〇二号室で、わたしは自分に向けてそう言う。

認めがたい結論は、最初から見えている。

やはりここに行き着かざるを得ないのか。

「わたしが、知りたいからだ」

世の中で何が起きているのか。人々は何を喜び、何を悲しんでいるのか。その価値判断の基準はわたしとは違っているのか、それとも同じなのか。

アラスカでカニを獲るコツは？

イエローストーン国立公園の木々が白化していく原因は？

バッキンガム宮殿の夕食はイギリス料理なのか？

ペトラ遺跡の壁の手ざわりは？

皇道派の最終的な目標はなんだったのか？

製紙業界の大規模合併の噂は本当か？

モンゴル政府は遊牧民の数を把握できているのか？

日本経済の失われた十年は取り戻せるのか？

国王を失ったネパールはこれからどうなるのか？

ラジェスワル准尉はなぜ晒されたのか？

わたしの大切なユーゴスラヴィア人の友人は、なぜ死ななければならなかったのか？

なぜ、誰も彼女を助けることができなかったのか？

わたしが、知りたい。知らずにはいられない。だからわたしはここにいる。目の前の死に怯えながら、危険を見極めて留まろうとしている。なぜ訊くのかと自らに問えば、答えはエゴイズムに行き着いてしまうのだ。知りたいという衝動がわたしを突き動かし、わたしに問いを発させている。それが覗き屋根性だというのなら違うとは言えない。どう罵《のの》られても、やはり知りたい。知らねばならないとさえ思っている。

わたしは、知は尊いと考えてきた。言葉を一つ補うべきだ。わたしは、わたしにとって、知は尊いと考えている。他人もそう考えていることを期待してはならなかったのだ。

……けれど、これではまだ答えの半分に過ぎない。

ノックと共に、幼い声が呼びかける。

「ミズ・タティ」

その略称を不本意に思いつつ、答える。

「誰？」

「清掃です。シーツを交換します」

チェーンロックを掛けたドアに近寄り、少し開ける。ボーイのゴビンが直立していた。

「わかったわ。すぐに部屋を空けるから、少し待っていて」

貴重品が入ったボディバッグを持つ。机に出したままのカメラに手を伸ばす。

そこでわたしは、ふとした予感を覚えた。デジタルカメラからメモリーカードを取り出す。

机の引き出しを開けて聖書を見つけると、適当なページを開く。

ページ番号を暗記する。……二二二ページ。

メモリーカードを挟み込んで、聖書を閉じる。ドアの向こうに声を掛ける。

「もう少し待って」

ゴビンはまだドアの外にいたようだ。すぐに、

「はい、ミズ」

と答えがあった。

# 12　茶話

千々に乱れる思考を抱えて、わたしは廊下で立ちすくむ。階段を下りるか、上るか。下りれば鉄扉を抜けて再びカトマンズの街に出ることになる。上れば四階の食堂でもう少し、気を落ち着けることができるだろう。

わたしは上り階段を選んだ。ボディバッグを手から下げて、手すりもない急階段を上っていく。

途中で、先客がいることに気づいた。煙草のにおいが漂ってきたからだ。空色の壁に囲まれた食堂には、八津田がいた。今日も黄色い袈裟を纏い、短い煙草を深々と吸っている。丸テーブルに置かれたブリキの灰皿には、十数本の吸い殻が刺さっていた。目が合うと、八津田はほんの僅かに目礼をくれる。わたしも会釈を返し、手近なテーブルから椅子を引く。

「一服、いかがですか」

と声を掛けられた。

「いえ、わたしは」

「お吸いになりませんか。最近はそういう人も増えました」

「吸っていましたが、やめました」

八津田の声が、笑みを含む。

「そうでしたか。では、あまり旨そうに吸っては気の毒ですな」

指先ほどになった煙草を灰皿に押し当てる。禁煙したのはずいぶん前だ。目の前で吸われても誘惑されるようなことはないけれど、気遣いは嬉しかった。八津田が袈裟の袖をまくり、腕時計を見る。

「ああ、もうこんな時間ですか」

一時を過ぎているはずだ。彼はわたしに微笑みかける。

「昼は召し上がりましたか」

朝、王宮に向かう途中で揚げパンを口にしたきりだった。何か食べておくべき時間帯ではある。ただ、食べられる気がしなかった。

「いえ、まだ」

「食欲がありませんか。いや、実は私もそうなんです」

そう言うと、彼はゆっくりと立ち上がった。

「では、茶を淹《い》れましょう」

腰を浮かしかける。

「お茶ならわたしが……」

「なに、お気になさらず。楽しみにしていなさい」

食堂には小さなキッチンが併設されている。八津田は躊躇いもなくそこに入ると、ヤカンをガスコンロに載せて湯を沸かし始めた。電気や水の供給が途切れがちなカトマンズでガスだけが潤沢だとは考えがたいけれど、コンロの火力は相当に強く、青い炎がごうごうと音を立てて揺れている。わたしはその炎を眺めながら、ぼんやりとしていた。標高が高いほど水の沸騰温度は下がると言うけれど、カトマンズでは何度で湯が沸くのだろう、などと思っていた。

火力が強く標高が高いことを割り引いても、湯が沸くのは早かった。たぶん八津田は一度茶を淹れていて、ヤカンの水にその余熱が残っていたのだろう。ほどなくブリキのコップと急須を持って戻ってくる。急須の色は猩々緋《しょうじょうひ》で持ち手は籐、日本から持ってきたものだろうと思った。

「湯呑みがないので困ります。熱くなりますから気をつけて」

ブリキのコップに八津田が茶を注いでいく。無数の祠に捧げられる無数の香のためか、カトマンズには常に何かの香りが漂っている。そんな中で緑茶の香りは輪郭がはっきりして鮮烈で、その茶を飲む前からわたしは何か泣きたいような気分に襲われていた。

「これは?」

「宇治のものです。大阪に友人がいましてね。気が向くと、いい茶を送ってくれます」

八津田は自分の分もコップに注ぎ、わたしの向かいに座った。

コップに手を添える。八津田の言うとおり、熱くて持てない。コップの上の方をつまむように持って、そっと口に運ぶ。

深い溜め息が出た。

「いいですね。嬉しいです」

八津田は、にこにこと頷いている。

茶を飲むうちに、一つ気になってきた。

「八津田さん。その袈裟は、いつもと同じものですか」

袈裟の色は褪せた黄で変わらないが、どことは言えないけれど上等なものになっているように見えた。八津田は自分の着ているものを見下ろし、

「ああ」

と呟いた。

「何かと思いましたが、さすがに記者さんの目は鋭い。違うとわかりましたか」

「なんとなく、ですが」

八津田は袈裟の裾を軽く振った。

「いつもの袈裟です。違うのは着方です。体に巻き付けるだけなのは同じですが、こちらの方が少しだけ複雑になります。久しぶりでしたが、昔取った杵柄ですか、体が覚えていました」

「本式ということですか」

「そうです」

頷き、彼は手元のコップを撫でる。

「ささやかながら、私なりの弔意です」

王の死に戸惑い混乱しているカトマンズで、日本人が袈裟の着こなしを変えて弔意をあらわしていることに、なぜか厳粛さを感じた。

八津田がコップを持ち上げ、ずずっと音を立てて一口啜る。満足げに頷いて手を置くと、世間話のように訊いてきた。

「お仕事の調子はいかがですか」

「ええ……。まずまずです」

「思いがけない成り行きになりました。さぞ、ご苦労のことと思います」

ラジェスワルの死を知っているのかと思ったけれど、そうではないだろう。八津田はもちろん、王宮事件のことを指して言っている。

「はい。なにぶん、フリーの立場でこんな突発事に立ち会うのは初めてなので、いろいろ勝手がわからなくて戸惑っています」

「そうですか。たいへんなことでしょう」

言葉の上だけではなく衷心《ちゅうしん》からの同情を滲ませて、八津田は言った。

「街の中では危ないこともあったようですが、怖い思いはなさいませんでしたか」

怖いと言えば、ラジェスワルの次は自分ではないかと気づいた時ほど、怖いことはなかった。けれどそれは言わずにいようと思った。それ以外にも、怖い思いはしている。

「先ほど王宮前で人々が追い散らされた時、わたしもそこにいました。殴られている人も見かけましたが……何もできませんでした」

八津田は二度、三度と頷いた。

「あなたがご無事で、何よりでした」

「写真は撮ったのですが」

「それがお仕事でしょう。いま、この街はかなしみと怒りで我を忘れています。あなたが良い記事をお書きになることを、願っていますよ」

良い記事。

その言葉は胸に重く響いた。湯呑み代わりのコップをテーブルに置く。コップの中で、緑茶が大きく波打っている。

「良い記事、ですか。わたしも、そうしたいと思っていたのですが」

「ふむ」

八津田は構えることもなく悠然と茶を飲み、わたしを見ることもなく、言う。

「何かお考えになっていることがあるなら、どうですか、話してみませんか」

「お話しするほどのことはありません。ただ……」

言葉が続かない。

答えるべき相手を失った問いが、行き場をなくして渦巻いている。……なぜ、わたしは伝えるのか。

わたしの仕事は、知ることと広めることから成っている。そのうち知ることについては、他でもない自分が知りたいのだと認めるしかなかった。開き直りかもしれないけれど、それでもいいと思えた。

けれど、広めることについては話が別だ。

わたしは情報を選別する。どんなメディアにも、無限の時間と紙幅があるわけではない。何かを書くことは、同時に、何かを書かないことだ。どこかの誰かが知りたいと希求していることを書かないこともある。もちろん、どこかの誰かがもう広まってほしくないと願っている話を、書くこともあるだろう。無邪気で無責任な噂好きのように。

知りたいと思うことはエゴかもしれないけれど、そこには一抹の尊さがあると信じる。ただ知ることを求め、一心不乱に調べ学び続ける人間は、美しくさえあるだろう。けれどそれを他人に伝え広める理由はどこにあるのか。

経済的理由……それももちろんある。大きなことだ。放映権料、原稿料、そして広告収入も、誰かが何かを広めようとすることで発生する。けれどそれだけだとは思いたくない。誰かのかなしみを、ただそれが売り物になるという理由だけで調べているのではないはず。経済的な動機だけで、忘れられたい、そっとしておいてほしいという願いを無視してきたのではないはずなのだ。

わたしの仕事には、他人の悲劇を見せ物にしているという側面がある。それは否定できない。問題は、それにもかかわらず伝えねばならないという哲学を持ち得るかどうかにある。

「いつか、誰かの役に立つかもしれない」という言葉を、わたしは信じきれない。ラジェスワルの写真を雑誌に載せれば、人々の、わたしの心の底にもどうしても横たわる、安全な場所から残酷なものを見たいという根本的な欲望に応えることになる。一方で、本当にいつか誰かの役に立つかは疑わしい。口を噤《つぐ》むべきではないのか？　わたしが知りたいのなら、わたしだけが知っていればいい。もしどこかの誰かも知りたいというのなら、それは彼もしくは彼女自身の問題ではないか……。

　自分の思いをまとめきれないまま、わたしはようやく、口にする。

「なぜ書くのか、答えられません」

　八津田は気のある素振りも見せず、

「なるほど」

と生返事をすると、コップを置いた。

　そして体をゆすり袈裟の袖を緩やかに振ると、パイプ椅子に深く腰かけ直す。天気の話でもするように、八津田は言った。

「私は一介の破戒僧ですから、あなたのお仕事のことはよくわかりません。ただ、なんとなく思い出した話がありました。茶飲み話に、お話ししてもよろしいですかな」

　わたしは力なく笑う。

「説教でしょうか」

「ははは、坊主のお喋りですから、説教かもしれません。よろしいか？」

「はい、ぜひ」

「ではお言葉に甘えて、一席ぶつとしましょうか。……太刀洗さんは梵天勧請《ぼんてんかんじょう》という話をご存じですか」

いいえ、と答えた。

「梵天はわかります。ヒンドゥー教の最高神、ブラフマーのことだと記憶していますが」

「よくご存じです。耳かきの綿のことも、梵天といいますな」

「耳かきの話なんですか?」

「いやいや」

八津田はかぶりを振った。

「おっしゃるとおり、最高神ブラフマーの話です。もっとも、この話ではほんの端役ですが。さて、梵天をご存じなぐらいですから、お釈迦さまが悟りを開くまでの話は飛ばしてもいいでしょう。ある国の王子としてお生まれになったお釈迦さまは、まあまあいろいろあって、いまはブッダガヤと呼ばれている土地で悟りを開かれました。お釈迦さまは兎《と》にも角《かく》にも飯を食って元気を出し、それから、どこかに遊びに繰り出そうとなさいました」

それが八津田の話術なのだろうけれど、わたしはまんまと釣り込まれた。

「遊びに、ですか」

彼は悪戯っぽい顔つきで言う。

「そこは私のアレンジです。つまり、お釈迦さまは悟りを人々に伝えようとはしなかった、と言いたかったのです」

そして声を落ち着けた。

「苦闘して我が得たるものを世に示して何かせん……。自分の悟りは繊細で理解しづらく、聞いた人間は好き勝手に曲解するかもしれない。それを一つ一つ訂正し、丁寧に説明し、本当に言いたかったことはどういうことなのか少しずつ伝えていく作業は、お釈迦さまご自身にとっては別に楽しいことではありません。余計な苦労を背負い込むことはない、自分の悟りは自分のものに留めておいて、衆生《しゆじよう》に伝えるのはやめておこうと考えたそうです」

「……ですが、それでも伝えた」

「はい。自分の悟りを誰かに教える必要はないと考えたお釈迦さまの前に現れたのが、梵天です。梵天は繰り返し繰り返し、釈迦に悟りを広めるように勧めたということになっています」

「どうやって?」

「残念ながら、その論旨はあまり細かく伝えられていません。世には地上の塵《ちり》に汚れざる衆生あり……つまり、世の中にはきっとわかってくれる人もいるさ、というぐらいのざっくりした説得でした。原典を読むと、お釈迦さまは論理的に説得されたのではなく、しつこく食い下がられたので折れたのだというような気がします」

八津田は緑茶を一口飲む。

「もちろん、梵天なる神さまがふわふわ空から下りてきてお釈迦さまを説得した、とは考えられませんから、この話は後世の作り話でしょう。ヒンドゥーの最高神がお釈迦さまに頼み込んで仏教を広めてもらったという話を作ることで、仏教の優位をアピールする狙いがあったのかもしれません。ですが太刀洗さん、私はこの話が好きなのですよ。どうせ誤解されるからと決めつけて引きこもろうとするお釈迦さまが、なんとも愛しい気がします」

わたしは小さく頷き、訊いた。

「もし伝説通りに釈迦が危惧していたとしたら、それは当たったと思いますか」

八津田は迷うことなく、

「当たったでしょう」

と言った。

「現在の仏教のあり方は、お釈迦さまが説かれたものとはずいぶん違っています。たとえば初期仏教では、死後について特に言及がありません。お釈迦さまは死後の世界について、何もわからないのだから何も言わないという姿勢を取っていました。孔子と同じ、怪力乱神《かいりょくらんしん》を語らず……というわけですな。実際、初期仏教は宗教というよりもむしろ哲学と呼んだ方が当たっている。語り得ないことについては沈黙する、たいへん合理的な考え方です。ですがいまの坊主が葬式に呼ばれて、死後のことは何もわからないからノーコメントとは言いにくいでしょう」

思わず言い返してしまった。

「いま、あなたが言っていますよ」

八津田は自分の頭を撫でた。

「ま、破戒僧だからということにしておいてください」

わたしは東洋思想を学んだことがなく、八津田の話がどこまで正統的なのか判断することはできない。それでも、思う。

「釈迦がいま生き返ったら、悔しがるでしょうね」

体をゆすり、八津田は笑った。

「そうかもしれません。それ見たことか、やっぱり黙っていればよかったではないかと、梵天を恨むかもしれませんな」

ひとしきり笑うと茶を飲み、それから彼はふと言った。

「ただ、気の毒ではありますが、お釈迦さまの個人的見解はどうでもいいのです」

あまりにはっきりと言うので、わたしは言葉を返せなかった。

「たくさんの人間が、どうすれば穏やかな気持ちで生きられるか、生きていくことのつらさをどう耐えればいいのかを考え続け、説き続けてきました。お釈迦さまが沈黙したなら、他の教えが広まっただけのことです」

それはそうかもしれない。しかし、

「では、梵天の説得は無駄だったと？」

八津田はかぶりを振る。

「私は、そうは思いません」

「なぜですか」

「物言えば唇寒しと申します。昔から、何か言うことは侮られ誹《そし》られ、誤解され曲解される元でした。屋下に屋を架すという言葉もあります。既に良い詩があるのに、似たような詩を作って何になるのかと嘲笑《あざわら》って言う言葉です。この世には無数の詩、無数の絵、無数の教えがある。ですがそれでもなお人々は詩を作り、絵を描き、どうすればこの苦しいばかりの生に耐えられるのか考え続けている……。それはなぜでしょう」

言葉が出なかった。

自己顕示欲のため？　生活のため？

もちろん、それも外れてはいない。けれど本質でもない。かろうじて、答える。

「世の中に多様性を持たせるため、でしょうか」

八津田は優しい顔つきになった。

「なるほど、いい答えだと思います。ですが、多様であることがそのまま良いとは言えない」

「……はい」

「私の考えは、似ていますが違います。我々は完成を求めている。詩であれ絵であれ、教えであれ、人類の叡智《えいち》を結集させた完成品を作り上げるために、それぞれが工夫し続け、智恵を絞り続けているのではないかと思うのです。お釈迦さまは哲学の分野に一つのパーツを加えた。私はとても大きな、要になるパーツを加えたのです。ならば梵天の説得は無駄ではなかった。私はそう思います」

頷くことはできなかった。

「しかしあなたは先ほど、釈迦の教えは曲解されていると言いませんでしたか」

「さて、そうは言わなかった」

八津田は顎を撫でた。

「お釈迦さまが説かれたものとは違っている、とは言ったかもしれませんが。ですが、それは問題ではない。彼の哲学が完成品である必要はないのです。お釈迦さまは力の限り考え尽くし、大きなパーツを作った。そのパーツを受けて、龍樹《りゅうじゅ》大士が、達磨《だるま》大師が、弘法《こうぼう》大師や伝教《でんぎょう》大師や無名の人々がそれぞれの生きた世に合うよう、全身全霊を懸けてさらなる工夫を加えていった。先ほど、我々は完成を求めていると言いました。ですが、時代の変化や技術の進歩に応じて不断にアレンジが加えられ続けることこそが、既にして完成なのだとも言えはしないでしょうか」

わたしは沈黙する。

八津田は仏教の話をしているようで、そうではない。ほんの一言二言話しただけなのに、心の底を見抜かれたような気がする。

ＢＢＣが伝え、ＣＮＮが伝え、ＮＨＫが伝えていることをわたしも伝えることにどんな意味があるのか、と考えていた。けれど八津田の言うことを受け入れるなら、もしかしたらこう考えることもできるのかもしれない——ＢＢＣが伝え、ＣＮＮが伝え、ＮＨＫが伝え、さらにはわたしが伝えることで完成に近づく、と。

しかしでは、何が完成されるのだろう？　詩でも絵でも哲学でもなく、たぶん「ニュース」でもない。わたしはなんの完成を目指しているのだろう。

それを八津田に訊くことはできない。その答えが欲しいなら、わたし自身が考えなくてはならない。ここから先はわたしの仕事だから。

だから、一言だけ口にした。

「わたしの記事と釈迦の教えとでは、格が違いすぎます」

八津田は体をゆすり、

「なに。乾屎橛《かんしけつ》ですよ」

と言うと、コップに残った緑茶をくいと飲み干した。

次の瞬間、荒々しい足音が聞こえてきた。

なんだろうと思う間もなくトーキョーロッジの狭い食堂に四人の男がなだれ込んでくる。肩章のついたシャツを着て、無地のネクタイを締めている。ラジェスワルの死体が発見された空き地でも見た制服だった。

警官だ。

何かが起きた時、時刻を確認するのは習い性になっている。一時四十分になっていた。警官の一人が、聞き取りにくい英語で言った。

「おまえが日本から来た記者だな」

食堂の出入口は、いま男たちが立っている一ヶ所しかない。それにもし仮に他の出口があったとしても、逃げるのは最悪の選択に違いない。わたしは頷き、言葉でも答えた。

「そうです」

「タチアライ・マチ？」

「はい。あの……」

何か言いかけた途端、男が怒声を上げる。

「来い！」

彼はわたしの二の腕を摑もうとしてきた。咄嗟のことで、わたしは反射的に身を捩《よじ》り、体を引いてしまう。しまった、と思った時には遅かった。

「抵抗するか！」

後ろの三人が警棒を手にする。わたしは両手を挙げ、何もするつもりはないという意志を表示する。それが通じたかどうかは微妙なところだった。彼らは殺気立っている。

「お待ちなさい」

八津田がすっくと立ち上がり、静かな顔つきで、何事かを続ける。ネパール語だ。警官たちは八津田が目に入っていなかったのか、驚いたようだったが、八津田が言葉を進めるに従い、神妙に頷き、構えた警棒を下ろした。

ネパール語の会話が終わるのを見計らい、わたしは八津田に向けて口を開く。日本語が出かけたけれど、警官たちの前で彼らの理解できない言葉を使うのは危険だ。英語で言い直す。

「なんて言ったんですか」

八津田はわたしを安心させるように微笑んだ。

「彼女は大人しくついていくから、乱暴なことをしないようにと言ったんです」

それだけで、いきり立った警官隊が落ち着いたとは。疑問が顔に出ていたのか、八津田は付け加えて言った。

「馬子にも衣装、糞坊主にも袈裟ですな。効くこともあります」

この国で僧侶が広く尊敬されているというのは前にも聞いていたが、これほど効果があるとは思っていなかった。おかげで助かった。

「ありがとうございます」

彼はなんでもないことだというようにかぶりを振り、そしてふと真顔になった。

「彼らがなんのためにあなたを連れていこうとしているのかは知りませんが、日本大使館に連絡を取る必要はありますか」

少し考える。最初は驚いたけれど、警官たちはわたしを逮捕する命令は受けていないらしい。なら、少し余裕がある。

「まだ大丈夫です。夜までにわたしからの連絡がなければ、その時はお願いします」

八津田は頷き、はっきりとした発音で言った。

「わかりました。夜七時まで連絡がなければ、日本大使館に状況を伝えます」

その言葉はわたしにではなく、最初に英語で話しかけてきた警官に向けてのものだったのだろう。無意味に拘束を続けると日本大使館から抗議が行く、とほのめかしたのだ。本当に効果があるかはわからないけれど、彼の厚意がありがたかった。小さく頭を下げる。

「行くぞ」

さっきよりはよほど落ち着いた声で、警官が言う。

「パスポートは持っているか」

「はい」

ボディバッグを持つ。

歩き出すと、四人の警官のうち二人がわたしの後ろにまわった。逃げられないように前後を囲んだのだとわかると、やはり、あまりいい気はしなかった。

# 13　尋問と捜索

新聞記者として働いた五年間、いろいろな武勇伝を聞いた。暴力団の事務所で十数人の男に囲まれながら組長にインタビューした話や、現地に向かう交通手段が見つからなかった時に宅配便の軽トラに同乗させてもらった話、捜査協力者のコメントを取るために三時間煙草屋の軒下に立って待ち伏せしていた話を、職場の先輩や同僚が嬉々として話してくれた。いろいろ無茶な話も聞いたけれど、言葉のわからない土地で殺人事件の参考人として連行されたという話はまだ聞いたことがない。最初はおかしみが込み上げて、くちびるの端がほころぶのを感じた。

しかし、もちろん、笑い事ではないのだ。トーキョーロッジを出て土煙舞う街路に出る。わたしは素早く思考を巡らす。

懸念がある。ラジェスワルの死に関して公正な捜査が行われず、冤罪《えんざい》を着せられてしまうのではないか。ネパール警察が不公正だと考える理由はないけれど、公正だと安心する理由もない。いまから心配しても仕方がないけれど、取りあえず昨日から今朝にかけてどこにいたのか、説明を用意しておかなければならない。

そして、もう一つ考慮すべきことがあると、気づいてしまった。……この男たちは、本当に警察官だろうか。

ラジェスワルの遺体が晒されてもわたしが無事だったことをもって、自分は狙われていないと推測したけれど、絶対の確信があるわけではない。警官の恰好をしているからといって、警官だとは言いきれない。

遺体が発見されたのは十時四十分頃だった。三時間前だ。たった三時間で、わたしの名前と宿泊場所とを調べ上げられるものだろうか。彼らは昨日から、ずっとわたしを探していたのではないか。

背中に文字を刻まれたラジェスワルの死体が脳裏に浮かぶ。冗談ではない。まだやらなければならないことがある。目と頭を働かせなくては。

前後を挟まれ、暗い路地を歩いていく。素焼きの祠に花を添えていた若い女が、ぎょっとしたように身を縮める。托鉢《たくはつ》をしていた僧侶が、そっと道を譲った。わたしからは制帽をかぶった後頭部が見えるばかりで、男たちの顔を見ることはできない。後ろ姿を観察する。二人とも腰には警棒、そして拳銃を下げている。肩章やベルトも、前を行く二人がつけているものは質感も色も同じように見えた。一方で制帽は、右前の男と左前の男とで、微妙にかぶり方が違う。右前の男の方が、僅かに阿弥陀《あみだ》にかぶっているようだ。けれどそれだけで判断するのは無理だ。

もし彼らが偽警官で、わたしをどうにかしようとしているのなら、手錠なり腰縄なり、拘束を試みるのではないか？

本物の警官相手に逃走を図れば、良くて逮捕、悪ければその場で射殺されかねない。かといって偽警官なら、様子を見ていては手遅れになりかねない。考えを巡らすうちにもトーキョーロッジは遠ざかっていく。

彼らはわたしに、英語で誰何《すいか》した。多少は英語が通じるはず。乾いた風にいがらっぽくなった喉を咳払いで整えて、訊く。

「わたしは逮捕されたんですか」

右斜め前の男が返事をした。

「黙って歩け」

けんもほろろだ。けれど少なくとも、無視はされなかった。

「ラジェスワルさんは、亡くなっていたんですか」

「黙れと言ったぞ」

「すみません。ただ、彼が無事なのか知りたくて」

男が肩越しに振り返る。声にうんざりした色が混じる。

「連れてこいと言われただけだ。事情は知らん。チーフに訊いてくれ」

「チーフはどこに？」

「署でお前を待ってる」

作り話のような調子はなかったようだけれど、まだ安心はできない。会話に応じてくれるなら、話を引き延ばした方がいろいろわかるだろう。

「うるさくてご迷惑でしたら、申し訳ありません。ああいうひどい現場を見たのは初めてだったので、どうにも落ち着かないんです」

男は鼻で笑った。

「そうは見えないな。冷静そのものに見えるぜ」

「あまり表情に出ない方なんです」

「いいから、黙って歩け」

そう言うが、苛立っている様子はない。もう少し会話を続けられそうだ。何か手がかりになることを聞けないか……。いい質問を思いつくまでの時間稼ぎのつもりで、わたしは訊いた。

「ラジェスワルさんは軍人でした。あなたがたもそうなんですか」

その途端、男の表情に変化があった。肩越しに見える横顔が、ほんの一瞬ではあったけれど、嫌なにおいでもかいだように歪んだのだ。彼は言った。

「違う。黙れ」

「そうですか」

わたしは頷き、そして黙った。

さっきのような表情を、わたしは何度か見たことがある。海上自衛官と誤認された海上保安官や、県庁職員かと訊かれた市職員が、あんな風に顔をしかめていた。職分が微妙に重なる組織の間には、独特の緊張感と反発が生じる。その相手と間違われることはなんとなく面白くない。……この感情は国を問わず共通だろう。

もちろんなんの証拠にもならない。けれどわたしは、彼らは本物だと直感した。軍と一緒にするな、俺は警官なんだと、さっきの横顔が語っていた。

短く息を吐く。自分の勘を信じて覚悟を決める時、わたしはいつもふっと息を吐き出す。子供の頃からの、わたしの儀式だった。


警察署の前まで来ても、わたしの疑念は完全には払拭《ふっしょく》されなかった。カンティ通り沿いに建つ四階建ては、これが警察署だと言われてもすぐには信じられないような、なんの変哲もないビルだったからだ。そのビルの玄関に「POLICE DEPARTMENT」の文字を見つけてようやく、少しだけ安心できた。

空色の制服を着た警官たちが慌ただしく行き交うロビーを抜けて、わたしはやはりなんの説明もされないまま、手狭な一室に放り込まれた。

「ここで待ってろ」

連行のあいだ会話に応じてくれた男がそう言うと、四人の警官は見張りを残すこともせず、部屋を出ていってしまう。ひどく不用心だという気がするけれど、この国ではふつうのことなのか、でなければ市内の混乱で人手が足りていないのかもしれない。

部屋は四畳半ほどの広さだった。取調室ということなのだろう。

壁は、この街の建物の多くがそうであるように、日干し煉瓦でできていた。日に当たらないせいか外の建物に比べて赤みが強く、目地材は黒に近い灰色だった。ただ外に面した壁だけは煉瓦ではなく、剝き出しのコンクリートでできている。手を伸ばせばかろうじて届く程度の高さに明かり取りの窓が切られ、そこには当然ながら鉄格子がはまっていた。鉄棒の一本一本はとても細く、赤錆も浮いていた。

部屋の中央には大きな木製の机がある。相当古いものらしく醬油色になった天板には、よく見ると無数のひっかき傷がついていた。それがどんな状況でついた傷なのかは、想像したくない。

体に巻き付ける間がなくてずっと手に持っていたボディバッグを、机の上に置く。椅子はパイプ椅子だった。ビニールの座面は鮮やかなオレンジ色で、この沈んだ色合いの部屋の中ではひどく浮いて見える。着座を勧められてはいないけれど、座っていても構わないだろう。そう思って椅子を引いた時、ノックもなしにドアが開いた。

二人の警官が入ってきた。双子かと思うほど顔つきも体つきも似通った二人だ。無言の彼らに、

「どうも」

と声を掛けたけれど、彼らは渋い顔のまま口を開こうともしない。制服は他の警官と同じだけれど、この二人は白い手袋をしていることに気づいた。その手には一人が茶色の小瓶を、もう一人がピンセットと霧吹きを持っている。ピンセットを持った方がつかつかと近づいてきて、

いきなりわたしの手首を握った。

「痛いっ」

思わず出た抗議の声は日本語だった。もしネパール語で言っていたとしても、彼らが耳を貸してくれたかどうかは疑わしいけれど。茶色の小瓶からは脱脂綿が出てきた。警官はピンセットで脱脂綿をつまみ、わたしの手を開かせると、手のひらに霧吹きで水を掛けた。ひんやりとした感覚も束の間、脱脂綿が押しつけられる。あまりに強く押してくるので時々ピンセットの先が皮膚を刺し、そのたびにわたしは眉をひそめ、身を捩る。けれど彼は力を緩めることもなく、それどころかかえって強く手首を締め付ける。

まずは右手、次いで左手。両手を脱脂綿で拭うと、二人の警官はネパール語で何かを囁き合う。しびれてしまった手首を振りながら、わたしは言った。

「もしよければ、この検査の意味を……」

しかしわたしの言葉を最後まで聞きもせず、彼らは脱脂綿を茶色の小瓶に戻すと、たちまち部屋を出ていってしまう。バタンと音を立てて閉められたドアにも鉄格子つきの小窓があることに、初めて気づいた。

ドアは、閉じた途端に再び開かれた。二人組と入れ違うように、また別の二人組が入ってくる。

今度は似ても似つかない二人だった。一人は制服の生地が突っ張るほどにでっぷりと太っていて口髭を生やし、目はきょろきょろとして落ち着きがなかった。ノートとクリップボードを持っている。

もう一人が異様だった。頬骨が浮き上がるほど痩せていて、少し身を屈めて戸口をくぐるほどに背が高い。目は細く、僅かに見える瞳はどんよりと曇っている。新聞社では、警察官に話を聞くことが日常業務だった。事件現場に駆けつけたわたしに彼らはよく、力のない、どんな面倒事もお断りだといわんばかりの淀んだ目を向けてきたものだ。いま、わたしを見据える目は、それら疲れた警官の目を連想させはした。けれど似ているのは表面だけだ。もっと暗く、感情を悟らせない目が、わたしをじっと観察している。

彼はゆっくりと口を開いた。

「マチ・タチアライだな」

しわがれた声だった。

「そうです」

「座ってくれ」

わたしは頷き、パイプ椅子を引いた。

二人の警官は向かいに座る。太った男がノートを広げ、ペンを手にする。その一挙手一投足には、もう一人の男に対する明らかな遠慮があった。階級が違うのだろう。なんのためにわたしが呼ばれたのか一切の説明はなく、もちろん茶が出されることもなく、質問が始まる。

警官は最初に、

「パスポートは持っているか」

と訊いた。

言われるまま、ボディバッグを開く。バッグの中が見えたのは一瞬だけのはずだけれど、瘦せた警官の瞳が素早く動き、中身を完全に把握されたような気がした。赤いパスポートを机に置き、そっと指で押しやる。警官はそれを手にするとページをめくり、書かれていることを一つ一つ訊いてきた。

「タチアライ・マチ？」

「はい」

「タチアライがファミリーネーム？」

「はい」

「日本人？」

「はい」

「住所は東京？」

「はい」

答えるうちに、彼の言葉が質問だったのかわからなくなってきた。英語の語尾は上げるものの、警官はわたしが答えてもまったく無反応だったからだ。

「入国は五月三十一日？」

長めの発話を聞いて、彼の英語が綺麗なことに気がつく。声はしわがれているけれど、発音は明瞭で聞き取りやすい。

「はい」

「目的は？」

そこで初めて、警官が目を上げる。その暗い視線を正面からは受け止めかね、わたしは思わず俯く。

「日本の雑誌、月刊深層からの依頼で、カトマンズの旅行事情を取材に来ました。日本人旅行客が増えているので、現地の情報を集めて載せることが目的です」

「なるほど」

机の上を滑らして、取調官がパスポートを返してくる。それをボディバッグに戻していると、これまでよりもなお冷ややかな声で訊かれた。

「ツーリズムの取材に来た記者が、なぜラジェスワル准尉と接触したのか」

トーキョーロッジの食堂に踏み込まれた時もそうだったが、警官たちはわたしがラジェスワル准尉と会ったことを完全に把握している。それをどこで知ったのだろう。

わたしから質問できる状態ではない。ただ答える。

「入国の翌日、ご存じの通り、貴国の国王が崩御されました。わたしはすぐに日本の月刊深層編集部と連絡を取り、本来の旅行情報の取材だけでなく、この国で起きたことについても記事を書くことができると伝えました。月刊深層編集部はわたしの申し出を受けました。その記事はすぐに載せたいから優先して取材するよう、改めて依頼をしてきたのです」

書記役がペンを走らせる音が、どこか不安を誘う。痩せた警官が言葉を挟む。

「その編集部の人間は、なんという名前だ」

「牧野さんといいます。牧野太一《たいち》」

「電話番号は?」

わたしは暗記している番号を伝えた。もう一度、今度はゆっくり言うように求められたので、

「ゼロ、スリー……」

と数字一つ一つを区切って発音する。すぐに確認の電話をするのかと思ったけれど、警官は二人とも動かない。わたしの連行を知れば、牧野はひどく心配するだろう。そう思っていただけに、彼らが日本に電話しようとしないことには安堵し、また拍子抜けもした。

「旅行の記事を書くつもりで、王宮事件に巻き込まれたのか」

警官の確認に、わたしは無言で頷く。彼は表情も変えずに言った。

「それは不運だった。気の毒なことだ」

「……どうも」

書記役のペンが止まる。いまのやりとりも書き残されたのだろうか。

「それで、その後は」

「はい」

初めて言葉に詰まる。ラジェスワルを紹介してくれたのはチャメリだ。それを言って、彼女に迷惑が掛からないだろうか。

記者にとって、情報源の秘匿は大原則の一つだ。たとえ警察の命令でも裁判所の命令でも、

情報源は伏せる。そうしなければ情報提供者が危険に晒される。同僚や上司とは「どんな話を聞いたのか」については情報を共有する。しかし「誰から聞いたのか」は、場合によっては彼らにさえ隠すものだ。

もちろん、いまは記事の情報源を問われているわけではない。殺人事件の関係者として、行動を確認されているのだ。それはわかっているけれど、チャメリ本人の了解を得ずに名前を出すことにはどうしても本能的な躊躇いがあった。

痩せた警官は、無言のまま身じろぎもせず、わたしが答えるのを待っている。手のひらに汗が滲むのを覚える。わたしは、かろうじてこう言った。

「事件当夜のことを知っている人間に話を聞こうと考えました。そして、ある人からラジェスワル准尉のことを教わったのです」

「ある人、か」

警官はやはり、その点を見逃しはしなかった。わたしの表情は少し強ばったかもしれない。

続く言葉は意外なものだった。

「トーキョーロッジのチャメリだな」

「……」

「庇《かば》うつもりだったのかもしれないが、それは無駄だ。調べはついている。全て話せ」

その言葉で、事情がわかった。

どうして、ラジェスワルの死体発見から僅か三時間でわたしが連行されたのか。ラジェスワルがメモでも残していたのかと思ったけれど、たぶん違う。ラジェスワルがしばしばトーキョーロッジに足を運んでいたことは周知だったので、警官たちはまずチャメリに話を聞いたのだろう。そして、チャメリがわたしの名を挙げたのだ。

彼女を恨む気持ちはなかった。この街で商売をしているのに、この街の警察をごまかしてくれとは言えない。むしろ、これで話がしやすくなった。

「失礼しました。そうです。チャメリさんから紹介を受け、ラジェスワル准尉に取材を受けてくれるか打診するようチャメリさんに頼みました。二日の朝、確か八時過ぎだったと記憶しています」

「何時だって?」

甲高い声が挟まれた。太った警官が顔を上げ、眉を寄せていた。

「八時です」

「二日の八時だな」

「そうです」

すると痩せた警官が、唇の端にぞっとするような冷笑を浮かべて何かを言った。太った男の顔に怯えが走る。彼は逃げるようにノートに目を戻した。たぶん、それは重要ではないというようなことを言われたのだろう。

痩せた男がわたしに向けて、顎をしゃくる。

「続けろ」

「はい」

記憶を呼び戻す。

「ラジェスワル准尉からの返答をチャメリさんが取り次いでくれたのは、二日の深夜でした。あなた方の国王の逝去を悼む弔砲が鳴っていたことを憶えています。会ってもらえるということでした」

「それで、会ったのか」

頷く。あの短い対面のことを思い出す。

「はい。三日の午後二時に会いました。取材は短く、十分か十五分で終わったと思います。それからは……」

あの日の午後は、実りのある時間ではなかった。

「街の中で人々の話を聞き、インドラ・チョクに献花台が設けられていることを知って、その撮影に向かいました。ロッジに戻ったのは六時頃です。それ以降はロッジから出ませんでした」

警官二人が、それとなく視線を交わし合う。痩せた警官が念を押してくる。

「六時だな」

「はい。確か」

「六時以降、外には一歩も出ていないのか?」

頷く。

「それを証明できる人間はいるか?」

咄嗟には答えられなかった。あの晩はほとんど部屋にいた。人に会う機会があっただろうか。しばらく考え、皆無ではなかったことを思い出す。

「六時頃にロッジに戻った時、ロビーにチャメリさんと、ロッジに泊まっているインド人がいました。インド人がロビーの電話回線でインターネットに接続しているようでした」

「インド人か。名前は？」

ここで名前を伏せても、心証を悪くするだけだ。チャメリに訊けば彼女はすぐに教えるだろうから。

「シュクマルと名乗っていました。フルネームは知りません」

「シュクマルか」

ふん、と痩せた警官が鼻を鳴らす。どういう意味なのかはわからない。もしかしたらシュクマルという名前は、山田太郎や鈴木花子、あるいはジョン・スミスのように偽名らしく聞こえるのかもしれない。

「それで、シュクマルはインターネットで何をしていたんだ」

「さあ……。こういう状況下ですから、知りたいことはいくらでもあったでしょう」

警官の細い目が、一瞬凶悪な色を帯びた。

「余計なことは言わず、訊かれたことに答えろ」

そうは言うが、同じロッジに泊まっているというだけの関係しかないシュクマルがインターネットで何をしていたのかなど、答えられるわけもない。わたしはただ、

「わかりました」

とだけ言った。

二人の警官がネパール語で囁き合う。その会話の中に何度か、シュクマルという名前が交じる。太った警官がノートに何かを走り書きした。痩せた警官が言う。

「他には、誰かに会ったか?」

「いえ……」

夕食は外で食べてきた上、あの日は断水に備えて早めに入浴し、床に就くのも早かった。誰にも会っていない。

「ただ、先ほども言いましたが、チャメリさんとシュクマルさんは玄関のあるロビーにいました。ただ、ロビーを通らない裏口もありますが」

そんなことはわかっているとばかりに、痩せた警官は手を振った。

「シュクマルとやらの使ったコンピュータを調べれば、インターネットに接続していた時間も裏が取れる。タチアライ、我々としては……」

そこまで言ったところで、取調室のドアが三度ノックされた。遠慮がちな、軽いノック音だった。痩せた警官は眉をひそめ、不機嫌そうにネパール語で答える。ドアが開き、男が入ってくる。脱脂綿でわたしの手のひらを拭った警官だった。

警官たちの間で、囁き声と小さな紙片が取り交わされる。その合間合間で、ちらちらとわたしに視線を向けてくる。不気味だった。何か、わたしに容疑が掛かるような事実が出てきたのかもしれない。もちろんわたしは事件には関わっていないが、悪意でもって断片的な事実を組み合わせれば、どんな結論でも導き出せる。喉の渇きを覚える。この街はいつも空気が乾燥している。最後に瘦せた男が何か言って、入ってきた警官は部屋を出ていく。暗い眼光が、再びわたしに向けられる。

「待たせて済まなかった。さて……」

低い声だった。

「検査の結果が出た。君は銃を撃っていない。帰れ」

わたしの体は、知らないうちにひどく強ばっていたらしい。警官の言葉を聞いた途端、一気に力が抜けた。虚脱感に目眩さえ覚える。

脱脂綿で手のひらを拭われたのは、発射残渣の検査のためだった。わたしはラジェスワルの死体の背中と顔しか見ていないので、死因は知らなかった。発射残渣を調べられたということは、彼は射殺されたのだろう。手のひらを拭われた時点でそこまでは薄々察していたけれど、検査結果が重視されるか危ぶんでいた。

手のひらの発射残渣を調べただけでは本当に銃を撃っていないとは言えない。手袋をすれば防げるからだ。それなのに通り一遍の検査だけで釈放するということは、目の前の警官たちはわたしが犯人だとは見込んでいなかったらしい。さほど残念そうではないし、わたしに執着する様子もなかった。もちろんそれは見せかけで、尾行や監視がつくのかもしれないが……。

痩せた警官が、これまでと変わらないさびた声で言う。

「大した女だな。顔色一つ変えない」

「どうも」

記者として仕事を始めてから最も、いや人生の中でも他に憶えがないほど動揺していたはずなのに、そう言われてしまった。内心が顔に出ないたちだということは自覚している。それにしても、この痩せた警官が軽口を言うとは思わなかった。いまなら、いくつか訊けるかもしれない。

「ラジェスワル准尉は、何時ごろに亡くなったんですか」

返答は冷ややかだった。

「なぜそんなことを知りたがる？」

「……記者なので」

足元がぐらついているのに、その身分だけは便利に使う。

「ふん。そうだったな」

「もちろん、話していただける範囲で構いません」

警官は、面倒そうに言った。

「一昔前なら叩き出しているところだが、幸運に思え。民主化からこっち、記者には気を遣えと言われている。七時だよ。死亡推定時刻は三日の夜七時前後、六時半から七時半の間だと考えている」

七時だと、わたしは風呂に入っていた。人の運命の、なんと先の見えないことか。

「それと……」

「質問はいいが」

と、言葉を挟まれた。

「早く帰ることを勧める。四時から外出禁止だ」

「外出禁止？」

「取材したなら、わかるだろう。市内は一触即発の状態だ。軍も警戒に出た。いったん冷やす必要がある。言っておくが、この国で外出禁止令が出ている最中に出歩けば、警告なしで射殺されても文句は言えん」

腕時計を見る。三時半をまわっていた。トーキョーロッジからこの警察署までは十五分ほどかかった。確かにあまり時間はない。立ち上がり、ボディバッグを体に巻き付ける。

しかし去り際に、警官の方からもう一つ尋ねられた。

「ああ。一つ意見を聞かせてくれ」

ドアノブに手を掛けていたわたしは、肩越しに振り返った。

「……なんでしょう」

「ラジェスワル准尉の遺体を見て、何か気づいたことはあるか」

わたしは首を傾げ、率直な思いを口にした。

「彼が『ＩＮＦＯＲＭＥＲ』として殺害されたのなら、なぜわたしは無事なのだろう。そう思っています」

「なるほど」

警官は初めて、ほんの僅かにではあったけれど、微笑んだ。

「俺も同じことを考えていた」


外出禁止令の発令まで三十分を切り、カトマンズの街からは人の気配が消えていた。店という店はシャッターを下ろし、シャッターのない店からは商品が撤去されている。よほど急いで片づけたのか、土が剝き出しになった道に西瓜《すいか》が転がっているのを見た。

カンティ通りからトーキョーロッジまでの道は憶えている。ニューロードに出るのが一番わかりやすいが、もっと早く行ける道もあるだろう。けれど慣れない道で迷ってしまえば、どんなことになるかわからない。まさかこんな綱渡りを強いられるとは思わなかった。腕時計を見て、わたしは小走りに無人の街へと飛び出す。

途中で何度も、迷彩服を着た兵士たちを見かけた。道路の真ん中を塞いだジープには四人の兵士が乗っていたし、ニューロードでは三人がシャッターに寄りかかり、煙草を吸っていた。彼らはみな、走るわたしをじっと見ていた。急かすつもりなのか、からかっているのか、ズボンの裾を入れ込んだ軍靴をかつかつと鳴らす兵士もいた。いつ銃口が向けられてもおかしくなかった。腕時計が三時五十分を指した時、自分の判断ミスを悔やんだ。外出禁止令が解けるまで警察署で保護を求めるか、ロッジまでの護送を頼み込むべきだった。もっとも、要求が通ったかどうかはかなり疑わしい。現状、警察に人的余裕があるとは思えないからだ。

最後は走った。ジョッチェン地区に飛び込み、土埃の中、日干し煉瓦の壁が左右に迫る細い路地を走った。ガネーシャ神を祀る祠が視界に入ってきて、走りながら腕時計を見た。三時五十四分。四時になるや否やどこからか銃弾が飛んでくるわけでもないだろうけれど、やはりいい気はしない。トーキョーロッジの緑の鉄扉に取りつき、取っ手を押す。がちり、と堅い手応えが返ってくる。扉は開かなかった。

「嘘でしょ！」

何かの間違いであってほしかった。

間違いだった。引いて開けるのだ。転がり込むようにロビーに入る。三時五十六分だった。

膝に手をつき、荒い呼吸を整える。

土埃をしこたま吸い込んで、口の中が砂っぽい。階段に向かうと、背中から声を掛けられた。

「タチアライさん……」

チャメリだった。従業員スペースへ続く戸口に立って、気まずそうな表情をしている。わたしが連行されたことに責任を感じているのかもしれない。あるいは、こんなにすぐ釈放されるとは思っていなかったのかもしれないけれど。

「どうも。いま、戻りました」

「そ、そうですか」

「部屋の掃除は終わっていますよね」

チャメリは小さく頷いた。わたしは礼を言って、階段を上り始める。とにかく口をゆすぎたかった。ポケットの中では、木製のキープレートを握り込んでいる。

二階に上がり、二〇二号室のドアの鍵穴に鍵を差し込む。ちらりと見ると、ロブの泊まっている二〇三号室には、まだ「DO NOT ENTER」の張り紙が貼られたままだった。あれはいつごろからだったろう。

二〇二号室に入る。

途端、わたしは違和感を覚えた。ぴんと緊張の糸が張り詰める。

おかしいという直感が先に来て、どこがという観察がじわじわと追いついてくる。

パッチワークの掛け布団が乱れている。机のデスクライトがあらぬ方を向いている。旅行鞄が動かされている気がする。あんなに窓際には置いていなかったはずだ。

誰かが入った。その誰かが、もうこの部屋にいないとは限らない。鍵を掛けず、耳を澄ます。そのまましばらく待ったけれど、物音はしなかった。

こぶしを固める。背後にも気をつけつつ、ゆっくりとバスルームのドアを開けていく。誰もいない。シャワーカーテンも開いていて、人が隠れられるような物陰はない。

改めて部屋を見る。誰かが隠れるとしたら、ベッドの下か、クローゼットの中か。クローゼットに近づき、一気に開ける。……わたしの着替えがハンガーに掛けられているだけだ。

最後に、ゆっくりと跪いていく。誰かと目が合ったら……という恐れをねじ伏せて、ベッドの下を覗く。やはり、誰もいない。

溜め息をついて、ドアの鍵を掛けようとする。つまみをまわしかけて、ふと手を止める。いったん廊下に出て、鍵穴を見る。

トーキョーロッジの客室の鍵は、よくあるシリンダー錠だ。昔、防犯関係の記事を取材した時に鍵開けの基礎を教わったことがある。このタイプなら、時間さえかければわたしでも開けられる。鍵穴に目を近づけていく。

「……ああ。あるね、傷」

思わず独り言を呟いてしまった。

廊下の乏しい明かりでも、鍵穴まわりに新しい傷がついているのが見えた。鍵の先端をぶつけてもこうなるだろうから確定はできないが、十中八九、ピッキングされた。

部屋の中に戻り、後ろ手に鍵を掛ける。パスポートや財布はボディバッグの中だ。部屋を空けるのはゴビンが掃除に入る間だけのつもりだったけれど、貴重品を持ち歩いて正解だった。他に狙われそうなものというと……。

「やっぱり、あれか」

ラジェスワルの死体を撮ったメモリーカードは、聖書に挟んで隠しておいた。

机の引き出しを開け、古びた聖書を手に取る。重みを感じる。ページの端が変色し、脆くなったそれを机に置く。記憶したページ番号は、二二二だ。

しかし番号を確かめるまでもなかった。メモリーカードが栞《しおり》の役割をして、二二二ページが自然と開かれる。挟んだ時のまま、メモリカードはページの中程にあった。

深い息をつく。中のデータが無事か確かめる必要はあるけれど、まず大丈夫だろう。

洗面所に行き、プラスティックのコップに水を注いで口に含む。二度、三度とうがいをして土埃を洗い流すと、ようやく人心地がついた。

口許をタオルで拭いつつ、鏡の中の自分を見つめる。

警察なら、チャメリからマスターキーを借りられただろう。しかし、この部屋をあさった何者かはピッキングで侵入している。警察ではない。

じっと鏡を睨み続ける。

鏡の中のわたしは、僅かに眉根が寄っていた。数多くの意見を合わせて考えるに、太刀洗万智の内心が表情に出るのは珍しいことのようだ。

そして、負けるものかと性根を据えた時、どうやらわたしはこんな顔になるらしい。新しい発見だった。

# 14　ハゲワシと少女

机の上にノートを広げ、ペンを取る。

牧野が用意してくれたのは、六ページだった。原稿用紙に換算すれば、写真の大きさにもよるけれど、だいたい十六枚から二十枚というところか。この四日間で取材した、さまざまな事柄を列挙していく。

ガネーシャ像。香のかおり。雨期なのに乾いた街。土産物売りの少年。朝食の時間。カトマンズの天ぷら屋。深夜に伝えられた、王の死。人々の戸惑い。BBCはどれほど同じニュースを繰り返したか、その間ほかの放送局は何を流していたか。葬列。国王の年齢と同じ数だけの弔砲。献花台。人々の戸惑いが怒りへと変わっていく様子。不信感、陰謀論、疑問。小銃を持った警官隊たち。外出禁止令。それらのキーワードを、ノートに次々と書き出していく。

乱雑に並ぶキーワードたちに囲まれて、ノートの中央部が遠慮がちに空いている。今回の記事の核になるものは何か。

ペンを持つ手が止まる。書き入れようとしているキーワードはわかっている。「ラジェスワル准尉」だ。日干し煉瓦とコンクリートが混在する街にぽっかりと開けた空き地に、無惨にも転がされていた軍人、彼を撮った写真には見る者を揺さぶる力があった。政府が王族たちの死を「小銃の暴発による事故」と発表し、人々の中に疑心暗鬼が渦巻く中で、背に密告者と刻まれて殺されたラジェスワルの写真は読者に強い印象を残す。それにあの写真は、よく撮れていた。記事に重みを与えるに違いない。

デジタルカメラを操作し、改めてあの写真を呼び出す。数枚撮った中で最も出来がいい一枚を、わたしは内心で「INFORMER」と名付けた。

この写真を撮ってしまった以上、これを軸にした記事しか思い浮かばない。しかしどうしても、ページの真ん中に「ラジェスワル准尉」ないし「INFORMER」と書き込むことを躊躇ってしまう。

なぜか。

「……卑怯、なのかな」

ペンを持つ手を宙に浮かしたまま、そう呟く。

写真はどんな反響を呼ぶだろうか。読者に強い印象を残す、その印象とはどのようなものか。「INFORMER」は、准尉が何かを喋ったために殺害されたことを強く連想させる。ネパール政府から充分な情報が出てこない現状では、その連想は、王宮事件の真相が隠蔽されているという発想に容易く繋がっていくだろう。

つまり、あの写真はネパール政府を牽制することになる。そのこと自体はむしろ報道の本分だと言える。しかし、わたしはどうなるだろう？

「『ハゲワシと少女』になりそう」

報道写真に与えられる最高の名誉、ピューリッツァー賞を得た写真のことを連想する。一九九三年、内戦が続くスーダンで、報道写真家ケビン・カーターは一人の少女を発見した。四肢は痩せ衰え、栄養失調で腹ばかりがふくらんだ少女が、乾いた大地にしゃがみ込んでいる。その数メートル後ろでは、地面に降りた一羽のハゲワシが少女の方を向いている。

写っているものは、それで全てだ。けれどこの写真は強い連想を呼び起こす。ハゲワシはなぜそこにいて、しゃがみ込む少女を見ているのか。……間もなく命尽きる少女を、餌食《えじき》にするためだ。飢餓ゆえに人間が死に、鳥がそれを食おうとしている。

この写真は、その内包するメッセージの強さゆえにピューリッツァー賞を得た。しかし写真家は賞賛だけでなく、大きな批難にも晒された。「なぜ」と批判者は言った。「なぜ、少女を助けなかったのか？　その場にいながらあなたはただそれを撮るだけで、死のうとしている少女のためには何もしなかったのか？」

写真家は反論した。そうではない。見殺しにしたわけではない。私は、少女が自力で立ち上がって配給所へと歩き出すのを確かめてから、その場を立ち去ったのだ、と。しかし、少女の無事を見届けるカメラマンを撮った写真はない。

疑問と批難の中、ピューリッツァー賞受賞者ケビン・カーターは、自らの命を絶った。

「ハゲワシと少女」は、ジャーナリズムに根本的な問いを突きつけた。この世の悲惨を伝えられるということは、その場に立ち会っていたということだ。なぜ助けなかったのだ。お前は何をしていたのだ――。

根拠のない問いではある。記者が写真を撮ったからといって、何もしなかった証明にはならない。悲惨に対して力を尽くし、彼にできることは全てやった上で、最後にシャッターを切ったのかもしれない。もしかしたら彼自身も食糧が尽き、飢えに苦しみながら撮ったのかもしれない。しかし写真は、連想を招くことはあっても真実を伝えることはない。そこにハゲワシと少女が写っているのなら、ハゲワシが少女を狙っているあいだ写真家は何もしなかったという連想を招くものなのだ。

背に「ＩＮＦＯＲＭＥＲ」と刻まれた男の写真は、読者のこんな疑問を誘うだろう。――密告者とはどういう意味だ？　この哀れな男は誰に何を密告したために殺されたのか？

やがて、誰かがこう言うかもしれない。この写真を撮った記者に何かを話したから、彼は殺されたのだ。記者、太刀洗万智は、彼の死に責任がある。

わたし自身は、密告の相手は自分ではないと考えている。わたしがラジェスワルに取材を申し込んだことと彼が殺害されたことの間には、関係がないと推測している。けれどその推測で読者の連想を止めることはできない。いずれにしても証拠はないのだ。

つまり、「ＩＮＦＯＲＭＥＲ」を掲載することは、わたし自身に致命的な悪評をもたらし、記者としての人生を終わらせることになりかねない。

ページの中央にラジェスワル准尉の名前を書くことを躊躇っているのは、それが理由なのだろうか。わたしはラジェスワルに、伝えることが仕事なのだから黙って傍観することは許されないと言った。彼には一蹴されたけれど、伝えることを諦めたわけではない。それなのに「INFORMER」は伝えないというのか。この写真はネパールが陥った混乱を端的に表現しているのに、自分が批難されることを恐れてお蔵入りにするつもりなのだろうか。

だとしたら、わたしはあまりにも卑怯だ。唾棄すべき二枚舌だ。わたしは、わたし自身の言葉に従うため、この写真を掲載しなくてはならない！

そう自分に言い聞かせても、わたしのペンは動かない。あの写真を月刊深層に載せ、ラジェスワル准尉について記事を書くことが、どうしても怖い。本能的な危うさを感じている。なら、違うのだ。わたしが卑劣な嘘つきだから、あの写真を載せることを躊躇っているのではない。きっと理由は他にある。自分自身の心を探るため、ノートのページを改める。白紙に「INFORMER?」と大書する。

その時、ドアがノックされた。返事を待たず、声が掛けられる。

「タチアライさん。いますか？」

チャメリの声だ。

「はい」

「よかった。あなたにお電話です」

警察だろうか。わたしへの疑いは晴れていないのか。そう思い身を硬くするが、チャメリが告げたのは別の名前だった。

「日本から……。マキノと名乗っています。電話はまだ繋がっていますが、出ますか?」

企画が固まっていない段階では、あまり話したくない。わたしは天井を仰いだ。ペンを置いて、そっとノートを閉じる。

「すぐ行きます」


発展途上国や旧東側諸国など通信網が脆弱《ぜいじゃく》な地域に行く場合、日本との連絡にはコツがあるという。取材先から日本に電話を掛けても、繋がらないことがある。けれど日本から取材先に電話を掛けると、比較的よく繋がるそうだ。

それが本当なのか、わたしは知らない。ある種の都市伝説、もっと言えばおまじないに類する話だという気もする。けれど日本の方から電話を掛けることには、一つ明らかなメリットがある。経費精算が楽なのだ。

電話口で牧野は真っ先に、

「遅いよ、太刀洗。一分百五十円なんだろ?」

と言った。

「それはこのロッジで電話を借りた時の値段です。日本から掛ければ、ふつうの国際電話料金です」

「だったら一分二百円超えだな。どうだ、そっちは」

昨日からのさまざまな出来事が、さっと脳裏を行き過ぎていく。現状を一言で言うなら、

「混乱しています」

「ん、どういうことだ」

「小銃の暴発による事故だという発表があったせいで、国民が過熱しています。午前中は警察が催涙弾を使って市民を鎮圧しましたし、午後は四時から外出禁止令が発令されています。それで状況が落ち着くかどうかは、まだわかりません」

「そうか。まあ、暴発では通らんわなあ。とにかく気をつけてくれよ」

「はい」

既に警察に連行されたとは、言わないことにした。それはわたしの個人的な話であり、いまのところ記事には関係ない。

「で、記事はいけそうか」

「六日の締切には間に合います。午後一番で大丈夫ですか」

「馬鹿野郎。朝一番だ」

ですよね。

朝九時に間に合わせるなら、時差を考慮して五時四十五分が締切になる。FAXはトーキョーロッジのものを借りられる。カトマンズは朝が早い。確認は必要だが、たぶんチャメリは起きているだろう。

「わかりました」

「よし」

牧野の声が、心なしか低くなる。

「で、どんな感じになりそうだ。あおりだけでも考えておきたいんだがな」

「それなんですが、実は……」

内心の迷いが現れて、わたしの言葉は歯切れが悪かった。

「写真があります」

「どんな」

「軍人の写真です。……死んでいます」

「……おいおい」

電話の向こうで、牧野が椅子に座り直す様子が目に浮かんだ。

「それはつまり、あれか。市民に反撃されて、ってことか」

「いえ、違います。変死体です」

「変死体?」

「上半身の服が脱がされ、背中に刃物で『INFORMER』と刻まれています。密告者という意味です。彼は国王が撃たれた日、王宮にいたことがわかっています。事件後に雑誌の取材に応じたことも」

「おいおい」

牧野は再びそう言った。わたしの言ったことを把握する時間を稼ぐように。

「あっさり言うなよ。それ、すごいネタなんじゃないか」

「ちなみに、他には誰も撮っていないと思います。わたしが撮った後、警察が来て現場を封鎖したので」

受話器から、溜め息のような音が聞こえた。

「太刀洗。お前やっぱり、恵まれてるな。国王一家がほとんど皆殺しになってるのに、ネパール政府は事故と発表した。一方、当日現場にいた軍人が取材に応じたら、密告者と書かれて殺された。しかもよそは摑んでない。とんでもないスクープだぞ、それ」

「……ええ」

あまり話に乗らないわたしの様子から、牧野は何かを察したようだ。

「何か問題があるのか」

「二つあります」

と、わたしは言った。

「一つは、その軍人に取材を申し込んだ雑誌です」

「どこだ。現地誌か」

「いえ。月刊深層です」

数秒間、受話器からは何も聞こえてこなかった。ようやく聞こえてきたのは、ほとんど涙声だった。

「ウチかあ」

さらに数秒が空く。

「って言うか、お前かあ」

「記者の太刀洗で、日本の月刊深層から依頼を受けて取材をしていると名乗りました」

「ウチの名前を出したかあ。いやまあ、事実だけどさ」

牧野はしばらく、唸っていた。わたしは彼の癖を知っている。頭を抱えて机に突っ伏しているのだろう。

「……しゃあねえなあ。マスを名乗るもおこがましいが、ウチもいちおうメディアだからな。ここで尻尾巻くわけにはいかんよなあ」

「デスクの判断を仰いだ方がいいかと」

「知ってるだろ？　ウチのデスク、こういう話になると男気出しちゃう人なんだよ。ゴーサイン出ちゃうよ。いいのかよ太刀洗」

「わたしですか」

泣き出しそうな牧野の声に、温かさが混じる。

「お前はふつうに仕事しただけだ。俺がそう思ってることはわかってくれよ。……その上で言うけど、お前さん、人殺し呼ばわりされるぞ」

それは既に考えた。牧野も同じように考えてくれたことは嬉しかった。

「仕方ないです」

「そっかあ……おいおい……」

一分二百円を超える時間が無為に流れていく。

やがて、気を取り直したのか、牧野が訊いてきた。

「それでもう一つはなんだ」

「え?」

「お前が言ったんだぞ。問題が二つあるって。もう一つの問題ってのはなんだ」

わたしはそんなことを言っただろうか。

確かに、ラジェスワルの死を記事の柱に据えることには、どうしても躊躇いが残っている。

けれど、言葉にできるような問題はどこにあるのだろうか。

どこか投げやりな調子で、牧野が言う。

「そこまで裏が取れてて、どこが問題なんだよ。もういくだけじゃないのか」

裏。

そうか。

受話器を握る手に力が入る。そうだ、それだ。

「ありがとうございます」

「お? なんだ」

「それです。牧野さん、この写真、裏が取れていません」

戸惑った声が聞こえてくる。

「裏ってお前、だってお前が実際に見て、撮ったんだろ? 裏も何も、見たとおりに書くだけじゃないか」

記事は事実を、少なくとも事実だと強く推定されることを書く。ラジェスワルが事件当夜王宮にいたこと、彼が雑誌記者であるわたしに会ったこと、ネパール政府は事故だと主張していること、ラジェスワルはわたしに会った翌日に「密告者」と刻まれて死体で発見されたこと。これらはどれも事実であり、それらを繋げて考えるのはあくまでも読者の想像だ。

しかし、わたしは「読者がそう想像するだろう」ということを知っている。それなのに、自分には関係ないと切り捨てることは誠実ではない。一、二、三と続けてきたのに、次は四だと考えるのはお前の勝手な想像だと開き直ることは、まっとうな仕事のやり方ではない。

ようやくわかった。だから、わたしはラジェスワルの写真を載せることを躊躇っていたのだ。

「いえ。牧野さん。この写真は裏が取れていないんです」

「だから、どういうことだよ」

「ラジェスワル……亡くなった軍人の名前ですが、彼の死が国王の死と関係しているという証拠がありません。極端な話、彼は単に交通事故で死んだのかもしれない。現段階で、国王の死を扱う記事には載せられない」

「だってお前……背中に……」

「足りません。それだけでは」

背中に刻まれた傷文字が、わたしとの接触を糾弾《きゅうだん》するものだったとは言いきれない。なぜなら、もう一方の当事者たるわたしが無事だから。これは最初から考えていたことだ。なのにいまに至るまで、記事にできない理由には辿り着けなかった。どうやらわたしは、あの写真の出来映えに惑わされていたようだ。

牧野は、小さく笑ったようだ。

「なるほど。お前、よくそこで踏みとどまったな」

「いえ。反省しています。もっと早くに気づくべきでした」

「時間はないぞ。今日は外出禁止令が出てるんだろう?」

「明日の夜までにラジェスワルと国王の死を繫げられなければ、あの写真は外します」

「……そうか。わかった」

電話の声が、いつもの弛緩した調子に戻っていく。

「まあ、よろしく頼むよ。くそ、長電話になっちまった。電話代は原稿料から引いていいよな」

「首を絞めますよ」

ははは、と笑い声が届く。

「じゃあ、六日に」

「わかりました。六日の午後一番に」

「お前、冗談が下手だな」

「そうでしょうか?」

受話器を下ろす。息を吐く。

靄《もや》が晴れたような心持ちがした。

写真の裏を取る。それはつまり、ラジェスワルはなぜ殺され、なぜ背中に「INFORMER」と刻まれたのかを知ることだ。容易なことではない。牧野の言うとおり、時間は乏しい。この異郷では使えるコネクションもない。常識で考えれば、調査が成功する見込みはほとんどない。

それでも、これでいいのだろうかと迷いながら進むことに比べて、どれほど力が湧くことか。薄暗いロビーでわたしは一人、

「よし」

と言葉に力を込めた。

電話が済むと、チャメリが戻ってくる。相変わらずおどおどとした表情だ。彼女に対して含むところは何もないのだけれど……。来てくれてよかった。受話器に手を置いたまま、言う。

「チャメリさん」

「は、はい」

彼女の気持ちをほぐそうと、わたしは微笑みを作る。

「六日の朝、五時四十五分までに、日本にFAXを送らなくてはなりません。このロッジで借りられますか」

「五時四十五分ですか?」

チャメリは眉を寄せた。カトマンズは朝が早いと思っていたが、考えてみれば、チャメリは

深夜まで起きている。朝はゆっくり休むのかもしれない。

「まだお休みの時間でしたら、こちらで工夫しますが」

「……いえ！　大丈夫です。その時間に使えるように用意しておきます。ロビーに来てください」

「あの、本当に、ご無理ではないですか」

「もちろんです。何も気にしないでください」

もしかしたら、警察にわたしのことを話した埋め合わせのつもりなのかもしれない。だとしたら、チャメリの弱みにつけ込むようで心苦しい気もする。しかしもう口に出してしまったし、いまさらなかったことにするのも善意を振りまわすようで感じが悪い。ここは甘えておこう。

「ありがとうございます。……それと」

「はい」

「八津田さんの部屋番号を教えてください」

何を言われるのか不安だったらしく、チャメリはほっとした顔になった。

「それなら……ええと、いまは三〇一号室です」

「いまは？」

「はい。八津田さんはビザの更新で出国されるたび、部屋を替えます。全部の部屋を何度もまわっています」

長期滞在をマンネリにしないためには、部屋を替えるのはいい手なのかもしれない。礼を言い、ロビーを後にする。

わたしが七時までに戻らなければ、八津田は日本大使館に連絡する。警察から帰ってきたことを伝えなくてはならない。階段を上っていく。

四階の食堂には何度も行ったけれど、三階に入るのは初めてだった。なんとなく廊下の壁や天井を観察してしまう。背の高い建物が密集しているせいで自然光が入りにくいのは二階と同じだった。節電のためか廊下の照明が消えているので、なおさら薄暗い。もしかしたら三階は大きなスイートルームになっているのかもしれないと思ったけれど、間取りは下の階と同じようだった。

三〇一号室のドアは、薄く開いていた。チェーンを掛けた上で少し開けて、床との間には新聞を噛ませてある。換気のためだろう。この手があったか、と思う。

既に開いているドアをノックするのは妙な感じがした。すぐに返事があった。

「はい」

「太刀洗です」

「おお！」

足音もなく八津田がドアに近づき、チェーンを外す。ドアが開かれる。

八津田は部屋でも黄色の袈裟を着ていた。うっすらと髭の伸びた顔をほころばせ、彼は何度も頷いた。

「よかった。ご無事でしたか」

「はい」

「いやまったく。この国の警察は、決して評判が良くはありませんからな。よかった、よかった」

温かい言葉だった。警察署から解放された時よりも、いま八津田が喜んでくれた時の方が、わたしは嬉しかった。

「ご心配をお掛けしました」

「なあに……」

かぶりを振った八津田が、ふと思いついたように言う。

「どうでしょう。また少し、上で話しませんか」

実を言えば、わたしにはやりたいことがあった。ラジェスワルの死と王宮事件の関係を探るという目標が定まった以上、改めて取材ファイルを検討したいと思っていたのだ。けれど心配を掛けた八津田の誘いを無下にはしかねる。

「はい」

と答えると、八津田はにこにことして言った。

「では先に行っていてください。チャメリさんに頼んで、チヤを淹れてもらいましょう」

八津田の言葉に従い、食堂に上がる。

空色の壁に切られた大きな窓からは、ひとひらの雲が漂う青空とカトマンズの街、そしてヒマラヤが見えている。隙間のようにできた時間で、わたしは初めてこの窓からの景色に見とれた。

しばらくぼうっとしていると、二人分の足音が上がってきた。姿勢を正す。チャメリはこの四階の厨房でチヤを淹れるのかと思っていたけれど、彼女は銀色のトレイにブリキのコップを二つ載せていた。そのコップが置かれる前から、香辛料のかおりが漂ってくる。

コップを置くと、チャメリは長居することなく階段を下りていく。支払いを求められなかったのはサービスしてくれたのか、それとも部屋代につけてあるのか。八津田がご馳走してくれているのだとしたらあまりに申し訳ないけれど、

「さ」

と勧められて訊く機会を逸してしまった。

一口飲む。

……甘さが怒濤《どとう》のように押し寄せてきた。なんとなく甘いだろうとは思っていたけれど、その予想を大きく上まわる甘さだ。噎《む》せそうになる。

そんなわたしを笑みを含んだ目で見つめつつ、八津田はそっとコップに口をつける。

「いつもながら、チャメリさんのチヤは甘いですな」

「ネパールではこれがふつうではないんですか」

「さあ、ふつうよりだいぶ甘いようです。ですが私はこれが好きでしてね」

言いながら、八津田はくつろいだ表情を見せる。ネパールには九年前からいるというし、六

年前にサガルの兄が亡くなった時、放心するサガルに菓子をあげたとも聞いている。トーキョーロッジにはよほど長逗留して、この味にも馴染んでいるのだろう。

甘さが去ると、紅茶の香りに加えて肉桂《にっけい》や丁字《ちょうじ》や、他にもかぎ分けられないいくつもの香辛料の名残がふうわりと口に残った。もう一口飲むと、甘さに心構えができたためか、その味の奥行きもわかってくる。

「これは、チャイですね」

インドのチャイによく似ている。あるいは、同じものだろう。八津田は頷いた。

一口ごとに甘さが体に染みていく。いまは、気を抜くべき時ではない。けれど、このひとときの休息は、これから始まる困難な仕事への気力を整えてくれるような気がした。

「警察では」

と、わたしの方から口を開いた。

「市内で起きた殺人事件について、いくつか質問を受けました。被害者はわたしが取材した人物だったので、彼の足取りを確かめたかったようです」

「ふむ」

「取り調べの警官には英語が通じましたので、意思疎通の問題はありませんでした。簡単な検査で疑いも晴れたらしく、あっさりと解放されました」

被害者の写真をわたしが撮っていたことは、警察に連行された件とは関係がないので触れずにおいた。八津田は深く頷いた。

「それは何よりです。さっきは警官の前であんなことを言いましたが、本当に大使館へ連絡をすることになったら、どうしようかと思っていました」

「お気遣い、本当にありがとうございました」

八津田はにこにこと、何度か頷いていた。

そして、

「ところで……」

と言いながらコップを置く。

「太刀洗さんのご災難に比べたら大したことではないのですが、私の方にも少々困ったことがありました」

食堂に誘われた時点で、何か話があるのだろうと思っていた。わたしもコップをテーブルに戻し、手を腿に置く。

「と言いますと」

「実は……いやはや」

剃り上げた頭を撫でて、八津田は苦い顔になる。

「ご一緒した時に話が出ましたからご記憶かもしれませんが、天ぷら屋の吉田さんに、日本の友人宛の仏像を預けることになっていました」

その話ならよく憶えている。黙って頷く。

「ところが今日になって、吉田さんがいけなくなったのです」

「いけない……と言いますと、出国できなくなったのですか？」

確かロブが、王宮事件の余波のせいか国外に出るチケットが取れないと嘆いていた。しかし吉田の帰国は前から決まっていて、当然航空券も取っていたはずなのに。

八津田は首を横に振った。

「いえ」

「では？」

「吉田さん、体調を崩しまして」

一日に八津田に連れられて「よし田」に行った時のことを思い出す。忙しそうでも愛想よく笑ってくれる、気持ちのいい人だった。

「お加減は、だいぶ悪いのですか」

「いや、それが……」

なぜか八津田は歯切れが悪い。

「なにしろこの情勢ですから、生涯を賭けるつもりで店を開いた吉田さんとしてはだいぶ気を揉んだのでしょう。それで……いえ、だから仕方がないとは言いませんが……」

「どうしたんですか」

もう一度頭を撫で、ぺちりと叩き、それで思いきったようだ。顔を上げ、

「大麻を吸って、寝込んでしまったのです」

「ああ」

この街でその気になれば、手に入れることは容易だっただろう。昨日今日思いついて手を出したわけではないかもしれないけれど。

「大事な仏像ですから、朦朧《もうろう》とした人に預けるのは躊躇われます。そこで……どうでしょう」

八津田は少し身を乗り出した。

「太刀洗さんは、一通りの取材が終われば日本にお戻りになる身。その時、鞄の片隅にでも私の荷物を入れてもらえれば助かるのですが」

なるほど。

彼には世話になった。ただ、わたしのボストンバッグにはそれほど余裕がない。

「……大きさは、どれぐらいでしょうか」

八津田は手のひらを広げた。右手と左手の間は、二十センチぐらいだろうか。

「これぐらいです」

入るかと訊かれれば、そのぐらいなら問題なく入る。しかしさらにもう少し考えて、わたしはこう答えた。

「お役に立ちたいのですが、なにぶんこういう状況ですから、日本に戻ってから落ち着けるかどうかわかりません。場合によっては、打ち合わせだけしてとんぼ返りということもあり得ます。仕事の先が見えない以上は安請け合いになってしまいますから、すみませんがお話は預からせてください」

するとと八津田は手を振って、

「なに、そんなに大したことではありませんからお気になさらず」

と言った。

「聞けば、ご事情はごもっともです。これは私が悪かった」

「いえ。良くしていただいているのに、申し訳ないです」

袈裟を揺らしながら、八津田がブリキのコップを手に取る。わたしもつられて、やや冷めたチヤを口に含む。凶暴な甘さが広がるのを少し楽しみ、それから飲み下していく。

気づけば、八津田がじっとわたしを見ていた。

「ふむ」

彼は穏やかに微笑んだ。

「太刀洗さん。どうやら、お仕事は山を越えたようですな」

かぶりを振る。

「とんでもない。まだ何も越えていません」

「なに。山があることに気づけば、後はたいてい上手くいくものです。そうなるよう、私も祈っていますよ」

両手でコップを包み込み、わたしは言った。

「本職の方に祈っていただけると、効き目があるような気がします」

祈っているというのは慣用句として言っただけのつもりだったのだろう。八津田はしばらくきょとんとしていたが、やがて、

「なるほど。こんな坊主の祈りでよければ、ひとつ経でも読みましょうかな」

と言い、声を上げて笑った。

空になったコップをめいめいで持って、階段を下りていく。八津田は三階の廊下に入ってい
き、三〇一号室の前に立つ。袈裟の内側から鍵を出すと、ちゃりりと澄んだ鈴のような音が立
った。

立ち止まるわたしに気づいたのか、八津田がこちらに顔を向ける。わたしは改めて、頭を下
げた。

八津田はあるかなきかの笑みで、

「お気張りなさい」

と言う。

「はい」

わたしはそう答え、八津田が部屋に入るのも見届けず、階段を下りていった。

八津田の言うことは正しい。わたしは山があることに気がついた。

腕時計を見る。五時半を過ぎていた。残り時間はおよそ三十六時間。

ここからが、正念場だ。

# 15　二人の警官

夜が明ける。

身支度を調え、まずはトーキョーロッジの四階でテレビを見る。写真の裏を取らなければと気は急くけれど、既報は最低限チェックしておかなければならない。食堂には、今日もきっちりと白いシャツを着こなしたシュクマルがいた。取りあえずお湯でも沸かそうとキッチンに入りかけたところ、彼に止められた。

「違うカーストの人間が台所に入ることは好まれません。そこは宿泊客用だとは思いますが、チャメリさんに一言断った方がいいでしょう」

「知りませんでした。ありがとうございます」

そうお礼を言ってから、ふと気になった。

「八津田さんがお茶を淹れてくれましたが、大丈夫だったんでしょうか」

シュクマルは笑って言った。

「彼は常連、というか、ここに住んでいるようなものですから。それに外国人とはいえ仏教の僧侶ですから、特別扱いかもしれません」

「シュクマルさんも、以前からここを定宿にしているんですか」

「そうですね……」

ふと遠くを見るような目つきになって、彼は呟くように言う。

「このあたり、ジョッチェン地区は昔、ずいぶん騒がしい地域でした。旅行客が押し寄せてね。フリーク・ストリートなんて呼ばれていたものです」

「フリーク？」

「ヒッピーたちが集まりましてね。あなたはお若いから、ヒッピーなんてご存じないですか」

知識として知ってはいるけれど、いかにもヒッピーらしい人を直接見たことはない。

「彼らはいつも大麻をやっていましたね。その頃、私はジョッチェンには近づきもしませんでした。旅行業の中心が街の北側に移ってこのあたりが少し落ち着いた頃、いつもの宿が潰れたのでふらりと入ったのが始まりです。いまではチャメリさんも、二〇一号室はたいてい空けておいてくれます。トーキョーロッジ二〇一号で郵便を受け取ることもありますよ」

わたしは彼の横顔をじっと見た。整った顔立ちは肌の張りも良く、二十代でも通りそうだ。

「それは何年ぐらい前のお話ですか」

「最初にここに泊まったのは、ですか？　そうですね、十年は前になります。ヤツダさんが泊まり始めるよりも、少しだけですが先でしたよ」

「……失礼ですが、シュクマルさんはおいくつですか」

「私ですか？　今年で四十になります」

とてもそうは見えない。わたしも実年齢よりも下に見られる方ではあるけれど、シュクマルには及ばないだろう。彼は優しく微笑んだ。

「デリーに来ることがあったら、ぜひ訪ねてください。あの時のネパールはたいへんだったという お話をしましょう」

ポケットから名刺入れを出し、英語の名刺を手渡してくれる。仕事先で出会っただけの、親しくしたわけでもないわたしにまで名刺をくれたことに驚く。書かれた名前は「Ｓｕｋｕｍａｒ　Ｄａｓ」となっていた。

「ありがとうございます。残念ですが、いま名刺を持ってきていません」

「そうですか。では、またの機会に」

またシュクマルと会う機会があるだろうか。人生にはいろいろなことが起こる。ぼんやりと、もしかしたら本当にデリーで会うことがあるかもしれない、と思った。

テレビではＢＢＣが、昨日起きたことを緊張感のある口ぶりで伝えている。

一日に重傷を負っていた王族、ビレンドラ元国王の弟が息を引き取った。

そして、意識不明だった国王、銃撃の犯人と目されるディペンドラも昨日亡くなった。葬儀は外出禁止令が出ている時間帯に行われ、既に荼毘に付されたという。数万人に見送られたビレンドラに比べ、あまりにもひっそりとした扱いだ。ＢＢＣでも映像は流れなかった。スタッフも外に出られなかったのだろう。

二日間だけ国王だったディペンドラが亡くなったことにより、摂政ギャネンドラが即位した。彼は王宮事件の真相解明を約束し、調査委員会を設置すると発表した。新国王が位に就いたというのに、BBCの伝え方には祝意も明るさもなく、アナウンサーはただ淡々と原稿を読んでいた。

昨日、王宮前で市民が鎮圧された際、少なくとも十八名が重軽傷を負い、一人が死亡していたことも伝えられた。亡くなったのはわたしが見た、四方から棒で殴られていた男だろうか。そうかもしれない。そうでなければいい、と思う。また、外出禁止令後に外に出ていた市民が一人、射殺されたという。警察署で伝えられた警告は嘘ではなかったのだ。

ラジェスワルについてのニュースは、見つけられなかった。箝口令が敷かれたのかもしれないし、もっと単純に、王宮事件に関するニュースに押されて時間が取れなかったのかもしれない。

テレビのニュースが一巡し、同じ情報が繰り返されるのを確かめてから、シュクマルに会釈して席を立つ。この国の朝食は十時ぐらいというけれど、わたしは何か食べておかないと身が持たない。

トーキョーロッジを出て、インドラ・チョク方面に向かう。目指すのは、この街に着いた翌日にロブが案内してくれた店だ。昨日と一昨日は揚げ菓子でもって朝食に代えたけれど、勝負所の今日は、どうしても米を食べたかった。ネパール人の客が指で定食を食べるのをよそに、わたしはスプーンで米飯や、大根の漬け物や、煮豆を口に運ぶ。日本に帰ったら若布《わかめ》の味噌汁と鯵《あじ》の開き、うずら卵を添えたとろろ芋の千切りで、ゆっくりと朝を楽しみたい。そのためにも、記事を仕上げなくては。

食事を済ましトーキョーロッジに戻ると、緑の鉄扉の脇に、サガルがもたれかかっていた。

「やあ。調子はどうだい」

「まずまずよ。あなたは？」

「一仕事済ましたところさ。なかなかの収穫だったぜ」

まんざら強がりでもなさそうに、サガルは自分のポケットを叩いてみせた。そして、どことはなしに視線を巡らす。

「大人たちはみんなぴりぴりしてる。いい写真は撮れたか？」

「まずまずね」

サガルは少し怪訝そうな顔をした。

「タチアライ、何かあったのか？　雰囲気が変わった」

わたしは肩をすくめた。もし変化があったとしたら、ようやく仕事が始まった、それだけのことなのだ。サガルはまじまじとわたしを見て、ふと笑ったかと思うと親指をロッジの中に向けた。

「客が来てるぜ。あんたにだ」

「へえ?」

「気をつけな。制服は着てないけど、あいつらサツだ」

私服警官の訪問を受ける心あたりはないけれど、なにぶんわたしは殺人事件の関係者になっている。警察が接触してくることは、むしろ当たり前かもしれない。

「そう。ありがとう」

鉄扉に手を掛けると、サガルはにやにやしながら言った。

「やっぱり変わったな」


ロビーには、確かに客が来ていた。

二人組で、二人ともチェックのシャツを着ている。一人は水色と薄茶色、もう一人は赤と黒のチェックだ。フロントデスクの内側ではチャメリが戸惑い顔をしている。

赤と黒を着た方が、にこやかに言った。

「タチアライさんですね」

日本語だった。イントネーションはかなり怪しい。

「そうです」

「どうも。私、バランいいます。彼、チャンドラ。少しお話ししたい」

「構いません。場所を移動しますか」

バランは大袈裟に手を振った。

「いいえ！　ここでいい。でも、ごめんなさい。私、日本語ヘタ。あなた英語使える聞きました。英語でもＯＫ？」

「ＯＫ」

そう答えると、バランは相好を崩した。

「ありがとうございます。日本に行ったことがあるんですが、ずいぶん言葉が怪しくなりました。話しやすくて助かります」

改めて二人を見る。

赤と黒のチェックのシャツを着たバランは、四十歳前後だろう。顔つきはまだ若いのに、髪には白いものが交じっている。頬や顎には少し肉がついていて、それがなんとも柔和に見える。表情はにこにことして、声も穏やかだ。サガルが彼のどこを見て警官だと思ったのか、わたしにはわからなかった。

水色と薄茶色のチェックを着たチャンドラは、ひょろりと背が高い。二十代か、もしかしたら十代ではないだろうか。とほんとした顔をして、わたしとバランの会話を聞きながら、物珍しげにロビーの中をきょろきょろと見まわしている。英語がわからないのかもしれないと思ったが、ふとわたしと目を合わせると、

「チャンドラです。よろしく」

と流暢な英語で名乗った。わたしも名乗り、頭を下げる。

「それで、ご用件は」

受け答えはバランの担当らしい。彼は「それなんですが」と言いながら、白いものが交じる頭を撫でる。そしてチャメリを見ると、ネパール語で一言言った。するとチャメリはくるりと背を向けて、奥に下がっていく。人に聞かれたくない話なら、場所を移せばいい。なのに彼は、場所はここでいいと言い、チャメリを立ち去らせた。警官らしいとは思わなかったが、少し、人に命令することに慣れた雰囲気を感じた。

チャメリの姿が消えると、バランは改めて言った。

「驚かせたら申し訳ありませんが、私たち、実は警察官なんです」

「そうですか」

「おや、驚きませんね」

「驚いています。あまり顔に出ないのです」

バランはえびす顔で頷いた。

「チーフから聞いたとおりです。昨日あなたの話を伺った警官、彼が私たちの上司です。彼の命令で来ました」

「なるほど」

チェックシャツの二人を見る。

「改めて連行する、というわけではないようですが」

「はい。チーフの命令は、あなたを守ることです」

それは意外な言葉だ。バランが手を打った。

「よかった！　今度は驚きましたね」

「……ええ。守るとおっしゃいましたが、誰からですか」

「わかりませんか？」

　頷くと、バランの表情から笑みが消えていく。チャンドラは相変わらず、まわりを見まわしている。建物の構造を把握しているのかもしれない。

「我々のような仕事をしている人間は、仲間殺しを絶対に許さない」

　明るく言われたが、冷たく重い言葉だ。

「それは国軍も同じです。ラジェスワル准尉が殺されたことで、軍の一部がおかしな動きをしている。そして准尉に最後に接触したのは、いまわかっている限り、あなたです」

「わたしはただ……」

　バランが手を振って、わたしの言葉を遮る。

「もちろん、軍の連中を除いての話です。彼はあなたに会った後、詰所に戻っていますからね。ただラジェスワルの同僚たちは、仲間の中に犯人がいるとは思っていない。連中は復讐を望んでいるはずですが、その相手を見つけられないでいるのです」

「わたしを狙っている、と？」

「あるいは」

　バランは、処置なしというように首を横に振る。それが妙に西欧的な仕草に見えた。

「もちろん連中だって、昼間にちょっと会っただけの記者がラジェスワルを殺したと決めつけるほど頭が悪くはない。これはあくまで、念のためです。脅しで言うのではありませんが、拉致して情報を聞き出そうとする……というぐらいは、あり得ます」

理屈は通っている。けれど、やはり違和感は拭えない。

「これほど親切にしていただけるとは思いませんでした」

日本では、一介のフリー記者に警察のボディーガードがつくという話は聞いたことがない。

それまで黙っていたチャンドラがぽつりと言った。

「いま外国人記者に手を出されると、面倒なことになる」

バランが付け加える。

「そう考えている人間がいるということです」

わたしは頷いた。それなら、わかる。

警察と記者は、いつでも微妙な関係にある。警察にとって記者は、情報をせびるくせに自分たちの情報は出さない、鬱陶《うっとう》しい存在だ。記者はその片務性を心のどこかで後ろめたく思いつつ、警察が独善に陥ることを防ぐ存在は必要であり、自分たちは少なくともその一助にはなり得ると考えている。

警官を連れて取材に行くことは、本来ならば考えられない。取材源を秘匿することは記者の鉄則なのに、警官を同伴していてはそれが不可能だからだ。けれど原則は原則であり、何事にも例外はある。わたしは頷いた。

「事情はわかりました」

バランが微笑んだ。

「柔軟な方で、助かります」

「こちらこそ、ありがたいお話だと思っています。……それで、わたしにどうせよと？」

「何も」

にこやかな顔のまま、バランが手を広げる。

「行動を拘束するつもりはありません。ネパールは開かれた民主的な国です。ご自由に取材なさってください。我々は勝手にあなたについていきます」

「……ありがとうございます」

「そして一日でも早く、日本にお戻りになっていただきたい。これはチーフではなく、私の個人的な希望ですが」

にこやかに言われた。それもまた、もっともな要求だった。

取材の仕度をするため、いったん部屋に戻る必要があった。警官たちはロビーから上がろうとしない。何か規則があるのか、あるいは出入口を固めている以上はついていく必要がないと思ったのかもしれない。

二階に上がると、廊下に人の姿があった。長身の背を丸め、ひどく窮屈そうだ。ロブ・フォックスウエルだった。

ここ数日、自分の身に降りかかる出来事に対処するだけで精一杯だった。けれど彼のことは、心の隅で気に留めていた。彼は部屋のドアに「入るな」というメモを貼り付けて、朝といい夜といい、姿を見せなかったのだ。

「おはよう、ロブ」

そう声を掛けると、ロブはびくりと肩を震わせた。薄暗い廊下の照明でも、顎や頬に剃り残しの髭が見て取れる。目の下には濃い隈があり、心なしか唇の色が薄い。ふつうではない様子に気づきながらも、敢えてふつうに話しかける。

「あなたが教えてくれた店に行ってきたところよ。いろんな店で食べたけど、いまのところあそこが一番ね」

「あ、ああ、そうかい」

その声は少し震えていた。

「もしよかったら、明日は一緒に行かない？　一仕事終わることになってるから」

ロブはあからさまにわたしの視線を嫌がった。顔を背けながら、

「そうだね。考えておくよ」

と言い、そのまま二〇三号室に戻っていく。そのドアにはまだ、「DO NOT ENTER」の張り紙が残っている。わたしはしばらく、その張り紙を見るともなく見ていた。なぜ彼は、これほどまでに警戒しているのだろう。

気を取り直して二〇二号室に入り、取材に必要なものを手にしていく。とはいえほとんどの必需品はボディバッグに入れてあるので、改めて持っていくのは日焼け止めと、予備の電池ぐ

らいだ。念のため電子辞書も持っていこうとボディバッグに入れてみたけれど、あまりにふくらみすぎるので諦めた。

ロビーに戻る。バランとチャンドラとチャメリが、ネパール語で話をしていた。冗談を言っているのかバランが含み笑いをしているが、チャメリは笑うに笑えないといった硬い顔をしていた。思えばラジェスワルはチャメリの夫の戦友であり、サガルの言葉を信じるなら、しばしばこの宿を訪れてもいた。恩人が亡くなって、チャメリが衝撃を受けていないわけがない。いつものようにロッジを切り盛りする精神力には敬意を抱く。

チャンドラがわたしに気づき、バランに目配せする。彼は振り返り、わたしに笑いかけた。

「やあ、早かったですね。仕度は終わりましたか」

「はい」

階段を下りきる。チャメリはそそくさと奥に戻っていった。

ぱんと手を叩き、バランが訊いてくる。

「それで、どこを取材しますか。ナラヤンヒティ王宮？　パシュパティナート寺院？　それとも、インドラ・チョクですか。どこも、昨日に比べればだいぶ落ち着いているようですよ」

どこも重要な場所だけれど、わたしは首を横に振る。

「空き地に向かいます」

「空き地？　どこの」

「名前は知りません。カンティ通りから入る、ラジェスワル准尉の死体が見つかった空き地です」

色違いのチェックシャツを着た二人の警官が、揃って苦い顔をした。

それももっともだ。彼らは、ラジェスワルの同僚の復讐からわたしを守るためにここにいる。そのわたしがラジェスワル事件に関わるのは嫌だろう。

「いまは警察に封鎖されているでしょうが、外から見るだけでも」

暗に、警官がいるだろうから安全だろうとほのめかす。二人はやはりいい顔をしなかったけれど、異を唱えてはこなかった。

「いいでしょう」

そしてわたしたちはロッジを出る。外にいたサガルが、わたしが二人の男を引き連れているのを見て、ひどく皮肉らしい笑みを向けてきた。

バランが言うとおり、街の様子は少し落ち着いているようだ。昨日までは通りのあちこちに数人の男が集まり、難しい顔で新聞を覗き込んだり、怪気炎を上げたりしていた。今日も外で新聞を読む男はいるけれど、その新聞に集まる人数が明らかに減っている。興奮した声を上げている集団は見かけなかった。

「調査委員会の設置が効いているようですね」

斜め後ろを歩くバランに、そう言ってみる。しかし彼はちょっと肩をすくめただけで、何も答えなかった。政治情勢についてはノーコメント、ということなのだろう。警察官としてはもっともな態度だ。

わたし自身も、自分の言葉が当たっているとは思っていなかった。たった六日だけれどカトマンズに滞在し、少しだけ街の空気がわかってきている。人々は調査委員会の設置に期待しているというより、暴発説と昨日の鎮圧を経て、真相解明を諦めかけているのではないか。王家はブラックボックスであり、その中で起きた一大事件の真実が大衆に知らされることはない。新国王の息子がひき逃げをしたという噂が流れた時も、結局事件は闇に葬られたじゃないか……。裏付けはないので、記事には書けない。けれど妙に静かな街角を見るにつけ、そこに人々の諦念が漂っているように思えてならなかった。

多数の死傷者が出たと報じられた以上、人々が萎縮したり諦めたりするのも無理はない。ただ、あれほどの憤りが拭ったように消えてなくなったわけではないだろう。単に、見えなくなっただけだ。

ふだんは旅行客や買い物客で賑わうニューロードも、乾いた風が吹き抜けるばかり。王宮事件の翌日はまだしも客も店も活気があったのに、日を追って閑散としていく。私服とはいえ警官を連れているせいかもしれないが、あれほどしつこかった土産物売りも、一人も近づいてこない。それも無理はない。事件直後は、まだカトマンズに残っていた旅行客がいただろう。それから三日が経ったいま、事件による渡航キャンセルの影響がまともに出ているはずだ。

首都では市民に催涙弾が打ち込まれ、地方では武装ゲリラの活動が激化するのではと危惧されている。観光であれば、何もいまのカトマンズに来なくてもいい。仕事でなければ、わたしだって帰りたい。とはいえほんの少しだけ、どこまでもついてくる仏像売りが懐かしい気がした。

「今朝は、どこもこんなに静かなんでしょうか」

話のとば口が欲しくて、もう一度警官に話しかける。すると彼は皮肉に笑って、

「いえ。インドラ・チョクあたりは、ごった返していましたよ」

と言った。

「ふだん通りということですか」

「というわけでもありません。昨日の夕方は外に出られず、今日も外出禁止令が出るだろうと言われていますから」

「ああ。買い溜めをしているんですね」

相槌を打ちながら、内心で焦る。わたしには時間がない。それなのに今日も外出禁止令が出るかもしれないというのは良くない知らせだ。とはいえ対処のしようがない。外に出られなくなるなら、それまでにできるだけ多くのことを調べるまでだ。

カンティ通りに出る。

「こちらです」

行くと決めたなら手早く済ましてほしいのか、バランが先に立って道案内してくれる。ビルの隙間に入り込むと、見覚えのある景色が広がった。

ラジェスワルの死体が見つかった空き地には、いま、誰もいなかった。

バランに訊くと、この空き地に名前はついていないらしい。

「チャンドラがこの辺に住んでいますから、間違いありません。ただの空き地です」

改めて観察する。

空き地は一辺が五十メートルほどで、ほぼ正方形をしている。わたしたちが入ってきた辺と、その向かいの辺は建物に塞がれている。手前がコンクリート造りのビル、奥は日干し煉瓦の民家だ。左右は、波打つブリキ板で仕切られている。たぶんブリキ板の向こうにも道が繋がっているはずだ。でなければ、これだけの土地が使いようもなく死んでいることになる。

壁にもブリキ板にも、スプレーで落書きがされている。悪戯小僧の落書きは国を問わず、というところだろう。大半がアルファベットで書かれていて、ネパール語を書き記す文字であるデーヴァナーガリーがほとんど見られないことが興味深かった。

ラジェスワルの死体があったあたり、直径十メートルほどの空間にポールが立てられ、立入禁止のテープが張られていた。現場保存の警官がいるのではと思っていたけれど、その予想は外れた。一通りの鑑識作業が済んで厳重に警備する必要がなくなったのか、それとも国中が混乱する中で、鑑識作業をする余裕がなかったのかもしれない。

まず、テープで囲まれた場所に近づく。

「中に入らないでくださいよ」

言わずもがなのバランの言葉に、頷きを返す。

とはいえ、テープの外からでは距離がありすぎる。よく見ると血痕があるような気がする、という程度の観察しかできない。カメラを出してズーム機能で見ることも考えたけれど、バランとチャンドラはあまり良く思わないだろうし、それを押して見たいものがあるわけではなかった。それにこの距離からでも、昨日見たラジェスワルの死体はありありと瞼の裏に浮かべられる。

彼は、わたしにとても親切にしてくれた。

取材は断られた。けんもほろろだったと言っていい。しかし彼は、どうして取材を断るのかを説明し、わたしの考え方のどこが甘いのかを指摘してくれた。これは並大抵の優しさでできることではない。こちらに考え違いがあった時、無償で叱ってくれるのは家族か学校の教師ぐらいのものだ。それ以外の人間はほとんどの場合、ただ怒りをぶつけてくるか、何も言わずに以降の関係を絶つかに留まる。彼はわたしに、優しくしてくれたのだ。

昨日は、自分も狙われているのではないかという恐怖と、自分が撮った写真に記者としてどう向き合えばいいのか考えるので精一杯だった。自分のことしか、考えられなかった。いま彼が斃れていた場所を再び訪れ、ようやく彼のことを考えることができた。

わたしは彼のことを知らない。良き人であったのか、悪《あ》しき人であったのか。いずれにしても彼は死んでしまった。

しゃがみ込んで膝をつく。そっと手を合わせて、目を閉じる。

あなたともう一度、話をしたかった。さようなら。

……目を開けて立ち上がり、二人の警官を振り返る。バランとチャンドラは戸惑った顔をしていた。ネパールには死体発見現場で冥福を祈る習慣はないのかもしれない。あるいは、大した関係もない日本人が祈りを捧げたことを胡散くさく思ったのかもしれない。けれどわたしの行いが弔いだということは伝わったのか、行動の意味を問われることはなかった。

訊いたのは、わたしの方だ。

「バランさん。ラジェスワル准尉の死因はなんでしたか」

「ああ、それは……」

「話していただける範囲で構いません。まだ何も話せないということでしたら、無理にとは言いません。ただわたしは、彼の背中に刃物で傷がつけられていたことと、彼が銃で撃たれたこと、その銃創が盲管だったことを知っています」

わたしは発射残渣の検査を受けた。ということは、ラジェスワルは銃で撃たれていたのだ。そして昨日見た彼の背中には、刃物で刻まれた文字はあっても、銃創はなかった。つまり銃弾は彼を貫通しなかった。

ただ、彼が銃で撃たれたからといって、それが致命傷だったとは限らない。訊いておかなければならないことだ。

バランの答えは慎重だった。

「未発表です」

「わかりました」

「詳しいことは言えません。ただ……銃弾は、大動脈を傷つけていました」

「……ありがとうございます」

それで充分だった。改めて周囲を見る。

足元には背の低い雑草がまばらに生えている。緑の合間に見える土は、カトマンズの他の場所と同じく赤茶色だ。そして何より特徴的なのは、ごみの多さだった。前から気づいてはいたけれど、こうして改めて見ると、いかにもひどい。

空き缶、空き瓶、一斗缶、ポリタンク、ビニール袋、紙袋、丸まったちり紙、丸まっていないちり紙、新聞紙、雑誌、ドラム缶、日干し煉瓦の山、トルソー、文字の剝げた立て看板、自転車、バイク、人力車、そしてとどめに軽自動車まで捨ててある。車類はどれもタイヤが外されていた。

ふと何かが心に引っかかる。ここで顔見知りが死んでいたという事実が、感覚のずれをもたらすのだろうか。

ひどいことはひどいが、何もこの空き地が特別に汚いというわけではない。思わず呟く。

「どうしてこの街はこんなにごみが多いんですか」

バランとチャンドラは顔を見合わせるばかりだ。彼らにとっては珍しくもない光景なのだろう。カトマンズにごみが多いのは何か文化的な理由があるのかもしれないし、行政のキャパシティが人口の増加に追いついていないのかもしれない。

改めて、ラジェスワルが横たわっていたあたりを見る。

わたしが死体を見たのは十時四十二分だった。子供が数人集まり、ラジェスワルを囲んで見下ろしていた。数分後、警官が駆けつけてわたしたちを遠ざけた。この前後関係からすると、最初に死体が見つかったのは、わたしが通りかかる直前だったのだろうと思う。

「死体の発見時刻」を厳格に求めることは難しい。もっと前に誰かが見つけていたものの、厄介事に巻き込まれることを恐れて無視した可能性もあるからだ。とはいえやはり一般的には、警察への通報をもって「発見時刻」にするのがふつうだ。バランに訊く。

「誰かが、ここに死体があると通報したんですよね」

「ええまあ、そうです」

答えやすい質問だけに、気軽に答えてくれた。だけど本命は次だ。

「それは何時のことでしたか」

少し間を空けて、嫌そうな声が返ってくる。

「十時三十五分です。電話での通報でした。通報者はわかっていません」

「ふつうの市民でしたか」

「さあ……。少なくともいまのところ、犯人が自ら通報したという疑いは出ていません。だいぶ慌てた声で死体があると告げ、名乗らずに切ったそうです」

「なるほど」

通報者が名乗らないこと自体は不自然ではない。できれば発信元が固定電話だったか携帯電話だったか、それとも公衆電話だったかを訊きたいけれど、そこまで細かな質問をしてしまえば決定的に嫌がられるだろう。これは記者生活の中で身についたわたし自身の考え方だけれど、相手が誰であれ「いい加減にしてくれ」と言われるまでに訊ける質問の数は限られている。浪費しない方がいい。

　空き地を見まわしながら、日本語で呟く。

「死亡推定時刻は夜七時前後。死体発見は、翌日のおよそ午前十時半」

　大通りに面したコンクリート造りのビルは、オフィスビルだ。基本的に夜は無人になるだろう。一方で、日干し煉瓦の家々は民家のようだ。目撃者がいたかもしれない。そう思って精緻に彫り込まれた窓枠を見ていると、一つ気づいたことがあった。

「カーテンがない……」

　トーキョーロッジの二〇二号室には厚手のカーテンが掛かっている。一方、空き地を囲む民家の窓には、どれもカーテンが見当たらない。一ヶ所や二ヶ所ならそういうこともあるかと思えるけれど、見える限りの窓の全てにカーテンがないとなると、考えられる結論は一つだ。

「バランさん。もしかして、あちらの建物は誰も住んでいないのですか」

「さあ、それは」

「……すみません。あなたに頼るのではなく、自分で調べるべきでした」

　民家のドアをノックすればわかることだ。歩き出そうとすると、バランは諦めたように溜め息をついた。

「それには及びません。確かに秘密でもなんでもないんだ。この仕事をしていると変に口が堅くなりますが、悪く思わないでください」

「わかります」

「どうも。そうです、無人です。立ち退きが済んで、もうすぐ取り壊しが始まります。人口が増えているんでね。あちこち工事工事ですよ」

おかげで忙しくて仕方がない、という愚痴でも続きそうな言い方だった。

するとこの場所は、夜はほとんど人の目がなくなるということだ。殺人現場には向いていると言える。ラジェスワルは十九時にここで殺害され、翌朝十時半まで誰にも見つけられなかったのだろうか。

……それは、どうも納得できない。

カトマンズは朝が早い街だ。人々は夜明けから動き出す。わたしがここに来た時すでに子供たちが死体を囲んでいたことを思えば、まるで人が来ない場所というわけでもない。ことに昨日は、公園を隔てた大通りに数千人の市民が詰めかけ気勢を上げていた。夜明けから十時半までの数時間、死体が見つからなかったことは奇妙だ。

空き地を囲むビルと民家、そして空を見上げる。

「暗い」

呟きは日本語だったので、バランもチャンドラも聞きとがめることはなかった。空き地をもう一度見まわし、軽自動車に目を留める。車体は白で、スズキ車だった。近づいていくと、バランとチャンドラも無言でついてくる。しかし、車のドアに手を掛けると、さすがに訊かれた。

「何をするつもりですか」

「何をということもありませんが……」

ドアはロックされていなかった。ドアレバーを握った手をじっと見る。ほんの少しだけ、砂がついたような気がする。

それにしても、この車、どこから入ったのだろう。

民家と民家の隙間は、ひと一人が通るのがやっとという狭さだ。ビルの谷間の方はそれよりは広く、リアカーぐらいなら通りそうだけれど軽自動車は無理だ。すると、この空き地がブリキ板で仕切られるよりも前から放置されていたのだろうか。

波打つブリキ板に近づいていく。すると、一枚の壁のように見えたブリキ板の一部が、実は扉になっていることに気がついた。工事車両の出入りに使っていたのか、かなり大きな扉だ。ただし、いまは鎖と大きな錠で閉鎖されている。鍵穴は錆びついて砂が入り込み、鎖も土埃が積もっている。しばらく使われていないのだろう。

ということはどうやら、このスズキ車はブリキの壁ができる前から放置されていると考えた方が当たっていそうだ。

軽自動車のそばに戻る。車内に上半身を潜り込ませる。鍵は見つからない。一方、配線を直結させてエンジンを掛けたような形跡も見つからなかった。

「ん……」

サイドブレーキが掛かっていない。四つのドアは、どれもロックされていなかった。這い出すように軽自動車から体を引き出す。

「タチアライさん。何をしているんですが」

再び訊かれた。確証のない推測を人に話すことは好きではない。確証があったらあったで、得意げに思われるような気がして、やはりあまり話したくないけれど。だからつい、短く答えてしまう。

「暗いように思うので」

「暗い、ですか」

「ええ……」

軽自動車は、オフィスビルから二メートルほどの位置に、壁に前を向けて停められている。ラジェスワルが倒れていたのは空き地の反対側、民家の近くだ。

「どういうことですか」

三度問われて、わたしも覚悟を決めた。バランに向き直る。

「この空き地には照明がありません。いまは日が長い時期ですが、この街は周囲を山に囲まれていますから日没は早くなります。夜になってしまえばビルから漏れる照明と、月明かりぐらいしか明かりがなかったはずです」

「照明……」

「民家は空き家ということですからなおさらです。七時ならまだ早い時間ですから、オフィスビルには明かりがあったかもしれませんが」

バランはかぶりを振った。

「いえ、七時なら、もう誰もいなかったでしょう」

現地の人間が言うなら、そうなのだろう。バランは続けて訊いてくる。

「では、車を見ていたのはなぜですか？」

「この空き地で光を出しそうなものは、この軽自動車のヘッドライトしかありません。明かりが点いたかどうか確かめたかったのです」

「ふうむ」

そう唸ると、バランはそれまでと違った興味深そうな目でスズキ車を見まわした。

「しかし、仮にエンジンが生きていたとしても、照明にはならなかったのでは？」

「はい」

スズキ車と死体の位置関係を見ると、ちょうど直線上に並んでいることに気づく。ただ、車の向きが逆だ。車は死体に後ろを向けていた。もしエンジンを掛けられても、ヘッドライトはビルの壁を照らすだけに留まってしまう。バックライトも光源と言えば光源だが、いかにも弱々しい。

「車をまわすわけにもいきませんしね」

「そうですね」

軽自動車のタイヤは外されている。動かしようがない。わたしの視線の先を追い、バランが肩をすくめた。

「タイヤは高く売れますし、鉄屑よりも運びやすいですからね。取り外しの道具がいるから厄介だが、遅かれ早かれ持っていかれます。……それで、これがどうかしましたか」

「大した意味はありません」

バランが眉を寄せる。

あまり自分の考えを話したくないのは、こういう反応をされることが多いからでもある。わたしは踵を返した。取りあえず、ここはもう充分だ。

「ちょっと、タチアライさん。何がおかしいというんです……」

そう口走りながら、バランが後を追ってくる。

乏しい時間に気は急き、説明を求められることは気が重い。知らずわたしは歩を速め、遺体発見現場を後にする。

# 16　INFORMER

わたしたち三人は餃子屋《ぎょうざや》にいた。

正確には、ネパール語でモモという、蒸し餃子によく似た食べ物を出す店だ。ネパール人の朝食は十時頃だと八津田に教わっていたことを思い出し、二人の警官を誘ったところ、たいへんに喜ばれて店に入ることになってしまったのだ。わたしは八時に定食を食べているので、空腹感はない。ただ、日本の中華料理屋でも出てきそうな蒸し餃子には変に郷愁を誘われて、結局二個だけ注文してしまった。

ニューロードの外れの、屋台と小さなイートインを兼ねた店だった。舗装道路からは数メートル入っただけの店で、視界にはカーキ色の車と小銃を持った兵士が見えている。店先に出されたコーラの空き箱に腰かけると、アルミのテーブルには目に見えるほど土埃が積もっていた。思わずポケットティッシュでテーブルの表面を拭くと、くっきりとした跡が残る。

警官たちは素手でモモをつまんでいくが、わたしはスプーンをもらった。少し皮が厚く、具にスパイスの香りがついているけれど、食感も味も蒸し餃子だとしか言いようがない。新宿あたりで「カレー蒸し餃子」として売られていそうだ。自分の分として二つ頼んだけれど、それはあっという間に食べてしまい、警官たちの食事をただ見ているだけになる。

食後にはチヤが出た。持ち手のついたブリキのコップに、なみなみと供される。重層的な香りが渾然《こんぜん》となって甘く漂ってくる。トーキョーロッジでチャメリが淹れてくれたものとは、また微妙に香りが違っていた。

腕時計を見ると、午前十時半になっていた。残された時間は十九時間ほど。そのうち最低二時間は原稿を書くために費やさねばならないし、夜が更ければ人に話を聞くことは困難になる。それに何より、今日も外出禁止令が出るかもしれない。それを考えれば、わたしに許された時間はどれくらいなのかわからない。いずれにしても、充分にあるわけではない。餃子をつまんでいる場合ではないのだ。……しかしその焦りも、チヤの香りの中にほぐれていく。闇雲に動きたくなる局面ではある。けれどいつでも大事なのは、整理と計画だ。人肌よりも少し温かい程度のチヤを飲む。その甘さが、一度立ち止まって考える勇気を与えてくれた。

バランとチャンドラも、チヤが注がれたコップを傾けている。わたしは、前置きもなしに言った。

「ラジェスワル准尉は、どこで殺されたのでしょう」

二人の警官は、その質問をさほど意外には思わなかったように見えた。銀色のコップを持ったまま、バランが言った。

「あの空き地ではいけないのですか」

「いけなくはないですが、疑問が残ります」

「ほう」

わたしはコップを置き、人差し指を伸ばした。

「一昨日の夜から死体があそこにあったのだとすると、翌日午前十時半という発見時刻は遅くはないでしょうか」

「ふむ」

さっきまで甘かったチヤが急に苦くなったとでもいうように顔をしかめ、バランが言う。

「確かにあの場所は、地元の人間が時々使う通り道です。日の出から何十人も通ったでしょう。ですが、特別に注意を引くような場所でもない。ちょっとした毛布かブルーシートを掛けておくだけで、しばらく誰も気づかなかったでしょう」

「毛布かブルーシートが見つかったのですか。あるいは十時半前後に、それを持ってあの空き地を出ていく人物が目撃されていたとか」

「……いえ。残念ながら」

目撃されてはいないとしても、いなかったとは言いきれない。この点はひとまず措く。

わたしは次に中指を伸ばす。

「血の量が少なすぎるように思います。銃弾が彼の大動脈を傷つけたなら、大量の出血があったはずです。しかしあの空き地の地面に残っていた血痕は、それほど大きなものではありませんでした」

「確かに。ですが、彼の上半身の衣服は剝ぎ取られていました。血は、その衣服に吸い取られてしまったのでは?」

バランの答えは、彼自身自分の言うことをまるで信じていないような、気のないものだった。

「まさか……」

まさかの一言で充分だった。大量の血液を吸い取って、かつ地面には染み出させなかったとすると、ラジェスワルは何かとても吸水性の高い服を着ていたことになる。たとえば、ダウンジャケットなら羽毛がそういう役割を果たしたかもしれない。しかし彼が下半身に穿いていたのは迷彩柄の軍服だった。上半身も軍服だったと考えるのが自然だ。

とはいえ、何かの理由があって彼が特殊な衣服を身につけていた可能性も皆無ではない。この点も措く。

最後に、わたしは親指を伸ばした。

「あの場所は暗すぎます。夜に人に会うには不適切な場所です」

ラジェスワルの死亡推定時刻は、午後六時半から七時半の間だという。いまは六月上旬でありネパールは北半球にあるので、かなり日が長い時期ではある。しかしカトマンズは四囲を山々に囲まれた盆地にあるため、太陽は早々に隠れてしまう。六時半ならともかく七時、七時半となると、あの空き地は真っ暗だっただろう。

一方、ラジェスワルは誰かに会おうとしていたのではなく、あの場所で偶然出会い頭に殺されてしまったのだという考え方もできなくはない。彼はトーキョーロッジをしばしば訪れていたのだから、あの抜け道を常用していた可能性もある。……とはいえ、真っ暗な中でラジェスワルを待ち伏せし、銃撃して殺害し、服を剝ぎ取って文字を刻むというのは考えにくいことだ。

バランは力なく両手を挙げた。

「参りましたよ。さっき、そんなことを考えていたんですか」

「そればかりではありませんでしたが、まあ」

「おっしゃるとおりです。警察でも、犯行現場はあそこではないと考えています。死体発見のタイミングや現場の明かりのことは出ませんでしたが、血痕だけでそう考えるには充分でした」

チャンドラが短く声を上げる。言葉はわからないけれど、バランはそれを宥めた。たぶん、仕方がないだろうというようなことを言ったのだろう。チヤを飲み干すと、バランは屋台の店主を振り返り、空のコップを振ってみせた。

「……いま警察では、いくつもの問題に突き当たっています。本当の犯行現場はどこなのか。どうやって、あの大男の死体を運んだのか。ご存じの通り発見現場に入るための抜け道は細く、車は入れませんからね。そして何より……」

「なぜ運んだのか」

「そうです」

新しいチヤが運ばれてくる。ごくりと大きく一口飲んで、彼は言う。

「まずは、三日の彼の足取りから当たっています。ですがこれがわからない。まあ、まだ捜査は始まったばかりですが」

わたしは頷いた。

「あの日、わたしがラジェスワル准尉と別れたのは遅くとも二時半でした。彼はその後、詰所に戻ったと聞いています。それで足取りがわからないということは、もう一度外に出たのですね」

「そうです」

しかし、それはどうにも納得できないことだった。

「ラジェスワルは、国軍の准尉でした」

バランとチャンドラは、何をいまさらとでも言いたげだった。

「いま、この国は非常事態下にあります。そんな中でわたしに会ってくれただけでも驚くべきことなのに、彼が再度出かけたというのは奇妙に思えます。わたしは軍の内部事情は知りません。でも、彼にそれほどの時間があったとは思えないのです」

すると二人の警官は顔を見合わせた。僅かに眉を寄せて、目はわたしを見ようとしない。戸惑いと警戒が入り交じった、そんな顔に見えた。

何かある。材料がなければ闇雲には追求できない、何かが。

わたしが口を開く前に、バランがテーブルにコップを置いた。かたりという硬質な音に続いて、彼が訊く。

「タチアライさん。あなたはこの事件の何が知りたいのですか」

いずれ話さなくてはならないことだった。いやむしろ、もっと前に話しておくべきことだった。わたしもコップを置き、言った。

「わたしは、ビレンドラ国王の逝去について記事を書く約束をしています。その中でラジェスワル准尉の死に触れるべきか、決めかねているのです」

ボディバッグからデジタルカメラを出す。電源を入れ、ラジェスワルの死体を撮った写真をモニタに出す。モニタを二人の警官に向けると、彼らは目を剝いた。

危険な賭けだった。明確ではない理由によって、写真を押収されるおそれがあった。必ずしも友好的ではないにしても敵対もしていない二人の警官が、態度を変えてしまう可能性もあった。けれど、自分の目的を明らかにしないまま彼らの保護を受け続けるのは、公平なこととは思えなかったのだ。

写真に見入る彼らに訊く。

「彼の背中に刻まれた文字を見れば、その死は、国王の件に関して何かを話したためだと思い込んでしまいます。でも本当にそうなのか、確信がありません。バランさん、チャンドラさん。話していただける範囲で構いません。……ラジェスワル准尉の死は、王宮での出来事に関係があるのでしょうか」

二人の警官はカメラから目を離さない。

乾いた風が剝き出しの土を撫でていく。

やがて、バランが言った。

「わかりません」

「……そうですか」

「これは秘密で言っているのではありません。本当に、わからないのです」

充分すぎる答えだった。カトマンズ警察は、少なくとも目の前の警官は、ラジェスワルの死が国王殺害と結びつくと確信はしていないのだ。

「逆に訊きたい。タチアライさん。なぜ、彼の背中に『密告者』という言葉が刻まれたのか、考えはありますか」

その点をずっと考えているけれど、まだこれといった考えはまとまっていない。この段階で人に話すことは躊躇いがあるけれど、バランが率直に語ってくれたのであれば、それに応えたかった。

「脅しのためという可能性があると思っています」

「脅し、ですか」

「はい。彼に取材した誰か、つまりわたしへの脅しです。お前と話をしたラジェスワルはこうなった、大人しくしていないと次はお前の番だ、という……」

バランが僅かに目を細める。その眼光に険しさが生じる。

「何か、思い当たることがあるのですか」

わたしは首を横に振った。

「いいえ。何も。だから確信できないのです。脅しだとしても、何を怖がればいいのかわからない。一切記事を書くなということなのか、ネパールから即刻出ていけということなのか、それともわたしは自分でも知らないうちに、誰かに都合の悪いことを知ってしまったのか」

「ふうむ」

「ただ……」

と言いかける。バランはそれを聞き逃さなかった。

「どうかしましたか」

いま言うべきか迷いがあったけれど、訊かれた以上ははぐらかせない。

「実は、ロッジの部屋に誰かが入ったようなのです。四日の午後、わたしが警察署に連行されている間のことです」

ちらりと警官たちの表情をうかがう。特に変化はないように見える。

「わたしは、あるいは、入ったのは警察ではないかと考えていたのですが」

返答はあっさりとしたものだった。

「いえ、それは違います」

「そうですか」

嘘を言っているとは思わなかった。二〇二号室の鍵穴には、ピッキングを試みたような真新しい傷があったことを思い出す。しかし警察でないとすれば、誰なのか。わたしの部屋になんの用があったのだろう。

「お前はどう思う」

それまで黙ってチヤを飲んでいたチャンドラに、バランが訊いた。チャンドラはむっつりとした顔のまま、わたしを一瞥した。外国から来た民間人の前で捜査の話をするのが面白くないのだろう。それでも、彼は答えた。

「口封じに見せかけたのだと思う」

「ほう」

「犯人は軍の中にいる……そう思わせようとしている」

わたしは、あり得ることだと思った。けれどバランの意見は違った。彼はネパール語で何か言いかけ、すぐに英語に戻した。

「それは変だぜ」

「どこがですか」

「あいつらのことは知ってるだろう。何か口走ったからって仲間を殺して街中で晒し者にする連中か？　あれを見て、本気で内部粛清だと思うやつがいるか？」

チャンドラを相手にすると、バランの英語は少し荒くなる。

「お前はそう思わなかった。俺もそうは思わない。ってことは、犯人が内部粛清に見せかけようとしたなら、それは大失敗だってことだ。そういうことでいいのか？」

無言でチヤを飲み、チャンドラは一言言った。

「違うでしょうか」

「どうかな。俺は、違うと思う」

脅しにしては具体性がない。捜査の目を逸らすためにしては有効ではない。

何度考えても、同じ疑問に行き着いてしまう。

「結局は、ここです。『INFORMER』とは何を意味しているのか。それがわからなければ、ラジェスワル准尉がなぜ殺されたのかはわからない」

「同感です」

「犯人は、ラジェスワル准尉を貶《おとし》めようとしたのでしょうか。昨日の事情聴取では話す機会がなかったことですが、彼は取材を受けることをとても嫌がっていました。その彼が、わたし以外の記者に何かを話したとは、どうしても思えないのです。傷文字が示唆する『密告』は王宮事件には関係ない別の秘密についてのことだったのでしょうか」

ここを解明しなくては、記事は書けない。わたしは黙りこみ、二人の警官も何も言わない。やがてバランがコップを置き、ゆっくりと腕を組んでいく。

「意味か……」

チャンドラが言う。

「意味は、必ずある。刃物で文字を書くことは時間と手間がかかる。そうするだけの理由があったはずだ」

そしてチャンドラは、バランにネパール語で話しかける。バランは難しい顔でそれに応じ、二人の警官はしばらくネパール語を交わし続けた。わたしにはわからない言葉だ。意味のわからない言葉。

わたしのコップも空になっている。さっきのバランを真似て、店主にコップを振ってみせる。ほどなくテーブルに置かれた新しいチヤを両手で包み、そのほのかな温かさを手のひらに感じながら、思いを巡らす。

犯人はなぜ、英語で書いたのだろう？

確かにネパールでは英語がよく通じる。インドがイギリスの植民地になり、余勢を駆ったイギリス東インド会社がネパールに攻め込んで以来、この国はイギリスとの関係が深い。ＢＢＣは英語放送をしているし、旅行客として滞在する上で英語だけでは足りなかった経験はまだない。十歳ほどのサガルですら器用に英語を扱うではないか。

しかしそれでも、英語はこの国の母語ではない。あの「ＩＮＦＯＲＭＥＲ」という文字は、当然ながら、英語がわかる人間に読まれなくては意味がなかったはずだ。

ネパール語はデーヴァナーガリーという文字で書かれる。曲線が多い文字なので、刃物で切りつけて書くには確かに不適当ではある。もしわたしが死者の背中に告発のメッセージを刻むとしたら、曲線が多い平仮名ではなく、楽に刻める片仮名を選ぶだろう。犯人がネパール語ではなく英語を刻んだのは、それだけが理由だったのだろうか。

あるいは……デーヴァナーガリーを書くことができなかったのだろうか？　この国の識字率は、高くはない。

かぶりを振る。そこまでいくのは飛躍しすぎというものだ。デーヴァナーガリーは知らないがアルファベットは知っているネパール人などという、都合のいい非識字があるものか。

それともまさか、犯人はそもそもネパール語を知らない人物か。

いろいろ考えを巡らすうちに、知らず、日本語で呟いてしまう。

「意味は必ずある。文字を刻んだ意味が」

その言葉をバランが聞きとがめた。

「いまなんと言ったのですか」

わたしはなんでもないというように手を振る。わたしを警護することが任務とはいえ、警官の前で通じない言葉を使ったのは軽率だった。

「文字を刻んだ意味は必ずあるはずだ、と言ったのです」

特別なことを言ったとは思わなかった。しかし、バランは眉を寄せた。

「文字を刻んだ意味がある、ですか」

「ええ……。それがどうかしましたか」

「文字に意味がある、ではなくて？」

同じことではないのですか、と言いかけた。

その言葉が、喉で止まる。いや、違う。

文字に意味があるとは、「ＩＮＦＯＲＭＥＲ」という単語には含意があるということだ。けれど「文字を刻むことに意味がある」と言えば、それはその行為のことを指す。

文字には意味がなく、それを刻むことに意味があったのではと考えたことはなかった。

そう……。そうかもしれない。

テーブルに身を乗り出す。

「バランさん、チャンドラさん。ラジェスワル准尉の背中に文字を刻むためには、何をしなくてはいけませんか」

戸惑いながらも、バランが答える。

「それはまあ、抵抗しないよう拘束せねばならんでしょうな。今回は殺したわけですが」

「そうですね。それから？」

チャンドラが言う。

「刃物を用意する必要がある」

「確かに。そして？」

「裸にする」

何かが引っかかった。

「裸にする？」

思わず聞き返すわたしに、バランが苦笑いしながら言う。

「そりゃそうです。シャツを脱がさなきゃ……」

それだ。

「現場に、服はありましたか」

バランの口許から笑みが消えた。

「いえ」

犯人はラジェスワルの背中に文字を刻むために服を脱がせた。そう思っていた。しかしそれは思い込みだ。起きたことは二つなのだ。犯人は服を脱がせた。犯人は文字を刻んだ。

昨日写真を撮った時から、違和感があった。この写真はどこかがおかしいと思っていた。もう一度デジタルカメラを立ち上げて、ラジェスワルの写真を表示する。服に注目する。

上半身には何も身につけていない。腕時計がないことに、わたしはこの時初めて気づいた。彼は腕時計をしていただろうか？　思い出せない。しかしいま気になるのは、下半身だ。

迷彩服が、踵までを覆っている。頑丈そうな軍靴が裾から覗いている。

わたしは弾かれたように顔を上げた。目の前には舗装道路があり、そこには小銃を持った兵士が立っている。彼らを見て、写真を見る。

両者は明らかに異なっていた。

「ああ」

「どうかしましたか」

わたしは写真の、靴の部分を指さした。

「裾です。迷彩服のズボンの裾。いまあそこにいる兵士は、裾を靴に入れている。ですが准尉は、裾を靴の外に出しています」

「……そうですな」

二人の警官の反応は鈍かった。あるいは、裾が靴から出ているという事実そのものには、とうに気づいていたのかもしれない。それがどうしたのかと言わんばかりの彼らに、わたしは言う。

「裾を入れることができなかったのかもしれない」

「ええと、つまり……？」

乾いた空気とチヤの甘さと、自分の考えを述べ立てようとすることへの緊張のせいで、わたしはひどく喉の渇きを覚えた。息を呑み、一気に言う。

「わかりませんか」

「犯人が准尉に服を着せたのです。死んだ彼に軍服を着せたからこそ、裾が出てしまった。他人がズボンを穿かせる時、靴に裾を押し込むことはかなりの難業です。特にラジェスワル准尉が履いていたような軍靴は隙間ができませんから、いったん靴を脱がせてズボンを穿かせ、その上からまた靴を履かせて紐を結ばなくてはならない。裾がしわだらけになってしまい、他人が穿かせたものだとすぐにわかってしまったでしょう。あるいは、軍人はズボンの裾を靴に入れていることを知らなかったのかもしれない」

「しかし上半身には着せなかった」

「できなかったのでは？」

わたしは自分の指を鉄砲の形にして、自分の胸に向けた。銃を撃つ仕草をする。

「准尉は上半身を撃たれ、大動脈を負傷して大量に出血していました。しかしその時、彼は軍服を着ていなかった。そのまま死体が発見されれば、殺害時に彼が服を脱いでいたことがわかってしまいます。そうなると犯人には不都合だった。シャツを着せたいところですが、下半身と違い、上半身には着せられない。上半身を撃たれているのに服には弾痕も血痕も残っていないからです。シャツだけ撃って穴を開けようとしても、どうしてもずれてしまうでしょう。やり直しの利かない一回勝負ですから、それはできない。

だから、ではないでしょうか。犯人は、文字を刻むために服を脱がせたのだと思わせたのです。実際は逆だったのではないでしょうか。上半身には服を着せることができなかったから、意味ありげな文字を刻んだのでは？」

二人の警官は顔をしかめ、何か言おうとして同時に口を開けた。

しかし二人とも、言葉が出てこない。チャンドラはむっつりと黙りこみ、バランはやがて、不承不承のように言った。

「ありそうなことだ」

わたしと彼らは立場が違うし、目的も共有していない。ただ、ラジェスワルの死について考えるべきことがあるという一点において、わたしたちは知恵を出し合っていた。

「殺された時」

と切り出したのは、チャンドラだった。

「ラジェスワルは服を着ていなかったのか」

なるほど、とバランが呟く。

「裸になる場所か。つまり犯行現場は愛人の家か……」

「娼館」

二人の警官の眼光が鋭くなる。

彼らはどういう立場なのだろう。事件のことは何も知らされず、とにかくあの女を守れと命令されただけの警官というわけではなさそうだ。少なくともバランは、事件の情報をよく知っている。ネパール警察のシステムはわからないが、捜査班の一員でありながら、国際関係を気にする上司の命令で不本意にも護衛にまわされたというところではないか。彼らの目つきからは、機会さえあれば捜査の本筋に関与したいという願いを感じる。

「もっと単純に、入浴中だったのでは？」

と言うと、チャンドラは虚を衝かれたように目をしばたたかせた。

「……そうかもな」

甘いチヤに口をつけ、苦い顔で言う。

「服を着ていないことに目を向けさせないため、背中に文字を刻んだ。言われてみれば、ありそうなことだ。悔しいが気づかなかった」

しかし、バランがいきなり声を張り上げた。

「いや！　違う。それは違う！」

「どうしてですか」

彼はポケットから小さな手帳を取り出した。デーヴァナーガリーがびっしりと書き込まれたそれをめくり、あるページで指を止める。

「これは本来民間人には教えられない捜査情報ですが、ここまで来たら話しましょう。ラジェスワルは三八口径の銃で撃たれていました。入射角度はほぼ水平、胸のほぼ中央に命中した弾丸は肋骨を砕き、大動脈を破り、背骨に当たって止まっています」

　わたしは黙って頷く。バランは興奮を隠さない。

「そして、いいですか。発射残渣が顎と首についていたのです。……顎と首だけについていた、と言った方がいい」

　拳銃で人を撃った場合、銃から飛び散った火薬の燃え滓や金属の微粒子が、撃った人間の手につく。と同時に、それらは前方にも飛び散る。

　そこまでの知識はあるけれど、わたしは専門家ではない。訊いてみる。

「つまりラジェスワル准尉は銃を撃っていない。撃たれた時に、銃口から飛び散ったススなどがついた、ということでしょうか」

「手から反応が出ないことは、彼が銃を撃っていない証明にはなりません」

　少し息をついて、彼は口早に言った。

「私が言いたいのは、もし彼が殺された時に裸だったら、発射残渣は胸からも出たということです。犯行時ラジェスワル准尉が服を着ていたことは明らかなのです」

　警察がそこまで調べていたのなら、間違いないだろう。万全の自信がある推論というわけではなかったけれど、事実に合わないとわかると、やはり少しだけ意気が殺《そ》がれる。

「そうでしたか……。見当外れだったようですね」

しかしバランは首を横に振った。

「いえ。犯行時ラジェスワルが服を着ていなかったという考えは間違いです。ですが、背中に文字を刻んだのは服を着せられなかったからだ、という考えまで否定されたわけではありません」

「確かにそうだ」

と、チャンドラも言う。

「もう少し考える価値がある」

二人の警官は、わたしの仮説を粘り強く検討しようとしている。わたしが諦めるわけにはいかなかった。

バランは腕を組む。

「あなたの説には説得力がある。確かに我々は書かれた文字に目を奪われ、服が脱がされているという事実には無頓着でした。もし、犯行時にラジェスワルが服を着ていたとしたら、あなたの説はどう変わりますか」

考える。

撃たれた時、ラジェスワルは服を着ていた。銃弾はシャツを貫通し、血もべっとりと染みついただろう。犯人はそれを脱がせ、上半身はそのままにして文字を刻み、下半身には改めてズボンを穿かせ、靴も履かせた。

「犯人が服を脱がせ、ズボンだけ穿かせたということになります」

「確かに」

チャンドラが僅かに身を乗り出す。

「なぜ?」

そう、なぜ。

わたしが考え込んでいると、バランが思いついたことを取りあえず口にするというように、覚束ない口ぶりで言った。

「……軍服に、決定的な証拠が残ってしまった。だから脱がせて、別の軍服を着せた。ズボンはそれでいいが、シャツは弾痕がないので着せられなかった」

横でチャンドラが眉を寄せる。

「軍服は、簡単には手に入りません」

軍服は、国によっては比較的容易に手に入れることができる。とはいえそれもあくまで払い下げ品がメインだ。現役で使われている制服を入手するには、それなりに高いハードルが課せられている場合が多い。制服を着てしまえば簡単に軍人や警官を詐称できるので、なんらかの規制があるのはむしろ当然と言える。

それでも手に入れられるとしたら、軍内部の人間ということになる。しかしチャンドラは続けて言った。

「それに、ラジェスワル准尉が穿いていたズボンは、十中八九ラジェスワル自身のものです。サイズはぴったりだし、それに、イニシャルが縫い取られていました」

「ふうむ」

バランが頭を掻く。

「そうだったな。別の軍服に着替えさせたという線はないか……」

彼らは英語でやりとりをしている。ネパール語で話せば、わたしにはわからない。彼らはわたしも討議に加えてくれているのだ。

何か、見落としがあるような気がする。とても簡単なことに気づいていないような、もどかしさと不安が漠として胸の内にある。

チャンドラが、チヤを大きく呷《あお》る。音を立ててテーブルにコップを置き、言う。

「軍服を一度脱がせ、また着せる必要がある場面なら、一つ思いつきました」

「ほう。言ってみろ」

バランは挑発的だったが、チャンドラは淡々と答える。

「濡れた場合です。たとえばラジェスワルがバグマティ川に落ちて、それを隠す必要があったら、着替えさせるしかない。脱がせて、干して、乾いてからまた着せる」

「いや、それは……」

「おかしいでしょうか？」

「おかしくはないようだが、しかしなあ」

二人の警官のやりとりを聞きながら、わたしはチヤを口に含む。もともとぬるめで供されるのに、しばらく放っておいたらかなり冷めてしまった。甘さが舌に残り、べったりとした感じがする。けれど、それもまたこの飲み物の特徴なのだと思うと、嫌だとは思わなかった。

干すために脱がせたというチャンドラの意見は、鋭い。確かにそれならラジェスワル自身の服を脱がせ、また着せた説明になる。ただ、完全ではない。最も大きな、なぜシャツは着せなかったのかという疑問が残ってしまう。それに、水に濡れたというのはどうだろうか。川に落ちたことを隠すなら、服だけではなく肌着や靴も替え、全身を念入りに拭く必要がある。そこまでしても、爪や口の中に入り込む川の泥などを完全に落とすことはできないだろう。手間がかかる割に効果がない。違う。水ではない。

両手でコップを持ち上げる。

ふと見ると、袖に砂がついていた。しまったと思い、服をよく見る。

シャツの肘から袖口にかけて、テーブルに接していた部分が満遍なく赤茶色になっている。さっきテーブルは汚れていると意識していたのに、いつの間にか忘れてしまっていた。

「ああ……」

汚れてもいい服を持ってきているけれど、汚したいわけではない。思わずシャツをつまんで、指で何度も弾いて砂を落とそうとする。

「おや。実地に試しているんですか」

「えっ」

そんなつもりはなかったので、絶句してしまった。

しかしなるほど、砂も一つの候補ではある。鳥取市内で発見された死体が、砂丘に行ったことを隠すために着替えさせられていた……というのは、そこまで無理筋ではない。もっともカトマンズでは全ての場所で全ての人間が砂にまみれているから、ことさらに隠す必要はない。隠さなければならないとしたら特殊な土壌の上に倒れ込んでしまった場合や、あるいは屋内の……。

屋内。

日本語で、

「屋内。屋内の汚れ」

と呟く。

たとえば、コンクリート建築の解体に携われば全身が真っ白になってしまう。ペンキ塗り立ての建物の中にいれば、刺激臭は服に染みついてしばらく取れない。廃屋の中で倒れ込めば、蜘蛛の巣や埃にまみれるだろう。それら特徴的な汚れを残したままでは、犯行現場が明らかになってしまう場合、それを防ぐためには……。

英語に切り替える。

「難しく考えすぎました。自分だったらと考えればよかった。ふだん、着替えるのはなぜか」

「それは……」

言いかけて、バランが絶句する。気づいたのだろう。

「汚れた服を洗濯するためです」

ズボンは、洗っても見ただけではわからない。しかし、シャツはそういうわけにはいかない。

汚れだけでなく血痕も落ち、洗ったことが明らかになってしまう。だから上半身には何も着せなかった。

そしてわたしはもちろん、そこで倒れれば真っ白に汚れてしまうような、しばらく人の手が入っていない埃まみれの廃屋に心あたりがある。

まだチヤが半分残っているコップを、テーブルに置く。すっくと立ち上がる。

「タチアライさん」

「ああ、いえ、お二人はごゆっくり。ひょっとしたらと思っただけなので」

すると二人の警官は、一様にあきれ顔になった。

「お忘れですか。あなたから目を離しては、仕事にならんのです」

そうだった。彼らは事件の捜査ではなく、わたしの護衛についてくれているのだった。となれば、せめて彼らの朝食が終わるまでぐらい待つべきだろう。そう思い、再び椅子に腰を下ろそうとするわたしを、バランが手で止める。

「行きましょう」

「ですが……」

「構いません。行きましょう」

それを聞き、チャンドラは残ったチヤを一気に飲み干す。ネパールには割り勘という風習がない。モモとチヤの代金は、わたしがまとめて支払うことになる。警官の食べしろを払うのは、初めてのことだった。

# 17　銃と血痕

わたしと二人の警官は、王宮通りに向かっていた。

昨日まで道を占めていた市民たちの姿は見えず、代わりに警官隊の迷彩服がそこかしこに立っている。内心の思いはわからないが、バランとチャンドラは心なし目を伏せ、口数も少なかった。もっとも自動小銃を肩に掛けた殺気立つ警官たちを前に、胸を張って歩くことは難しい。気づけばわたしも、警官たちとは目が合わないように注意を払っていた。

バランたちには、どこに行くのかとは訊かれなかった。さっきのささやかな会食を経て、ある程度の信頼を得られたのかもしれない。

赤地に黄色で「TRAVEL AGENT」と書かれた看板を見て、わたしは足を止める。大きなガラス窓から荒れた内装を覗かせるビルの入口には、一昨日と変わらず黄色いテープが張られ、立入禁止の場所だと示されている。

カトマンズ警察はもうこの場所に辿り着いているかもしれないと思っていたけれど、二人の警官が何も反応しないところを見ると、そうではなかったらしい。ビルとビルの隙間にわたしが体を滑り込ませると、ようやくここが目的地だと悟ったらしく、バランが慌てて訊いてきた。

「タチアライさん、どこに行くんですか」

「クラブ・ジャスミン」

裏口にまわる。ドアはアルミ製で、胸から上の高さがガラス戸になっているが、そこには細い鉄格子がついている。ドアのノブを摑もうとして、ふと手を止める。ポケットからハンカチを出して手を覆い、指紋をつけないようにノブの先端に指を掛ける。今日も鍵は掛かっていない。ドアはゆっくりと開いていく。

午前中のうららかな日差しが降り注ぐ外に対比して、黒々と口を開けるビルの中を覗き込む。足を踏み入れる前に、二人の警官を振り返る。

「ここは一昨日、わたしとラジェスワル准尉が会った場所です。彼は会う場所として、ここを指定しました」

「そんなことは聞いていない」

戸惑う二人に言う。

「わたしがラジェスワル准尉と会ったのは二時、彼の死亡推定時刻は七時前後ですから、事件にわたしたちが会った場所は関係ない。わたしはそう思っていましたし、わたしに事情聴取をした警官も同じことを考えていたようです。会った時間は確認されましたが、場所は訊かれませんでした。しかし、ここだったのです」

ビルの間を吹き抜ける風にあおられ、アルミ製のドアが不快な軋みを立てる。

「中は埃まみれです。倒れ込めば、服は真っ白に汚れたはず」

バランが頷いた。

「行きましょう」

二人の警官が目配せを交わす。先頭にはチャンドラが立った。

「どうぞ」

と続くよう勧められたが、それは断る。

「先に行ってください」

バランは肩をすくめた。わたしの意図を敏感に察したのかもしれない。

何者かに襲われる危険を想定すれば、前後を警官で囲む方が護衛はしやすいだろう。しかしわたしは、来るかどうかわからない襲撃者よりも、いまはむしろ警官たちに注意を払う必要がある。このビルに入れば、人目につかない場所で男二人、女一人という組み合わせになるのだ。彼らは国際関係を慮《おもんぱか》ってわたしにつけられたのだから無体なことはしない……とは思うが、警戒するに越したことはない。多少の護身術の心得はあるつもりだが、さすがに警官に通じるとは思えない。

気を悪くする様子もなく、バランは言った。

「何かあったら、しゃがんで頭を抱えてください」

後ろから襲われた場合、最後尾のわたしがしゃがみ込めば、バランとチャンドラは拳銃で反撃ができる。わたしは頷いた。

チャンドラ、バラン、わたしの順で廃ビルに入っていく。中に入れば、漏れ入る日光のおかげでそれほど暗くもない。それでも、チャンドラは懐中電灯を点けた。大きな業務用ガスコンロやうち捨てられたソースパンが光の輪に照らされ、微かな空気の流れに巻き上げられた埃がよく見える。わたしはこの時初めて、彼らが懐中電灯を持っていたことに気がついた。

「端を歩け」

チャンドラから指示が飛ぶ。言われたとおり、バランの後ろをついて歩く。中に入ったところで訊く。

「ドアは閉めますか？」

それに答えたのもチャンドラだった。

「ああ」

やはり荒事に関してはチャンドラの方が巧みなのだろう。とはいえまだ、何かを警戒する具体的な理由があるわけではない。彼は銃も警棒も抜かず、ゆっくりと廃ビルの奥に進んでいく。バランもベルトから懐中電灯を抜き出し、点灯させた。

ダイナーのキッチンとフロアらしき場所を抜け、廊下に入る。

「どっちだ」

という問いに、廊下の奥を指す。電気が来ていないネオンサインは、「ｃｌｕｂ ｊａｓｍｉｎｅ」という形に作られている。コンクリートが剝き出しになった階段が、地下へ続いている。

一昨日、わたしはここで覚悟を決めて階段を下りた。あの時は周囲を見まわす余裕がなかった。今日、警官たちは懐中電灯で四囲を照らす。

廊下の突き当たりには、エレベーターがあった。一昨日はその存在にさえ気づかなかったのだから、わたしもよほど視野が狭くなっていた。階数ランプの「1」が点灯している。警官たちがネパール語で囁き合う。電気が来ていることを不審に思ったのだろうか。

やがてバランが振り返った。

「タチアライさん。あなたがラジェスワル准尉に会った時、このエレベーターのカーゴは何階にありましたか」

わたしは首を横に振った。

「すみません。わかりません」

「そうですか」

そして、彼は足元を照らした。

「何かを引きずった跡があります」

言われなければ、わからなかったかもしれない。それほど微妙な痕跡だった。しかし照らされた廊下に目を凝らせば、なるほど確かに、それらしい跡が延びている。どこから来ているのか辿っていくと、エレベーターの前で途絶えていた。

「これは……」

「誰かがエレベーターを使って何かを運んだ、ということですね」

それ以上を想像するのは速断に過ぎる。そうわかってはいても、雰囲気が張り詰めていく。

「……行くぞ」

そう言って、チャンドラが階段の下を照らす。日の光も地下までは届かず、真っ暗な空間に懐中電灯の光だけが伸びていく。チャンドラは、階段が崩れないか一歩一歩確かめるように慎重に、踏み段を下っていく。

暗い。太陽に慣れた目は地下の暗さになかなか順応しない。わたしたち三人は、開け放たれたクラブ・ジャスミンのドアの前に立ち尽くす。

「明かりが点くはずです。一昨日は点いていました」

「スイッチはどこだ」

「手前にあるはずです」

スイッチの位置を知っていたわけではない。電灯のスイッチがフロアの奥にあっては使いにくいだろうという、常識から言ったことだ。

そして現に、ドアの脇にスイッチがあった。日本で見るのとまったく同じプラスティックのスイッチが、懐中電灯に照らされる。バランが手を伸ばす。

数度ちかちかとまたたいて、蛍光灯が点く。クラブ・ジャスミンのフロアが照らされる。

最初にチャンドラが口を開いた。

「ここだ」

フロアの真ん中には、大きく血だまりが広がっていた。

応援を要請する無線は、やはり地下からは通じなかった。警官たちはネパール語で指示を交わし合い、チャンドラが急ぎ足で階段を上っていく。わたしはほとんど無意識にボディバッグからカメラを出し、血だまりを撮っていた。

自分に言い聞かせるように、しかしそれにしては英語で、バランが言った。

「なるほど、ひどい埃ですな」

「……はい」

「ラジェスワル准尉は一昨日の二時、ここであなたに会った。その後いったん王宮の詰所に戻ったが、七時前後に再び来て、今度は何者かに射殺された。そして翌日十時半までのどこかで発見現場の空き地に運ばれ……背中の文字に関するあなたの見解が正しいとすれば、このビルから運び出された後で埃まみれの服を脱がされ、背中に『ＩＮＦＯＲＭＥＲ』の文字を刻まれたことになりますな」

わたしは頷き、一つ付け加える。

「単にこの場所に倒れ込んだだけでなく、犯人がラジェスワル准尉を引きずって運んだことも大きかったでしょう。だからこそ服は真っ白になり、着替えさせる必要も生じた」

一昨日、ラジェスワルはちょうどあの血だまりのあたりに、堂々と立っていた。夜七時の彼も同じように立っていたのだろうか。

「いまになって思い返せば」

ぼんやりと言う。

「彼は確かにおかしなことを言っていました。自分も一度戻らなくてはいけないと言ったのです。一度戻るということは、またここに来るという意味でもあったのですね」

「タチアライさん」

「その時は気づかなかった……」

懐中電灯を消し、ベルトのホルダーに戻しながら、バランが言う。

「そんな一言から何かをわかる人なんか、いませんよ」

彼はあきれて言ったのかもしれない。けれどわたしには、慰めに聞こえた。

鑑識が入り血液の鑑定が済むまでは、ここがラジェスワルが死んだ、少なくとも大量出血をした場所だとは確定できない。とはいえあれが他人の、あるいは野犬か何かの血だという可能性はほとんど無視してもいいだろう。殺人現場に立つのは初めてではない。そして、いい気分がするものでもない。

わたしはクラブ・ジャスミンのドアから二メートルほど入った場所で、一歩も動かず立っている。いずれ行われる捜査を妨げたくはなかったからだ。けれどバランは、案外あっさり奥の方へと入っていく。

「ダンスホールですな。こんな場所があったとは」

「ご存じありませんでしたか」

「十年前までロサンゼルスにいました。その前にやっていた店なら知らないが、いくらなんでも十年以上経っているようには見えませんな」

その一言で、バランの立ち居振る舞いがどことなく欧米風であることの理由がわかった。

ふと、バランが足を止める。

「おや……」

フロアには大きなミラーボールが落ちている。真上に金具がないところを見ると、落下したのではなく、取り外されてそこに置かれていたらしい。バランはその陰にしゃがみ込んだ。

「これは、これは」

彼が歩いた場所なら歩いてもいいだろう。そう判断し、バランに近づく。ミラーボールの陰から、だんだんと黒いものが見えてくる。

銃だった。回転式拳銃。

短い銃身は蛍光灯の明かりを受けて黒光りし、木製のグリップは手垢に汚れている。そしてなんのおまじないか、グリップの底部近くに白いビニールテープがぐるりと巻かれていた。

「銃ですね」

言わずもがなのことを言うと、バランが情報を追加した。

「スミス&ウェッソンM36、チーフ。三八口径。ラジェスワルを撃った弾の口径と同じです」

「チーフ?」

「通称です。チーフスペシャルともいいますが」

その言葉を聞いて、わたしの脳裏に何かチリチリしたものが走った。M36チーフスペシャル。わたしは銃に詳しくない。取材の中で、暴力団が密輸したというトカレフやパイプを加工した自作銃を見たことはあるけれど、この銃を見たことはなかったと思う。それなのに、どうしてこれほど意識に引っかかるのか。

……わからない。もどかしい。

バランはさすがに、銃に手を伸ばすことはしなかった。弾倉に空薬莢《からやっきょう》が残っているか知りたかったけれど、いまは無理のようだ。とはいえこれがラジェスワルを撃った銃だということは、ほぼ間違いない。

「犯人は銃を捨てていったんですね」

「無造作だな……この現場が見つからないと思っていたのか」

そうかもしれない。ラジェスワルとクラブ・ジャスミンを結びつける情報がどこかから出てこない限り、しらみつぶしの捜査でここが見つかったとは思えない。なまじな場所に捨てるよりも見つかりにくい、と犯人が考えたとしても不思議ではなかった。

カメラを構える。

バランが振り返った。目が合う。当然止められるだろうと思ったけれど、バランの行動は意外なものだった。彼は少し体を捩って、わたしが撮りやすいようにしてくれたのだ。

戸惑いながらも、機会を逃がしはしなかった。デジタルカメラのシャッターを切る。光度不足を感知して、自動でフラッシュが光る。チャージが終わるのを待ち、もう一枚。わたしはデジタルカメラのセンサーをあまり信用していない。フラッシュを切って、二枚撮った。

ふっと一息吐き、カメラを下ろす。

「ありがとう、バランさん」

彼はにやりと笑い、

「こちらこそ」

と言った。

「本音を言えばあんたにはうろついてほしくなかったが、あんたがいなければ、ここは絶対に見つからなかった。これは俺とチャンドラの手柄になる。ほんと、助かるぜ」

雑な口調になって言うと、バランは皮肉に笑った。その笑い方を見て、わたしはなんとなく直感した。外国人記者の護衛というイレギュラーな任務に就かされるのは、いわば左遷だ。彼らは喉から手が出るほど、手柄が欲しかったのだろう。

その点を追求する気はない。けれど、彼がもしわたしに感謝してくれているのなら、訊きたいことがあった。

「バランさん。教えてくれませんか」

「何を?」

彼の表情に警戒が戻る。わたしは口早に言う。

「ラジェスワル准尉についてです。わたしは彼に取材しましたが、トーキョーロッジのチャメリさんの知人で軍人という以上のことは、知らないのです」

時々思い出したようにまたたく蛍光灯の下で、丸顔の警官は眉を寄せる。それを記者に話すことが自分にとって不利に働かないか計算しているのだ。わたしは彼に、話してくれたことを記事にしないという約束はしなかった。ただ彼の判断を待っていた。

　バランは、溜め息を吐いた。

「まあ、それぐらいなら、大したことじゃない」

　血だまりと銃とミラーボールの傍らで、バランは肩をすくめた。

　彼にとっては大したことがなくても、わたしにとっては待望の情報だ。気が変わることを恐れて急ぎ、しかし慌ててがっついているようには見えないよう落ち着いて、ボディバッグからボイスレコーダーと手帳を出す。

「録音してもいいですか」

「だめだ」

「ではメモを取ってもいいですか」

「それなら、いい」

　ボイスレコーダーをバッグに戻し、ペンを取り出す。手帳の新しいページをめくる。わたしがペンを構えるのを待ち、バランは話し始めた。

「ラジェスワル。ラジェスワル・プラダン。四十九歳。国軍准尉。部署は言えない。身長は一八八センチ、体重は八六キロ。結婚はしていない。少なくともネパール国内では、という意味だが。軍に入ったのは遅く、四年前だ。その前はグルカ兵としてイギリスに雇われていた。傭兵時代のことはよくわかっていない」

チャメリの夫と知り合い、借りができたというのは、その時期のことなのだろう。

バランが話す英語を日本語に訳す間も惜しく、アルファベットの筆記体でメモを取っていく。スペルにはところどころ自信がないが、自分がわかればいい。

「帰国したのは八年前だ。しばらくはガイドのようなことをして暮らしていたらしい」

「ガイド？　観光ガイドですか」

「いや」

と、彼は首を横に振った。

「外国のテレビ局を相手に、取材の手配をしていたらしい。世話役とでも言えばいいのか」

わたしは手帳に「コーディネーター？」と書き付ける。あれほど取材を嫌ったラジェスワルがそうした仕事をしていたとは、思いも寄らないことだった。

「どんな仕事を請け負ったか、わかりますか」

もしかしたら日本のメディアとも接点があるかもしれないと思い、訊く。しかし答えは素っ気なかった。

「それは知らん」

無理もないことだ。ペンの動きを止め、先を促す。

「准士官で国軍に入ったのは傭兵としての従軍経験を買われてのことだろうが、それにしても待遇がいい。何かコネクションがあったんだろうが、詳しいことはわからん」

「なるほど」

「そして……」

言葉を切る。わたしをじっと見て、それからわたしの手帳を見る。次いで、ボディバッグに視線を走らせる。

「録音はしていません」

バランの表情は硬い。が、彼はこう言ってくれた。

「信じるよ。俺が言ったって書くなよ」

「わかりました」

小さく息をつき、バランは言う。

「大麻を捌《さば》いていた疑いがある」

ペンを動かせなかった。

本当か、と訊きたかった。けれど、ここで彼が嘘を言う理由がない。

「さっき、ラジェスワル准尉は王宮事件に絡んで殺されたのかと訊いた時、わからないと言ったのは……」

「そういうことだ。殺される理由がない男じゃなかった」

そして彼は口の端を持ち上げた。最初トーキョーロッジで会った時の印象からはかけ離れた、暗い笑みだった。

「大麻を売ることは、この国じゃ珍しくない。軍人も警官も、王族さえ捌いてる。世界有数のガンジャタウンだからな」

ネパールにはもともと大麻が豊富に自生している。一九七〇年代後半まで、大麻を育てても、売っても、吸っても、法には触れなかった。いちおうは違法になったいまでも、世界でも極めて大麻に寛容な街の一つとして知られている。サガルにガイドを頼んだ時、最初にグラスに興味はあるかと訊かれたことを思い出す。

「ま、いくらでも生えてるからな。煙草は金を出さなきゃ買えないが、大麻だったら摘めば済む。そりゃあ誰でも少しぐらいは手を出すさ。……ただ、まとまった量を定期的に外国向けに流すとなると話は別だ。プロの仕事になる」

「ラジェスワル准尉は、そのプロだったと？」

「疑いがある。それだけしか言えない」

わたしにそれを話すのは、心証でいえば限りなく黒に近いからだろう。バランは肩をすくめた。

「もし本当にあいつが密売人だったなら、異常に注意深い男だったってことになる。誰と組んでいたかぐらいはだいたいわかるもんだが、いまのところ情報がない。軍内部でも浮いた存在だったようだ」

浮いた存在というのがどれほどの意味なのかはわからない。ただ、どうしても気になっていることがあった。

「彼は一昨日、二度外出しています。軍では、これはふつうのことなのでしょうか」

「さあね。王が撃たれてからこの国はずっと非常事態だ。少なくとも俺は、そんなことはできない。だがラジェスワルはそれをやったんだから、ふつうかどうかはともかく、やつにはできたとしか言えないだろう」

バランは警察官であり、軍人ではない。その答えで納得するしかなかった。

ラジェスワルが大麻の密売に関わっていた。それも、旅行客相手に小遣い稼ぎをするレベルではなく、密輸のプロだった。その情報を反芻《はんすう》する。間近に広がる血だまりに目を落とす。そこに立つラジェスワルの姿を、思い返す。

「信じられません」

「そうかい?」

記者にとって重要なのは「警察筋からこういう話を聞いた」「関係者はこう言っていた」ということであって、本当はどうだったかではない。さまざまな角度から情報を集め、矛盾や隠蔽を見抜くことはある。しかし記事の中で「これが真実だ」と書くことはない。真実に迫ることを至上の目的としつつ、しかし何が真実だったかを判断するのは記者の分を超える。強いて言えば、それを決めるのは裁判所だ。

けれどわたしはラジェスワルと言葉を交わした。まさか彼がと思ってしまうことまでは、止められない。

「彼は……ラジェスワル准尉は、誇り高い男でした。国王の殺害を許したことは軍の恥だ、ネパールの恥だ、と。それを世界に広めることに協力はできないと言いました。あの言葉は、嘘だったとは思えない」

「そりゃあ、嘘じゃなかっただろうさ」

バランは言う。

「軍人も密売人になれる。密売人も誇りを持てる。誇り高い言葉を口にしながら、手はいくらでもそれを裏切れる。ずっと手を汚してきた男が、譲れない一点では驚くほど清廉になる。……どれも当たり前のことじゃないか。あんた、知らなかったのか」

知っていた。わたしが生きているこの世界はどういう場所なのか、知っていると思っていた。けれどやはり、知らなかったのだ。

だから、これほど心が止まってしまっている。


硬い靴がコンクリートの階段を駆け下りる、硬い音がする。

チャンドラが戻ってきたと考えて、ようやく頭が動き出す。おかしい。チャンドラはここが殺人現場だとわかる前から、廊下の端をゆっくり歩くような気遣いをしていた。それが駆け下りてくるのは、何かあったからだ。

やがて姿を見せたチャンドラに、バランがネパール語で和やかな声を掛ける。ねぎらったのだろう。しかしチャンドラはそれに応えず、英語で言った。

「応援は来ない」

「なんだって?」

「十二時から外出禁止だ。くそっ、誰も連絡してこなかったぞ!」

弾かれたように腕時計を見る。……十一時半。わたしは思わず叫んだ。

「また！」

わたしが昨日、外出禁止令発動ぎりぎりにロッジに駆け込んだことを、警官たちは知らないはずだ。けれど彼らはいかにも面倒そうに渋い顔をしながらも、

「心配するな、送っていく」

「護衛が任務ですからね」

と言ってくれた。

そうとなれば、時間は無駄にできない。踵を返したけれど、未練がましく振り返る。ラジェスワルの立っていたホールと血だまり、ミラーボール、そしてM36。

M36チーフスペシャル。別名チーフ。

「タチアライさん。行かなくては」

バランの声で我に返る。

「……ああ、そうですね。行きましょう」

「ショックが大きかったようですね」

「ええ、そうですね。少し、ふらふらします」

それは嘘ではなかった。クラブ・ジャスミンを後にするわたしの足取りは覚束ない。

まるで、体ではなく脳ばかりが動いているのに、無理に足を運んでいるようだった。

# 18　勇気の源

六月五日、カトマンズには二日連続の外出禁止令が出された。時間は正午から翌日午前零時までの十二時間。午前中に買い出しを済ませた人々は胸を撫で下ろしただろうが、そうでない市民も大勢いただろう。

二人の警官に付き添われてトーキョーロッジに戻ったのは、外出禁止令が敷かれる十分前だった。緑の鉄扉を引き開けて建物の中に入ると、やはり安堵が込み上げる。

バランとチャンドラは終日わたしについているのかと思ったが、二人は警察署に戻ると言った。

「ロッジの中で襲われる危険は少ないだろうから、戻ってこいというチーフの命令です」

申し訳なさそうに目を伏せて、バランが言った。

「それは構わないのですが……もうすぐ外出禁止の時刻です。お二人は大丈夫ですか」

昨日わたしが警察署からロッジに戻った時は二十分以上かかった。残り十分で行けるとは思えない。

「なに。仲間をいきなり撃ってきたりはしませんよ」

そうバランが笑う隣で、チャンドラがぽつりと付け加える。

「たぶんな」

たとえわたしがここで止めても、戻れという命令が出ている以上、彼らは戻っていくのだろう。バランの言葉を信じるしかなかった。表情がないと言われがちな顔で、わたしは精一杯微笑みを作る。

「ありがとう、バランさん、チャンドラさん。あなた方がわたしを守ってくれたことに感謝します」

手を差し出しかけたけれど、わたしはそれを引いた。この国はカースト制の国だ。もしかしたら、わたしと接触することを彼らは嫌がるかもしれない。バランはえびす顔で「どういたしまして」と言ってくれた。それで充分だ。

鉄扉を押し開けた二人のうち、チャンドラが肩越しに振り返った。

「タチアライ。チーフは、殺人現場の発見をとても喜んでいた」

「……そう」

「チーフはあんたに感謝を伝えろとは言わなかった。だから俺が言うよ。ありがとう、ミズ」

警官と記者は原則として対立している。警官は記者を鬱陶しい連中だと思い、記者は警察を独善に陥りかねないと危ぶんでいる。

けれど原則は原則であり、何事にも例外はある。警官と記者が互いに感謝を捧げ合うことも、決してあり得ないとまでは言えないのだ。

締切は午前五時四十五分だ。

外出禁止令のため、午前零時までは外に出られない。夜も朝も早いカトマンズでは、外での取材はもう完了したと考えなければならない。充分な取材ができただろうか？　まだやれたことがあるような気もする。しかし全ての仕事には締切がある。

写真は明日、街の電話屋でインターネットを借りて後送する。記事のレイアウトは編集部が決めてくれる。わたしがやるべきことは、明日の未明までに六ページ分の文章を書くことだ。

そのために、もう一人だけ話を聞くべき人物がいた。その会話の内容次第で、ラジェスワルの死を記事に盛り込むべきか、あのスクープ写真を載せるべきなのか、最後の決断を下せるだろう。

警官たちが出ていくのを待っていたように、従業員スペースからチャメリが顔を出す。

「あの、大丈夫でしたか」

わたしが警察に追及されていたと思っているのだろう。

「ご心配には及びません。チャメリさん、すみませんが夕食にパンか、できればサンドウィッチを用意していただくことはできますか？　部屋で仕事をしたいのです」

「ああ、ええ、はい。簡単なものなら。何時にお持ちしましょうか」

「七時でお願いします」

用事を頼まれて、彼女はかえってほっとしたように表情を緩めた。小さく頭を下げると、奥に戻っていく。フロントには誰もいなくなるが、問題はないだろう。既に正午は過ぎた。

階段を上がっていく。

二〇二号室も今日で六日目だ。最初は天井の低さや香の匂いが気になっていたけれど、だんだんと愛着が湧いてきた。けれどいま、わたしは別の部屋に向かう。

外出禁止令が解除されるまで外の店で過ごすつもりでない限り、いまこのロッジには四人の宿泊客がいる。

日本のフリーライター、太刀洗万智。

日本の元僧侶、八津田源信。

アメリカの大学生、ロブ・フォックスウェル。

インドの商人、シュクマル。

彼らの顔を思い浮かべながら、わたしはロッジの暗い廊下を歩き、ある部屋の前で足を止めた。

ドアにはずっと、手書きの「DO NOT ENTER」が張り出されている。二〇三号室、ロブ・フォックスウェルの部屋を、わたしはノックした。

コン。

コンコン。

コンコンコン、コン。

返事がない。ドアの向こうにそっと呼びかける。

「ロブ。いるんでしょう」

耳を澄ますけれど、トーキョーロッジは静まりかえっている。ロブは、まさか外に出ているのだろうか。もう一度、今度は強めにドアを叩こうと手を振り上げる。その時、ようやく答えがあった。

「なんだ」

ロブの声はくぐもり、どこかうつろな感じがした。

「わたしよ。太刀洗。話があるわ」

「そうかい。こっちにはないよ」

「あなたに見てほしいものがある。ドアを開けて」

ドアの向こうからは、消え入りそうな声が微かに聞こえるだけだった。

「……断る」

「ロブ。大事なことよ」

食い下がったけれど、声は途絶えた。ドアから離れたのだろうか。もう一度ノックしようかとも思ったけれど、ここは辛抱強く待つ。

沈黙は、一分までは続かなかったと思う。やがて答えが返る。

「聞いてるよ。話してくれ」

ふっと息を吐く。

しかし今度はわたしが言葉に詰まる番だった。いまのところ誰の姿もないとはいえ、廊下で話せば他の宿泊客たちにも聞こえてしまう。あまりおおっぴらにする話ではないのだ。

どうしようかと考えて、客室に内線専用の電話があったことを思い出す。

「あまり人に聞かれたくない。電話で話すわ」

それで、ロブもある程度は話の内容を察したのかもしれない。はっきりとした、しかし絶望が滲む暗い声で、

「わかった」

と言った。

二〇二号室のドアを開け、机にボディバッグを投げ出す。さっと視線を走らせ、一見してわかるような異状はないことを確かめる。ベッドのシーツはやや乱れている。今朝、わたしが起きた時のままだ。つまり、部屋に掃除は入っていない。ふだんは午後の早い時間帯に掃除が入っていたから、外出禁止令が出た今日、客室係が来ていないのは当然だった。

メモリーカードはカメラの中に入っているので、聖書を確認する必要はない。電気ポットから湯冷ましをコップに注ぎ、机に置く。背もたれが低く座面の硬い木の椅子に座り、アイボリーのプラスティックでできた受話器を取る。電話機の使い方は英語で説明されていた。内線は、掛けたい部屋番号を押すだけでいいらしい。

二〇三。呼び出し音は六回目で止まる。

「ハロー、ロブ」

『ハロー、マチ』

電話の声は、ドア越しのそれよりは通って聞こえた。

ロブにドアを開けさせなくてはならない。切り札はこちらにあるけれど、いきなりエースを突きつければ彼は受話器を置き、会話に応じてくれなくなるだろう。最初に言うべきことは決まっていた。

「ずいぶん長い間、部屋にこもっているのね」

『ああ、そうだな。いや、そうでもない』

「二日の夜にあなたと話した。このロッジの四階で。憶えている？　弔砲が鳴っていた夜のことだった。いまは五日。五日の正午よ」

もしかしたらロブはアルコールか大麻に酔っているのかもしれない。記憶を呼び起こすように話しかけていく。電話の向こうから、物憂げな声が返る。

『ああ。憶えているよ』

「あなたは、大量殺人者が王になるなんてあり得ないと言っていた」

『そうだったかな。だいたいそんなことを言ったような憶えはある』

子供を宥めるように、ゆっくりと言う。

「あなたが部屋の前に『入るな』というメモを貼り出したのは、王が撃たれたとわかってからすぐだったわね。神経質になるのもわかる。恐ろしい出来事だったから。でもあの日、あなたはむしろ頼もしかった。この街がサイゴンになるとしても自分の身は守れると言っていたでしょう。そうだ、わたしも守ってくれると言ったわね」

『マチ……俺は……』

待ったけれど、その言葉に先はなかった。続ける。

「わたしとあなたが四階で話したのは、その日の晩よ。取材から帰ってきたわたしに、あなたが話しかけてきた。ドリンクもない夜だったわね。BBCを見ながらだったから、楽しい内容じゃなかったけれど、あなたが特に沈み込んでいた記憶はない。でしょう？」

『そうだったな。あの晩だ』

ロブは、苦いものを噛みしめるようにそう言った。

やはりあの晩だ。

「あの晩、二人で話した後、チャメリさんがわたしの部屋に来た。取材のことで少し話があってね。その時、チャメリさんは物音を気にしていた。あなたの部屋から、何かがたごとと物音が聞こえる、と。そしてその翌朝から、あなたは部屋から出てこなくなった」

声が途切れる。しかし通話は続いている。

「何があったの？」

返事はない。

けれど彼は、わたしの話を聞いている。コップを手にして、湯冷ましで口を湿らす。

「わたしが言ってもいい？」

心の中で、ゆっくりと十秒待つ。

「たぶんだけど……」

さらに三つ数えてから、わたしは言う。

「銃が盗まれたんじゃない？」

『マチ！』

首を絞められたような悲鳴が上がる。雄弁な肯定だった。

『君が！』

「わたしじゃない」

噛んで含めるように言った後、刺激しないようにできるだけ穏やかな声で付け加える。

「昨日、わたしの部屋に入ったのは、あなたね。わたしが銃を盗んだのかもしれないと思い、部屋中を探した」

電話の向こうで、声が詰まる音がした。見抜かれるとは思っていなかったのだろう。

「あなたを責めるつもりはないわ。あなたの立場になってみれば、わたしだって何をしたかわからない」

『僕の立場だって？』

泣きそうな声が、それでも抗議する。

『何がわかるっていうんだ』

「そうね」

ひとつ息をついて、言う。

「あなたは、ずっと拳銃を隠し持っていた。それがあなたの余裕の源だった。王が射殺され、武装ゲリラが活動を始めるかもしれないという状況になって、あなたは恐れた。この国から脱出しようとしてもチケットが取れないと焦っていたわね。誰だってそうだわ、あの時はわたしも怖かった。だけどそれでも、あなたには拳銃という切り札があった。その心の支えがあればこそ、この街がサイゴンになっても……と言った」

思えば、チケットを取ろうとしたロブはおかしなことを言っていた。この際、空路でも構わない……と。

「陸路でも構わない」というなら、わかる。北をヒマラヤに遮られたネパールから陸路で出国しようとしたら、悪路を行くバスに何時間も揺られてインドかブータンに向かうしかない。そんな厳しい行程も厭わないからとにかくネパールを出たいというならわかるのだ。けれど彼は、そうは言わなかった。

「空路でも構わない」というのは単に、ロブが飛行機嫌いだからというだけだったかもしれない。けれどいま、わたしは別の可能性を考えている。

バスにはチケットを持って乗り込めばいい。しかし飛行機に乗る際は、手荷物検査を受けなければならない。多少のごまかしは利くとしても、拳銃はさすがに持ち込めない。彼は、この国を出ることができるなら、拳銃は捨ててもいいというつもりで言ったのではなかったか。

「わたしはあなたの立場をこう考えているけれど、間違っていたら訂正して」

『何が目的なんだ』

ロブはそう怒鳴った。受話器を耳から離す。ドアを突き抜けて、二〇三号室から同じ叫びが聞こえてきた。

『あんたは記者だろう。俺が拳銃を持っていたからって、なんだっていうんだ。馬鹿で臆病なアメリカ人の話を日本の雑誌に書いて笑うつもりなのか！』

「落ち着いて、ロブ」

落ち着けと言われて落ち着いた日本人を見たことはない。アメリカ人に言ったことは初めてだったけれど、やはり彼を落ち着かせることはできなかった。

『そうさ、俺は臆病者さ！　国じゃマリファナさえ吸えなかった。アメリカを出てようやく勇気が持てたんだ。銃を持った、ハッパもやった、女も買った！　俺はもう臆病者じゃないと思ってたさ、でもそうじゃなかったんだ。知りたいことはそれで全部か、くそ覗き屋め！』

わたしは彼を、ちょっと軽い年下の友人のように思っていた。旅先で出会って、食事を一緒に食べて、ひょっとしたらどこかで記念写真を撮って、日本に帰ってからエアメールを二、三度やりとりするような。

そうしたことは、たとえ明日この国の全ての混乱が収まったとしても、もう絶対に起こり得ない。わたしが、その可能性を潰してしまった。

受話器を逆の手に持ち直す。

「ロブ。拳銃が見つかった」

『いいか、俺は絶対……なんだって？』

「ある場所で、拳銃が見つかったわ。わたしはそれを、あなたの拳銃じゃないかと疑ってる」

それを聞いて、彼は安心しただろうか、それともかえって動揺しただろうか。聞こえる声はそのどちらともつかない、ひどく震えたものだった。

『街のどこかで銃が見つかったからって、それが俺の銃だって言えるのか』

「わたしは、そうじゃないかと思っている」

『なんでだよ。マチ、あんたは俺の拳銃を見てないだろう』

「見てない。でも、あなたの言葉は聞いた。……チーフがついてる、と」

ネパールを出るチケットの手配に失敗した後、ロブはわたしを見て言った。「心配はしてないさ。俺にはチーフがついてるんだ」と。

チーフにはさまざまな意味がある。主任、長官、署長、いろいろな日本語に訳せる。バランとチャンドラも、上司のことはチーフと言っていた。わたしは、ロブがどういう意味で言ったのかわからなかった。

さっきクラブ・ジャスミンでバランが言ったことを聞いて、すぐにわかってもよかった。実際にはもう少し時間がかかって、チーフという言葉をどこで聞いたのか思い出せたのは、あの地下を出る直前のことだった。

それでも、遅すぎはしなかったと思っている。

「見つかった拳銃はスミス&ウェッソンM36。通称はチーフスペシャル。……チーフとも呼ばれるそうね。小さい銃だった。旅行にも向いていそうな」

『M……』

ロブが言葉を詰まらせる。

『M36なんて、どこにでもあるだろう。回転式拳銃といえばチーフスだ』

「そうかもしれない。だから、写真を撮ってきた」

『なあマチ、教えてくれよ。その銃、どこにあったんだ……？』

見つかった銃が自分の物であってほしいのか、それともその逆なのか、ロブ自身にはもう判断がつかないようだ。気持ちのいいやり方ではないけれど、取引を持ちかけた方がかえって彼自身も落ち着くかもしれない。

「写真を見て、判断して。そうしたら教える」

ロブの迷いは長かった。何かを知るのが怖かったのかもしれない。わたしはこれ以上説得の言葉を見つけられず、ただ、じっと受話器を握っていた。

乾ききったカトマンズで、わたしのひたいを汗が伝っていく。

返事は一言だった。

『わかった』

それで、わたしは受話器を置いた。湯冷ましを口に含み、ゆっくりと飲み下していった。

廊下に出る。後ろ手にドアを閉め、振り返って鍵を掛ける。外出禁止令が出ている中、トーキョーロッジはしんと静まりかえっている。あまりの静けさにこの小さなロッジばかりでなく、カトマンズの街そのものが息を潜めているようにさえ感じられた。

二〇三号室の前に立ち、わたしはまず、鍵穴に目を近づけた。鍵の種類は二〇二号室と同じ、シリンダー錠だった。ただし、こちらには目立つ新しい傷はついていない。ピッキングをした場合は必ず傷が残る……というわけではないけれど。

こぶしを上げる。二〇一号室にはシュクマルが泊まっているはずだ。いまのいままで気にもしなかったけれど、この瞬間急に、あまり大きな音を立てることが憚られた。わたしは手の甲で三度、ほんの軽くドアを叩いた。

ドアは内側に開いていく。そして予想していたとおり、途中で止まった。ロブはチェーンロックを掛けていた。その隙間から青い顔を覗かせて、彼は言った。

「見せてくれ」

わたしは頷き、デジタルカメラの電源を入れる。クラブ・ジャスミンで撮影した拳銃は、カメラのセンサーが自動でフラッシュを焚いた最初の一枚が、結局最も鮮明だった。

時間は必要なかった。現場で見つかったM36には、グリップにビニールテープが巻かれているという明白な特徴がある。あるいはあのテープを巻いたのはロブではなく銃を盗んだ何者かかもしれないと思ったが、そうではなかった。写真を一目見るなり、ロブは呻くように言った。

「僕の銃だ」

「そう」

「どうも滑るような気がしてビニールテープを巻いたんだ。巻き方の癖まで同じだ。真似てやったものじゃない。僕の銃で、間違いない」

廊下で話すことではなかった。しかしロブは到底チェーンを外しそうもなく、会話を続けるには他に方法がなかった。

「この銃はどこで買ったの？」

「インドだ」

案外とあっさり、ロブは打ち明けた。

「むかし僕の家の近くで商売をしていたインド人が、国に帰って店を開いたんだ。僕はそいつと仲が良かったし、手紙ももらっていたから訪ねていった。銃が欲しいと言ったら、売ってくれる場所を紹介してくれたんだ」

「それであの銃を選んだのね」

ただの相槌だったのだけれど、わたしの言葉をどう誤解したのか、彼は憤然として言った。

「合衆国の男がロシアの銃なんか選ぶものか」

「そう。そうね」

「この国にも、その友達の手配で来たんだ。ちょうどカトマンズに行く知り合いがいるから、行くなら一緒に乗っていけって。後は知っての通りさ」

そしてロブは、ドアの隙間から上目遣いにわたしを見る。

「さあ、教えてくれ。僕の銃はどこにあったんだ」

クラブ・ジャスミンと言ってもわからないだろうから、わたしはこう言った。

「市内にある廃ビルの、潰れたナイトクラブに落ちていたわ」

「潰れたナイトクラブ？」

ロブが首を傾げる。

「どうしてそんなところに……。だいたい、君はなんでそんな場所に行ったんだ」

「取材よ」

「なんの？」

聞かせない方がいいような気もするけれど、彼とは取引をした。溜め息をつき、言う。

「一昨日、男性が射殺された。この銃はその殺人現場と思われる場所から見つかったものよ」

きゅう、というような甲高い音が鳴った。ロブが息を吸い込んだ音だと思い当たるまで、少し時間がかかった。

彼は叫んだ。

「護身用だったんだ！　自分の身を守るために持っていた！　それが……おお、神様！」

その被害者が麻薬密売の疑いがある軍人だと知ったら、彼はどう思うだろう。もしかしたら気が楽になるのかもしれないけれど、これ以上刺激するとパニック状態になってしまいそうだ。被害者のことは言わないことにした。

代わりに、いくつか質問をする。

「ロブ。あなた、この銃に弾を込めていたの？」

衝撃が醒めないのか、目をきょろきょろとさせながら、彼は答えた。

「ああ。五発全部」

すると、犯人は銃を手に入れた後で別途銃弾を手配する必要はなかったことになる。

「あなたが銃を持っていたと知っていた人間は、誰？」

「誰と言われても……そうだな……」

そう訊くと、彼は少し落ち着いた。口許に手を当て、じっと考える。

「インドの友達。ラーマっていうんだが、そいつはもちろん知ってる。後は銃を売ってくれた男。僕を乗せてくれた男は知らなかったと思う」

「そう」

「ただ……ああ、くそっ！」

彼はいきなり、頭を抱えた。

「別に隠してなかった……。むしろ自慢していたんだ。誰かに見せてまわったりはしなかったよ。でも、君に言ったように、『チーフがついてる』ぐらいのことはしょっちゅう言っていた。ベルトの後ろに差して歩いたこともある。誰が気づいていてもおかしくない」

ロブの行動は、確かに軽率だったかもしれない。けれどわたしには、彼を笑うことはできなかった。自信がつけば、それが外部から与えられたかりそめのものでも、肩で風を切りたくなる。その気持ちはわかるから。わたしだって初めて「報道」の腕章を腕に留めた時、自分が変わったような気がしたものだった。

「銃が盗まれたのは、二日の夜で間違いないのね」

「ああ」

ロブがこの国に来たのは、わたしが入国する前日だった。つまり六日前のことだ。銃が盗まれたのは三日前。四日間で彼が銃を持っていることに気づくことは難しかっただろうか。

それはわからなかった。ロブはもしかしたら、会う人ごとにあからさまに銃の所持をほのめかしたかもしれない。彼の言動を検証する方法がない以上、誰が銃のことを知り得たか考えることは無駄だろう。

「あの晩、あんたと話をしに行って、戻ったら部屋が荒らされてた。そんなに滅茶苦茶じゃなかったけど、ぴんときてすぐに枕の下を探したんだ。なかった。部屋中を探しても……」

「もう一度確認するけど、わたしが警察に連行されている間に部屋に入ったのは、あなたね」

ロブはわたしの顔を見て、おずおずと頷いた。

「悪かったよ」

「ピッキングなんて、どこで憶えたの」

初めて、ロブの目が泳いだ。わたしの部屋に入ったことは否定しなかったのに、解錠の方法だけ言いにくいなんてことがあるだろうか。

あるとすれば、きっとこういうことだろう。

「……誰かに開けてもらったのね」

ロブは、鍵開けを手伝った共犯者の名前を言うことを躊躇っているのだ。

鍵を開けた可能性が一番高いのは、チャメリだ。なにしろ彼女が鍵を管理しているのだから。しかしそれは考えにくい。信用商売である宿泊業をほとんど一人で営んでいるのに、客に言われたからといって他の客の部屋に入れるような無茶をするとは思えない。

誰なのだろうと考える間、わたしの視線が固定される。それで凝視されているように感じたのだろう、ロブは頭を掻いたり体をゆすったりした挙げ句、

「ああ！　くそっ、わかったよ」

と吐き捨てた。

そして、ここで意外な名前が出てきた。

「サガルだよ」

「サガル？」

「君も話したことがあるだろう。このあたりを縄張りにしてるガキさ」

聞き返したのは、にわかには信じられなかったからだ。サガルがどうして。

……しかし落ち着いて考えれば、それほどおかしなことではないと思えてくる。サガルは金を稼ぐ必要があるといつも言っていた。

「いくら渡したの」

「鍵一つ、十ドル」

その額なら、サガルは小躍りして鍵を開けただろう。裏切られたような気がしてしまうのは、わたしの勝手な感傷だ。

細部でもう少し聞いておきたいことがある。

「あの子は、あなたが銃を探していると知っていたの?」

その質問には、彼は首を横に振った。

「いや。下手に話せば足元を見られる。外に出た時に困ってるようじゃないかと声を掛けられて、何か手伝おうかと言われたから半分冗談で鍵開けを頼んだんだ。なくした物を探してるとだけ言ってね」

サガルは、その探し物が何かはあまり気にしなかっただろう。けれどあの子は鋭い。何かに気づいたかもしれない。

かぶりを振る。サガルは技術料で小遣いを稼いだ。それだけの話だ。

それにしても、

「どうしてわたしだったの」

話が逸れて、ロブは少しほっとしたようだった。

「どうしてって?」

「銃を盗んだ可能性が一番低いのがわたしだということは、わかっていたでしょう。だってあなたの部屋に泥棒が入った時、わたしはあなたと一緒にいたんだから」

「そりゃあ……」

いまさらのように、彼は廊下の左右をうかがった。チェーンロックの内側からでは、ほとんど何も見えなかっただろうけれど。そして、いっそう声を低くする。

「他の客の部屋にも入ったさ。でも、なかった。シュクマルもヤツダも、荷物は少ないんだ。すぐに探せたよ」

「だからって、わたしを疑うのはおかしいでしょう」

「いや」

と、彼は言った。

「盗った方法はわからないけど、僕は君が一番あやしいと思ってた」

「どうして」

思わず声が高くなった。なんの心あたりもない。

「それは……」

言いかけて、ロブの目が泳ぐ。思い込みが強すぎて、疑いのもともとの理由を忘れてしまったのだろう。よくあることだ。

何かわたしに疑われるふしがあっただろうか。そう自分の行動を振り返ろうとした時、ロブの視線がいきなり強くなった。

「そうだ。あんたに呼ばれて部屋を空けた時に、やられたからだ」

「わたしに？」

わたしがロブを呼び出したことがあっただろうか。

……言われて記憶を探れば、思い当たることがあった。あれは弔砲が鳴る夜だったから、二日の夜だ。

取材から戻ったわたしに、ロブが話しかけてきた。何か用事かと訊くわたしに、彼は戸惑いながら言ったのだ。――いや、君が僕に話があるっていうから。

戸惑いはしたけれど、会話の糸口を作るための小さな嘘なのだろうと気にしてはいなかった。しかしこうなると、意味合いは俄然違ってくる。

「わたしは呼び出していない」

「そう、そうなんだ。あの時も君は意外そうだった」

「誰が、わたしが呼んでいるなんて言ったの?」

「そいつだ。くそっ、誰だったか」

チェーンロックの向こうで、ぼやけた思考を叩き直そうとでもいうように、ロブが自分の頭をこぶしで叩く。ごつ、ごつと重い音する。

「あの日……あの日は、そう、思い出してきた。無事に国を出られるのかもわからなかった。チケットを取ろうと何度も電話して、部屋に戻るたびに銃を握った。マチが探してると聞いて、夕方から待っていた。そう言ったのは……」

彼は突然、

「くそっ!」

と叫んだ。

「客室係だ。あのガキ!」

「ゴビン?」

「名前なんか知るか。いつも部屋の掃除に来るガキだよ！」

ゴビンで間違いない。ロブはいきなりドアノブに手を掛け、引いた。当然ドアはチェーンに阻まれ、硬い音を立てる。舌打ちすると、彼はチェーンロックを外し始めた。

「ロブ！　何をするの！」

「あのガキが俺をおびき出したんだ。あいつが俺の銃を盗んだんだよ！」

ロックが外れる。ドアが内側に開かれ、ロブが廊下に飛び出す。止める間もなかった。彼は階段を駆け下りていく。わたしも身を翻し、後を追う。今日のロブは感情の起伏が激しすぎる。閉じこもって悪い想像ばかりしていたからなのか、あるいは何か薬物の影響下にあるのかもしれない。

ロビーでは、ロブが早くもチャメリに詰め寄っていた。

「あの客室係はどこにいるって訊いてるんだ！」

言葉は激しいが、手は出していない。襟首でも摑んでいるのではないかと思っていたわたしは、少しだけほっとした。チャメリが助けを求める目を向けてくる。

「タチアライさん、フォックスウェルさんは何を」

かろうじて二人の間に立ち、つとめて淡々と、わたしは言った。

「彼は、客室係のゴビンに嘘をつかれたと怒っているのです」

そしてロブに向けて両手を胸の前に挙げ、もう少し離れるよう押しのける仕草をする。

「ロブ。いま、街には外出禁止令が出ている。警官や兵士が巡回していて、誰か外に出ていれば撃つこともある。ゴビンは外出禁止令が出る前に帰ったと思うわ」

「外出禁止令……？」

知らなかったらしく、ロブはぽかんとした顔になった。その隙にチャメリが二、三歩下がり、息をついて顔を上げる。

「どういうことかわかりませんが、今日、ゴビンは来ていません」

わたしは首を傾げた。来た上で、早めに帰ったと思っていたからだ。

「今日は休みということですか」

「いいえ」

チャメリは眉根を寄せた。

「違います。昨日、外出禁止令が出るので早めに帰らせましたが、気づくとレジが空になっていました。お金を盗んで逃げたのでしょう」

「逃げた？」

声が大きくなってしまう。チャメリは溜め息をつき、

「よくあることです」

と言った。

しかしわたしは、それだけとは思えなかった。ロブの部屋から銃を盗んだのは誰なのかがわかる、その土壇場でゴビンが消えた。偶然ではない。先手を打たれたのだ。

「くそっ、あのガキ、くそっ……」

そう繰り返して呟くロブをよそに、わたしは訊く。

「チャメリさん。教えてください。二日の夜のことです。二日の夜、ゴビンはこのロッジにいましたか」

「二日？」

「国王の葬式があった晩のことです」

チャメリは即答した。

「いませんでした」

「確かですか。忍び込むこともできたのでは？」

念を押すが、彼女の返事は揺らがなかった。

「彼には午後四時に一日分の給料を渡して帰らせます。このトーキョーロッジは、昼はともかく夜はわたし一人ですから、人の出入りはロビーで警戒しています」

「席を外すこともあるでしょう」

「そういう時は、数分でも必ず鍵を掛けます。宿泊客が全員戻れば鍵を掛けて休みますから、その後はわかりませんが……。彼が、何か？」

「いえ……。裏口はどうですか？　鍵を開けることができれば、こっそり入れるのでは」

「大丈夫です。ふだんは閂《かんぬき》を掛けていますから」

確かあの晩は、シュクマルの帰りが遅かった。

ロブと四階で話し、部屋に戻った後でチャメリの訪問を受けた。その時、ロブの部屋から物音がするという話をした。その音は、彼が拳銃を探す音だった。

　ということは、銃が盗まれたのはシュクマルが外にいる間、つまりチャメリがロビーにいた間ということになる。誰かが銃を盗むことが可能だった時間帯、人の出入りは監視されていた。外から入ってくることはできない。一度帰ったゴビンが戻ってきて盗んだ可能性はない。

　──その時、わたしの全身に震えが走った。とてつもなく重要な、しかし正体のはっきりしない何かが脳裏をかすめた。いま、真実の一端が見えはしなかっただろうか。たちまち消えていこうとする思考の糸口を逃すまいと、わたしはいま聞いたばかりのことを繰り返す。

「ふだん、裏口には閂を掛けるんですね」

「そうです」

「ということは、外からは開けられない。でも、中からは、どうでしょうか。閂を引くだけで楽に開けられるのでは?」

　戸惑いつつも、チャメリははっきり言った。

「それは違います。簡単なものですが南京錠も掛けるので、わたししか開けられません」

と言った。

「いつもそうするんですね。……三日の夜もそうでしたか」

「三日ですか」

　チャメリの視線が宙をさまよう。

「王の葬儀の翌日です。わたしとラジェスワルが会った日。シュクマルさんがインターネットを使うので、ロビーで時間を計っていたはずです。あの晩も鍵を？」

何を知るべきなのか自分でもわからないまま、昂奮にかられて問いを重ねる。

「もちろんです。このあたりは治安がいいとは言えません。裏口といえども、誰もいないのに鍵を掛けないということはあり得ません」

「シュクマルさんは、電話にチャメリさんが立ち会わないこともあると言っていましたが……」

「少しくらいならそういうこともあります。ですがあの晩はインターネットに繋ぐということでした。わたしはよくわからないので、勉強にもなると思ってずっと立ち会っていました」

「時間はわかりますか」

チャメリは首を傾げた。

「警察にも訊かれました。数分のずれはありますが、だいたい六時から八時までです。なかなか繋がらず、時間がかかったのです」

そうか。再び戦慄が足元から立ち上り、頭上へと抜けていく。そうだったのか。なんてことだ。裏口に閂、そして鍵。これで警察の動きが理解できる。……そしてもう一つ、明白になったことがある。

言葉を失ったわたしを、チャメリが不審そうに見ている。

突然、

「くそっ！」

ひときわ大きく叫び、ロブが自分の太腿を叩いた。さっきまでのぼんやりした感じが消え、その表情ははっきりとしている。

「こうなった以上、悠長にバスチケットを待ってはいられない」

「ロブ、外出禁止令が出ているわ」

「わかってる」

手振りでわたしの心配を振り払う。

「ただ、このままじゃ俺は容疑者になっちまう。なんの後ろ盾もなく逮捕されたら、国に帰れない」

そんなことはない、とは言えなかった。

わたしを取り調べた痩せた警官や、バランやチャンドラは、かなり公正な取り扱いをしてくれた。チャンドラがほのめかしたことをそのまま受け取るなら、ネパール国内が混乱しているいま、国際問題までは抱え込めないという判断があったからだろう。そうであれば、アメリカ人であるロブはいっそう丁寧に扱われるはずだ。

しかし、それは人による話だ。明日には警察の姿勢が変わるかもしれないし、事件の担当者が変わるかもしれない。拳銃の持ち主がロブだとわかった時、彼もわたしのような扱いを受けるとは言いきれない。

「でも、じゃあどうするの」

ロブは肩をすくめた。

「アメリカ大使館に行く。結局はネパールの警察に行くことになるかもしれないが、少なくとも、いきなり拷問されることはなくなるさ」

「……なるほど」

それで本当に事態が改善するのかはわからないけれど、他に案があるわけでもない。わたしには、ロブの計画が上手くいくことを願うしかなかった。ただ、一つだけ助言した。

「行くなら、夜が明けてからの方がいい。外出禁止令は深夜零時までだけれど、それを過ぎたら警官たちがいきなり優しくなるわけじゃない」

ロブは素直に頷いた。

「夜明け、か」

そしてロビーの壁掛け時計を見て、彼は大きく天を仰ぐ。針は、十二時五十分を指している。

「くそっ。長い一日になりそうだぜ」

ロブとは意味合いが違うだろうけれど、わたしもまた、同じことを思っていた。

今日は、長い一日になるだろう。

# 19　ペンを構える

午後一時から、わたしの長い午後が始まった。

ナラヤンヒティ王宮事件について、六ページの記事を書く時が来た。

記事を書くには三つのステップがある。取材し、設計し、書く。取材する時は、いずれそれを記事に書くのだということは意識しない。それを意識すれば、想定した結論に合う事実だけを取材していくことになりかねない。とにかくいろいろ聞き、いろいろ読み、いろいろ撮る。

今回は語学の問題から、まだ聞けることがあったのではという悔いが残る。しかし締切まで数時間という現状にあっては、取材量に関してはもう割り切るしかない。指揮者レナード・バーンスタイン曰く、偉大なことを成すには二つの要素が必要だという。一つは計画。もう一つは時間、ただし不足気味の。

まずはノートに設計表を書いていく。まずカトマンズの素描から始めるのか、それともいきなり事件の概要から入るのか。公式発表をそのまま真実として扱うなら、国王や数多くの王族の死は、銃の暴発の結果ということになる。誰もそれを信じていないし、真相究明のための調査委員会が設置されたということは、ネパール政府でさえ暴発説を押し通すことを諦めていると考えていい。ならば暴発説には触れないのか、それとも、そうした発表があったことを書いた上で、市内では疑問の声ばかりを聞いたと書くか。

何を書くか決めることは、何を書かないのかを決めることでもある。どんな小さな出来事でさえ真実は常に複雑で、複数の立場がそれぞれの言い分を主張する。全ての主張を併記することは公平なことではない。ほぼ間違いないと見られている定説と、一人二人が言い張る新説とに同じ紙幅を割くことを、公平とは言わない。どれが定説でどれが裏付けのない珍説なのかを見抜こうとする時、専門家の意見は大いに役に立つ。けれど最後の判断を下すのは、記者だ。その責任から逃れることはできない。

記者は中立であれと言われる。しかしそれは不可能だ。自分は中立だと主張する時、記者は罠に落ちる。全ての事件について全員の言い分を際限なく取り上げることはできないし、するべきでもないからだ。記者は常に取捨選択をする。誰かの主張を書くことで、別の誰かの主張を無視する。それは紙面には現れないけれど、その選択において記者自身の見識があらわになる。主観で選択をしているのに、どうして中立などと言えるだろう。

書き方の問題もある。新聞ならば書き方は比較的決まっているが、わたしの記事が載るのは雑誌だ。ドキュメンタリー風に書くこともできるし、小説仕立てにもできる。まさに新聞記事のように書くという選択もある。わたしは、文章に関しては器用な方だ。どんな書き方にも合わせていける。それだけに、フリーになったいま、「太刀洗万智の書き方」の確立は急務だった。

ペンを構える。最初の一行は、ぼんやりと決めていた。ノートの白いページを開き、左上の隅に、小さく書く。

――カトマンズは祈りの街だ。

さて、二行目はどう続けようか?

ドアがノックされる。ふらりと立ち上がり、不用心にもそのまま開ける。銀の皿にサンドウィッチを載せて、チャメリが立っていた。

チャメリは何か声を掛けてくれたと思う。あまり記憶に残っていない。サンドウィッチの具は、チーズと茹でた鶏肉だったと思う。これもよく憶えていない。右手はひたすらにペンを動かし続け、目はノートを睨んだまま首を背けてサンドウィッチにかぶりついた。二切れのサンドウィッチを食べてしまったことに気づかず空の皿に手を伸ばすと、この六日間で伸びた爪がカチリと音を立てる。その硬質の音と軽い痛みで、集中が解けた。

ふっと息をつき、コップに湯冷ましを注ぐ。カフェインが欲しい。紅茶は街のあちこちで売っていたのだから、この時のために買っておけばよかった。チャメリに茶葉をもらおうか。それとも、八津田に玉露を売ってもらおうか。日本に帰ったら濃い抹茶を飲もう。

そして、なんだか妙に牛肉が食べたい。ヒンドゥー教を事実上の国教とするネパールでは、牛は食べられない。香辛料が利いた食べ物が続いていたのに不思議だけれど、いま食べたいのはビーフカレーだった。

洗面所に顔を洗いに行く。別のことを考え始めるのは、疲れてきた証拠だ。一度区切ろう。タオルで顔を拭きながら洗面所を出て、気がついてチェーンロックを掛けておく。書き物をするのに邪魔なので外した腕時計を見ると、七時半になっていた。こんなに時間が経っていたのかと驚いたけれど、考えてみればチャメリには七時にサンドウィッチを持ってくるよう頼んだのだから、この時刻は当たり前だ。

厚手のカーテンを開ける。空気を入れ換えようと、窓を開ける。

カトマンズは暗闇に覆われていた。狭い通りから見上げる空に、満天の星が見える。静かだった。七十万人都市とは思えないほど、風音の他には何も聞こえてこなかった。外出禁止令のせいだろうか。

そして、吹き込む風は水のにおいがした。空気に湿気が含まれている。雨が降ったようだ。雨期のカトマンズに来て初めての雨を、わたしはどうやら見過ごしたらしい。階下を見ても、トーキョーロッジの玄関から差す明かりだけでは、剝き出しの地面に水たまりができているかどうかはわからない。

大きく息を吸い、吐いていく。窓を閉める。

机に向かい、ペンを取る。仕事に戻る。

外出禁止令が解けた頃、記事が書き上がる。

ペンを置き、肩をまわす。首をまわし、手首をまわす。新聞社ではワープロで記事を書いていたから、手書きは久しぶりになる。加筆が多く多少読みにくいところがあるかもしれないが、そこは許してもらうことにしよう。

トーキョーロッジは静まりかえっている。チャメリには五時四十五分にFAXを使わせてもらう約束をしているから、彼女はたぶんもう休んでいるだろう。それに、急いで送っても日本も真夜中で、受け取る人もいない。いったん休み、夜明けに一読して推敲《すいこう》し、それから送ることにする。

設定温度を熱くしたシャワーを浴びる。土埃にまみれた体を洗い、さっぱりとした気分で寝床に入る。腕時計のアラーム機能を、五時十五分に合わせる。

明かりを消した部屋の中で、真っ暗な天井を見つめて思う。

仕事は片づけた。しかしまだ、この国を去るわけにはいかない。一つだけやり残したことがある。話すべき相手、訊くべき質問がまだ残っている。

ラジェスワル准尉を殺したのが誰なのか、わたしは知っている。

けれど、いまは眠ろう。この夜更けにできることは何もない。

全身がベッドに沈んでいく。

その感覚を最後に、わたしの意識は消えていく。

## 20　がらんどうの真実

明けやらぬ早朝のカトマンズで、わたしは日本にFAXを送る。

ノートに書いた記事は、枚数計算が面倒だ。パソコンで書いたものとは違い、自動でカウントされるわけではない。夜明けに原稿に向き合い、数ヶ所語尾や言いまわしを改めた後は、文字数のカウントをするだけの時間しか残っていなかった。

月刊深層で六ページ分の記事を書くために、ノートは十七ページを費やした。FAXに読み込ませるためにページを切り取り、二〇二号室を出る。

足音を忍ばせ、ゆっくりと階段を下りていく。チャメリはもう起きていた。僅かに微笑む顔つきには、少し寝不足の気配が残っている。もっとも、それはたぶんわたしも同じだろうけれど。

「おはようございます」

「おはようございます、チャメリさん。よろしくお願いします」

十七枚の紙束を渡す。受け取ったチャメリは内容にちらりと目を走らせたけれど、日本語で書かれた記事は読めなかっただろう。続いて、送り先の電話番号を書いたメモを渡す。

「では、送ってきます」

FAXは奥にあるらしい。チャメリは潜り戸の先に消える。

ほどなく、静まりかえったロビーに電子音が聞こえてくる。聞き慣れたFAXの送信音だ。送ってしまった。わたしの、フリーになってからの初仕事を。

フロントデスクに腕を置き、送信が終わるのを待つ。数分も経っただろうか。不意に階段を軋ませて、足音が下りてくる。

ロブだった。わたしの姿を見ると、ぎくりと身を強ばらせる。それから長い息を吐き、力なく笑った。

「やあ。見送ってくれるのかい」

「……いいえ」

潜り戸の先に目を向けて、

「原稿を送っているところよ」

「そうか。考えすぎたな」

ロブは大きなリュックを背負い、腰にもポーチを巻いていた。戻ってこられない可能性を考えて、持てるだけのものを持ったのだろう。

「大使館に行くのね」

「そうだ。早い方がいいだろうと思って」

「少しは休んだの？」

ロブは力なく、首を横に振る。

「いや。夜が明けてきたから、もういいかなと思ってね」

「そう」

アメリカ大使館がどれぐらいロブの助けになるのかは、わからない。それでも、後ろ盾があると思うだけで気の持ちようも違うだろう。

ロブは、自分の国を離れて少しだけ羽を伸ばそうとした、ふつうの旅行者だ。わたしは彼が嫌いではなかった。ゆっくりとカリフォルニアの話を聞く機会があればよかったのにと思う。

「まだ警察はあなたに気づいていないと思うけれど……」

言いながら、フロントデスクに乗せた腕を下ろし、大荷物を背負ったロブに向き合う。

「気をつけて」

彼は神妙な顔で頷いた。

「ありがとう。もしよかったら、宿の人に帰りが遅くなるかもしれないと伝えてくれ」

「わかった」

大きな手が、緑の鉄扉を押していく。朝の光が飴色の床に伸びる。

その後ろ姿に掛ける言葉を探したけれど、気の利いた言葉は思いつかない。「きっと大丈夫」だろうか。「上手くいくわよ」だろうか。

いや。これが最後の機会かもしれないのなら、他でもないロブに言うべきことは、これだった。

「ロブ」

手を鉄扉に当てたまま、ロブは肩越しに振り返る。

「なんだい」

「『INFORMER』という単語は、ふだん使う?」

ロブの眉が、怪訝そうに寄っていく。

「なんだって?」

「『INFORMER』。英語を母語としている人がふだん使う言葉なのか、気になってるの」

「ああ……。記事に使うのか」

そう早合点すると、ロブは扉から手を離した。ばたんと音を立てて鉄扉が閉じる。そして彼はその手を、無精髭が生えかけた顎に当てた。

「ふうん、『INFORMER』。そりゃ、意味はわかるよ。でも聞いたことないな」

「聞いたことがない?」

「間違いなく一度も、とは言わないけどね。要するにあれだろ、『言いふらすやつ』とか、『チクリ屋』って意味だろ?」

顎を撫でつつ、

「だったら『BETRAYER』とか、『SQUEALER』……。子供なら『TATTLE

TALE』とも言うかな。もちろん『INFORMER』でも間違ってない。辞書には載ってるだろうさ。だけど、そうだね。少なくとも僕には馴染みのない言葉だな」

　やはりそうだった。あるいは、と思っていたのだ。

　わたしは頷いて、言う。

「ありがとう、ロブ。助かったわ」

　ロブは苦笑いすると、

「どういたしまして」

　と言い、鉄扉を押し開け、今度こそトーキョーロッジを出ていった。


　チャメリはまだ戻らない。腕時計を見ると、時刻は六時になろうとしている。

　再び、足音が下りてくる。トーキョーロッジは、床は煉瓦が剝き出しで、足音は意外と聞こえない。けれど階段はよく軋む。今度は、見る前から誰のものかわかった。三階から聞こえてきた足音ではなかった。ということは、二階に投宿しているのはもうシュクマルだけだ。

　シュクマルは、白いシャツにクリーム色のジャケットを羽織っていた。髭も綺麗に整えられている。わたしを見て、おやという顔をした。

「おはようございます。……チャメリさんは？」

　挨拶を返し、潜り戸の先を指さす。

「いま、ＦＡＸの送信をお願いしています」

「なるほど。では、出直しますかな」

そう言いながら、シュクマルはデスクにもたれかかった。ちらりと横目でわたしを見ている。

「ひどい目に遭いましたが、ようやく帰国の目処《めど》が立ちました」

「では、お戻りになるんですか」

「ええ。チェックアウトしたら、車を出します」

ふと、ジャケット姿が気になった。

「運転もご自分でなさるんですか？」

「ええ、まあ」

「その恰好では疲れませんか」

シュクマルは自分の服装を見下ろし、それから声を立てて笑った。

「ははは、確かに何時間も運転する服ではありませんな。変わったところを気になさる方だ」

「すみません」

「最後に挨拶をする相手がいましてね。それが済めば、もう少し楽な恰好になりますよ」

なるほど。

シュクマルは立ち去ろうとしなかった。出直すと言ったけれど、ここでチャメリを待つことにしたようだ。世間話のように、訊く。

「シュクマルさん。ご商売の調子はいかがでしたか」

するとそれまで上機嫌だったシュクマルの表情が、みるみる苦いものになった。

「この情勢ですから、お話になりません。無事に帰れるだけで良しとしますよ」

それが本当なのか、顔色からはわからない。儲かっていると言えばふっかけられるので、どんな時でも取りあえず良くないと言っておくのは商人の習い性だ。インド人の習慣までは知らないけれど、たぶんそんなに違ってはいないだろう。

「それはお気の毒でした」

言いながらわたしもデスクに寄りかかり、少し力を抜く。

「ところで、カトマンズ土産を探しているんです」

「ほう」

「シュクマルさん。何か、売っていただけるものはありませんか」

一瞬、シュクマルの目が細まった。念を押しておく。

「そうですね。少しで構わないので、カトマンズならでは……というものがあれば、いいんですが」

「ふうむ」

一声唸ると、シュクマルはかぶりを振った。

「あいにくですが、私は仕入れの話をしに来たので、商品は持っていないのです。ここで絨毯を受け渡すわけにもいきませんし」

「でも、何かありませんか」

「そうですなあ。そこまでおっしゃるなら……」

シュクマルはにやりと笑った。

「では、一つお持ちしましょうかな。お待ちください、すぐに持ってきます」

早足で階段を上がっていく。鬼が出るか蛇《じゃ》が出るか。

ほどなく戻ってきたシュクマルは、右手を後ろに隠していた。どうだとばかりにデスクに置かれたのは、銀色の小振りなゴブレットだ。表面は、見惚れるほどに精緻な唐草模様で飾られている。

「どうです。銀ですよ」

「……なるほど」

「おや、お気に召しませんか？　いやいや、目を奪われているのは明らかです。ご覧の通り、並の細工ではありません。七千ルピーでどうです？」

「インドルピーは持ち合わせがありません」

「わかっています。もちろん、ネパールルピーで」

一ネパールルピーはおよそ一円。七千円の銀器は安くはないが、高すぎもしない。

それにしても綺麗な模様だ。わたしが気のない顔をしていたとすれば、他のものが出てくるかもしれないと思っていたからだ。

もう一度、言う。

「これはカトマンズらしいものですか？」

「ふむ」

シュクマルは気にするなとばかりに手を振った。

「私が見本に持ってきたインド製です。こう言ってはなんですが、カトマンズではここまでの品は滅多に見ません」

ここまで言ってもおくびにも出さないということは、シュクマルは大麻を扱ってないのだろう。……少なくとも、ふりの客に小売りはしていない。

となれば、後はネパール取材の思い出にこのゴブレットを買うかどうかという話になる。

「旅の思い出に七千ルピーは高すぎます」

シュクマルは心外だという顔をした。

「タチアライさん、私が法外な値段をつけたと思っていますね。私は実直な商人です。観光客相手に汚い商売をする連中とは違う。とはいえ疑われては仕方がない、六千五百ルピーではどうでしょう」

「いえ……」

「同じ宿に泊まり、同じ苦難を味わったじゃないですか。そんなあなたからお金を騙し取ろうとは思いません。これは本当に良い物なんです。六千二百ルピーなら、物を見る目のある人は誰でも喜んで買うでしょう」

「ですが……」

「ふむ、確かにこれは見本品でした。失礼、それを考えに入れないといけない。もう役に立った品ですから、これで儲けようと思ってはいけなかった。六千ルピーでは私は損をしますが、あなたにはいい思い出になるでしょう」

綺麗だ、欲しいと思ってしまった以上、わたしに勝ち目はなかった。さらにいくつかやりとりを交わし、わたしは唐草模様のゴブレットを五千八百ルピーで買うことになった。

自分の物になったゴブレットを持ち上げ、その模様をもう一度見ていると、チャメリが紙束を持って戻ってきた。

「タチアライさん、終わりました。すみません、なかなか繋がらなくて。通信は二分十秒でした」

そしてシュクマルを見て、

「シュクマルさん。ご出発ですね」

と言う。

先にシュクマルがチェックアウトの精算を始めた。わたしはFAXの電話代を払うためにその場で待っていた。チャメリとシュクマルのやりとりを見ながら、いま送ったばかりの原稿に目を落とす。

良く書けただろうか。昨日は一心不乱に書いた。今朝は、言いまわしや語尾のチェック、字数カウントぐらいしかできなかった。まだ客観的には読めていない。

チャメリとシュクマルは、何か楽しげに話している。精算には少し時間がかかりそうだ。ロビーの片隅のスツールに腰かけ、わたしは自分の原稿を読み始める。

……そうして、どれぐらい時間が経っただろう。

いつの間にかロビーには、明かり取りから入る日の光が満ちていた。シュクマルはいなかった。チャメリも姿を消していた。デスクの上には、いま買ったゴブレットが残っている。

そして、目の前に八津田がいた。黄色い袈裟を本式に巻き付けて。

八津田はゆったりと頭を下げ、言った。

「お疲れさまでした」

会釈を返す。

「ありがとうございます」

「満足のいくものになりましたか」

「実はまだ、よくわかりません」

わたしの言葉に、八津田は軽く頷いた。

「そうしたものです。……どうでしょう。朝の茶をご馳走させてはいただけませんか」

立ち上がって、わたしは微笑む。

「そうですね。ぜひとも、お願いします」

そうしてわたしと八津田は、四階の食堂でふたり差し向かいに座る。

テーブルの上にはブリキのコップが二つ、中には玉露が注いである。大きな窓の外で、清々しく朝が明けていきつつある。薄い青空はひとひら、ふたひらと雲が浮くばかりで、結局わたしはこの国で雨を見ることはなかった。

八津田は、手近なテーブルに箱を置いていた。紫の風呂敷に包まれている。彼はそれを部屋から持ってきたが、中身については何も言わなかった。わたしたちは無言で茶を飲んだ。異郷で出会った、年の離れた友達のように。

先に口を開いたのは、八津田だった。

「昨日は、警官と取材をなさったようですね」

それには理由があった。しかし、やはり記者らしくない振る舞いではある。答える声は小さなものになった。

「よくご存じですね」

込められた屈託を知ってか知らずか、八津田はわたしの小声を別に解釈した。

「千里眼と言いたいところですが、サガルが教えてくれました」

「サガルが。そうですか……」

「なんでもよく見ている子です。あなたが警官にいじめられるのではないかと、心配していましたよ」

結果的には、サガルの言うとおりだったのかもしれない。

「あの子にはあとで、無事を伝えておきます」

八津田はゆっくりと頷いた。

「それがいいでしょう」

二度、三度と分けて茶を飲み、八津田は言葉を続ける。

「取材の成果があったようで、何よりでした」

「それが」

苦い思いが込み上げる。

「わたし自身が巻き込まれたわけですから、軍人が殺されたことを取り上げられないかと取材したのですが、記事にはなりませんでした」

「ほう」

「彼……ラジェスワルの死は、王宮での国王や他の王族たちの死とは関係がないと考える理由が見つかったので」

八津田の濃い眉がぴくりと動き、彼はコップを置いた。

「そうでしたか。……私は記者という人種に縁がありませんでな。失礼なお尋ねだったら許していただきたい。そういう時、せっかくの話が惜しいとはお思いにならないものですか」

訊かれて初めて、「惜しい」という感慨も持ち得たのだと気づく。思いも寄らないことだった。失礼だと思うよりも、わたしはむしろ驚いた。

「いいえ。それはまったくありません」

「そういうものですか」

「ぎりぎりで誤報を防げたのですから、ほっとするばかりです」

「なるほど」

そう呟き、八津田はふと付け加えた。

「山を越えたようですね」

今回の王宮事件に関する取材の山は、確かに越えた。しかし八津田が言っているのは、そういうことではなかっただろう。もっと、全体的な話だ。

わたしは顔を上げ、八津田も同じようにした。目が合う。深い黒の瞳だった。苦労と年齢のせいだろうか、その目はどことなくくたびれて見えた。

八津田は言った。

「顔が変わりました」

「表情に出ていましたか」

「いいえ。でもやはり、変わりました」

他の人からも、同じことを聞いた。

「サガルもそう言っていました」

「そうですか。鋭い子ですから、何かを感じたのでしょう」

「八津田さんは何を感じたのですか?」

「なあに。どことなく、です。年の功でしょうかな」

わたしは何か変わったのだろうか。二人の人間が言うのだから、たぶんどこか変わったのだろうけれど。戸惑うわたしを愉快そうに見ながら、八津田はまたコップを持ち上げる。

緑茶のカフェインが身に染みて、寝不足気味の意識を起こしていく。今後もし海外で取材をする機会があったら、絶対に緑茶を持っていこう。それとも、検疫で引っかかるだろうか。

八津田が不意に長い息をついた。

「……それで、帰国の目処は立ちましたか」

頷く。

「はい。折り返しの連絡待ちですが、問題なくFAXが届いていて記事にOKが出れば、チケットが取れ次第今日の午後にでも発ちたいと思っています」

「性急ですな」

わたしは少し口許に笑みを作る。

「長逗留で、手持ちの現金が尽きそうです。クレジットカードがありますから心配はしていませんが……」

「カードで買えるものばかりではない、と」

「はい。午後からだとトランジットで一泊することになりそうですが、記事のチェックはどこでもできるので」

「たいへんなお仕事ですな。どこに行っても逃げられない」

「最近は携帯電話のせいで、ますますそうなりました」

軽口を交わす。八津田も薄く笑っていた。

「なるほど。そんなものでしょうな」

そして彼は、小さく咳払いして言った。

「私も、この国を出ようと思っています。シュクマルさんの車に、乗せていただけることになりました」

少し驚いた。

「シュクマルさんは、そんなことを言っていませんでしたが……」

「言う必要がなかったからでしょう」

なるほど。それもそうだ。

八津田は俯き、見るともなしに自分の手元に目を落としている。

「ビレンドラ国王を失い、今後この国がどうなるのか心許ないものがあります。カトマンズにいるとわかりませんが、国土の何割かは既にゲリラの手に落ちている。これから内戦か弾圧か、そうしたことが激化するのは目に見えています」

わたしは頷いた。新国王への不信感はひしひしと感じるし、それは詰まるところ、王室の求心力の低下に繋がるだろう。反政府ゲリラが活発化するだろうというのは、妥当な予想だ。

「坊主としては悲しむべきことですが、といって何ができるわけでもない。前々から祇園精舎《ぎおんしょうじゃ》に参りたいと思っていましたが、今回のことはその良い機会だと思うことにしました」

「祇園精舎。残っているのですか」

思わず聞き返した言葉を聞いて、八津田は何を当たり前のことをといった顔になる。

「ええ。まあ、昔の形ではありませんが」

茶を飲み、照れ隠しに紛らわせて訊く。

「ネパールには、九年いらしたと伺いました」

「そうですな……」

八津田は僅かに視線を天に向ける。

「あっという間だった気もします」

「馴染んだ土地を離れるのは、おつらいでしょう」

しかしそれには、彼ははっきりと首を横に振った。

「むしろ少し、ほっとしているような気もします」

それはどういう意味かと訊く間も与えず、八津田は不意に手をテーブルの下に引き、真顔になった。

「それで、しつこいお願いでまことに心苦しいのですが……。帰国のご予定が決まったなら、あの話をもう一度考えていただけませんか」

わたしの後頭部が、ちりりと反応する。

あの話というのがなんのことかは、すぐにわかった。

「仏像のお話ですか」

「そうです」

言いながら八津田は手を伸ばし、傍らのテーブルに置いていた風呂敷包みを持ってくる。

「お荷物の邪魔にはならないと思いますが……」

気持ちを固める。右手を伸ばしつつ、

「拝見してもよろしいですか」

と訊く。

「どうぞ」

返事を受けて、紫色の風呂敷を解いていく。手ざわりのいい布地だった。絹だろうか。包まれていたものは、無骨に見えた。何重にも巻かれた緩衝材の奥に、僅かに仏像らしい木の色が見えている。よくは見えないけれど、細工の多い阿修羅《あしゅら》や千手観音ではなく、ごくふつうの合掌像のようだった。

手に持つ。……軽い。

緩衝材の奥に、仏像の表情を見ようと目を凝らす。しかし霞を透かし見るようで、怒っているとも微笑んでいるとも、像の正体を見極めることはできなかった。

わたしは呟いた。

「やはりこれが動機なのでしょうね」

「いま、なんと？」

仏像を風呂敷の上に戻す。

コップを少し脇に押しやる。

「実は、八津田さん。仕事抜きで、ぜひともあなたにお尋ねしたいことがあるのです」

「私に？　はて……なんでしょう」

「はい」

八津田は怪訝そうに眉を寄せる。その目に警戒の色が宿るのを、わたしは見たと思った。

カトマンズは既に目覚めているはずなのに、トーキョーロッジは静かだった。わたしの声ばかりが、空色の壁に囲まれた食堂にあった唯一の音だった。

「教えてください。――ゴビンくんは、無事ですか？」

わたしは八津田の顔を注視していた。この瞬間、どんな僅かな表情の変化でも、見逃すはずはなかった。

しかし、歳月の中でしわが刻まれていった顔には、なんらの感情も表れなかった。初めてここで会った時と同じく、無関心な、半眼の顔つきがそこにあった。

その口がゆっくりと開いていく。

「ゴビン」

八津田は少し、身じろぎをした。

「客室係の子供ですな。その安否を、なぜ私が知っていると思うのですか」

つまり八津田には、すんなりと話してくれるつもりはないのだ。あるいは、ものにこだわらない率直な答えが返るかもしれないと期待していたけれど、そうはいかなかった。

ならば追い詰めていくしかない。

「……ロブ、二〇三号室のロバート・フォックスウェルの部屋から、拳銃が盗まれました。その手伝いをしたのがゴビンです。それがわかったのでロブが追及に向かいましたが、ゴビンの姿はありませんでした」

「ほう」

「一昨日から警官が来るようになったので、口封じをされたものだと思っています」

深く背もたれに体を預け、八津田が億劫《おっくう》そうに言う。

「ゴビンくんは、仕事を休んだだけでしょう。騒ぐには当たらないと思いますが、あなたはそうお思いにならない。やはり日本から来ると、無断欠勤は恐ろしく思われるようですな」

「八津田さん。ゴビンはただ仕事を休んだのではなく、レジのお金を盗んだのです。もう戻ってこないだろうと、チャメリさんは言っています」

彼は、盗みのことは知らなかったのだ。太い眉がぴくりと動く。

しかし決定打には及ばない。八津田の声に動揺は現れなかった。

「……では、チャメリさんの言うとおりなのでしょう。私には関わりのないことだ。もちろん、あの子がいなくなったことは心配ですが」

「いいえ。あなたに関係のある話です」

「それは？」

「ロブの拳銃を盗んだのがあなただからです」

八津田の目が、一瞬すっと細くなった。

「理由を訊いてもよろしいですか」

気を呑まれないよう、腹に力を入れる。

「往生際が悪い、と申し上げます。拳銃が発見されました。それがロブの部屋から盗まれたものだということも、既に確認しています。逃れる道はないとお思いになりませんか。拳銃が盗まれた六月二日の深夜十一時過ぎ、ロブとわたしを除けば、このロッジにいた客はあなただけです。シュクマルさんは、酒を飲むために外に出ていた。シュクマルさんの帰りを待つため、入口はチャメリさんが見張っていました。ロッジの外から誰かが盗みに入ることはできません」

八津田の余裕はいささかも崩れない。

「なるほど。それでは、疑われてもやむを得ないかもしれませんな。しかし、私にそれができたかどうか。たとえば……ロブくんは、部屋に鍵を掛けなかったのですか」

「掛けていました」

「そうでしょうな。彼は王宮での一件以来、ひどく神経質になっていた。鍵を掛けなかったわけはない。まさか、扉一枚どうとでもなる、とは言いますまいな」

どうとでもなる、とは思わない。しかし、どうにもならないほど堅固な障壁でもない。

「このロッジの鍵は、単純なシリンダー錠です」

「私が鍵開けをしたというのですか」

ロブがわたしの部屋を、サガルに頼んでピッキングしたことを知っているのだろうか。八津田は僅かに口の端を持ち上げる。

「それは難癖というものでしょう」

確かに、二〇三号室の鍵にピッキングの痕跡は残っていなかった。必ず痕跡が残ると決まっているわけではないけれど、かといって不正解錠がなかったという根拠にもならない。

しかしわたしは、ピッキングのことは何も言うつもりはなかった。首を横に振る。

「いいえ。シリンダー錠なら、鍵の複製を作ることも容易だと言いたかったのです。八津田さん。わたしには一つ、気に掛かることがありました。なぜあのとき鍵が鳴ったのか」

「鍵が鳴る……？」

鸚鵡《おうむ》返しに言った八津田の表情に、初めて影がよぎった。乾いた唇が引き結ばれる瞬間を、わたしは見逃さなかった。彼は、自分の失策に気づいたのだ。

「四日の夜、警察から解放されたことをあなたにお伝えした後、今日のようにお茶をご馳走になりました。本当に嬉しかった……。しかしいま言いたいのは、その後です。食堂を出てあなたが部屋に戻る時、わたしは確かに、鈴のような音を聞きました」

三〇一号室の前に立つ八津田が懐から鍵を出した時のことだ。ちゃりり、という澄んだ音を思い出す。綺麗な音だった。

二〇二号室の鍵を取り出す。客室のシリンダー鍵には、木製のキープレートが麻紐で結びつけられている。

「これを振っても、金属音はしません」

麻紐の部分をつまんで左右に揺する。鍵とキープレートがぶつかると、こつりという音が鳴る。

「鈴のような音が鳴るのは、鍵が複数あった場合です。あなたはこのロッジの三〇一号室に戻るのに、鍵束を取り出した」

あるいはキーホルダーを金属の物に付け替えた場合でも、金属音は鳴る。しかし宿の鍵のキーホルダーを付け替えたと主張すれば、説明にはよほど苦慮することになるだろう。八津田は、じっとわたしの鍵を見ている。

「チャメリさんから聞いています。あなたはこのロッジに長年滞在していますが、同じく定宿にしているシュクマルさんが二〇一号室を愛用しているのとは違い、あなたはしばしば部屋を替えると。つまり、それぞれの部屋の鍵を手にする機会があったということです。それはつまり、あなたは二〇三号室の鍵を複製できたということでもある」

問い詰める言葉の弱い部分に気づいたのか、八津田はかぶりを振った。

「私がなぜそんなことを。過去はともかく、私がいま投宿しているのは三〇一号室です。いずれアメリカ人が二〇三号室に銃を隠すことを予知していたとでもいうのですか」

「いえ」

わたしは真正面から、憎形の八津田を見据える。

「二〇三号室だけではありません。……あなたは、全ての部屋の合鍵を作ったのでしょう」

視線が交錯する。空気が張り詰める。

凶悪な何かが急速にふくれあがるのを、わたしは感じた。

しかしその緊張は、不意に弛緩した。八津田が苦笑いをしたのだ。

「無茶をおっしゃいますな」

彼は、わたしがそう思った理由を問わなかった。……それは、この方向を追及されることは八津田にとって不利だということを暗示してもいる。

一つ長い息を吐き、八津田は「まあ、よろしい」と言った。

「私には機会と方法がある。あなたがそう考えた理由は、わかりました」

そしてコップに手を伸ばし、旨そうに茶を飲む。ことりとコップを置き、八津田は目を上げる。

「しかし、見落としがありますな」

「なんでしょう」

「あなたは、二日の深夜に宿にいたのはロブくんとあなた、そして私だとおっしゃった。しかし、疑いを掛けるわけではないが、チャメリさんもいたではありませんか」

やはりそこを衝いてきた。予想済みのことだ。

わたしはもう、茶には手をつけない。

「ラジェスワル准尉が射殺された時、チャメリさんはシュクマルさんの電話代を計るため、彼につきっきりでした。違います。彼女ではありません」

わたしはこのことを知らなかったのだ。さっき聞いて、全てのパーツが揃ったことを悟った。

八津田は笑った。

「待ってください。理屈が飛躍していることに、まさかお気づきになっていないわけではないでしょう」

「といいますと」

「決まっている。拳銃を盗むことと、それを用いてラジェスワルを撃ち殺すことは違う」

ラジェスワルという人名の発音が、かねてから口に馴染んでいたように滑らかだった。しかしそれはなんの証明にもならない。ラジェスワルは戦友の妻が経営するこのトーキョーロッジを頻繁に訪れていて、八津田は何年もここにいる。両者に面識があること自体は不自然ではない。

外堀は、別の方向から埋めなくてはならない。

「いいえ。ロブの拳銃は、ラジェスワル准尉を撃つために盗まれたのです。少なくとも、彼との対面に備え、脅迫か護身に用いるために」

実際には、拳銃を盗み出す時点では、射殺までは考えていなかったと思う。

ゴビンを用いてロブを誘い出すやり方は、必ず成功するとは限らない。わたしが取材から戻らないかもしれないし、戻ってきた時にはロブが寝ていたかもしれない。ゴビンの伝言が嘘だと知ったロブが、ただちに二〇三号室に戻るかもしれなかった。銃を盗んだ人物は、綿密な殺人計画に則って凶器を入手しようとしたのではない。上手くいって銃を手に入れられれば心強いという、そのぐらいの目論見《もくろみ》だったのだろう。

「でなければ、何者かがたまたまロブの拳銃を盗む気になり、ゴビンに伝言を託すことでロブをおびき出し目的を果たした後、別の誰かが銃を受け取ってラジェスワル准尉を射殺したことになります。この場合、銃を盗んだ人間が果たしている役割は、武器の手配ということになるでしょう。この街で宿泊業を営んでいるチャメリさんが、わざわざ客の部屋から武器を調達するというのは頷けない話です」

一拍置いて、続ける。

「それに、彼女は一階でシュクマルさんの戻りを待っていました」

「ならば好都合では？　ロブくんとあなたが二階からいなくなれば、二階は無人になるのですから」

「もっともです。……わたしたちが二人とも四階に移動したことを、一階から確実に知る方法があれば、ですが」

「ふむ」

「あの晩、わたしとロブが四階でテレビを見たのは偶然です。わたしは取材で戻らないかもしれなかったし、ゴビンの伝言が嘘だと知ったロブが早々に部屋に戻るかもしれなかった。奸計《かんけい》が上手くいき、わたしたちが四階に上がったことを容易に知ることができたのは、三階に泊まっているあなたです」

八津田はゆっくりと背を起こし、片腕をテーブルに置いた。僅かな距離の縮まりを、わたしは内心で恐れる。しかし動揺は顔に出なかったはずだ。何が起きても顔色を変えない、ずっとそう言われてきたのだから。

「チャメリさんは銃を盗むことができたが、ラジェスワルを撃つことはできなかった。シュクマルさんは銃を盗むことも、ラジェスワルを撃つこともできなかった。……あなたは、そのどちらもできたのです」

八津田は首を捻り、まだ髭を剃っていない顔をぞろりと撫でた。

「参りましたな」

低い声で、そう言う。

「お話を聞けばもっともです。私も、自分が銃を盗んで人を撃ったのかもしれないと思い始めるほどに。しかし、なぜですかな。なぜ、この街でただ心静かに生きていきたいだけの私が、この国の軍人を撃たねばならんのですかな」

「さあ」

「さあ、ときましたか」

「人の内心のことまでは、わかりませんから。……ただ」

言いながらわたしは、八津田の手の動きに注意している。右手は袈裟から出て、テーブルの上にある。しかし左手は黄色い布に覆われ、どこにどう置かれているのか、はっきりとはわからないのだ。

「推測はできます」

わたしの手は、さりげなく、しかし速く動いた。紫色の風呂敷の上にある仏像を、手元に引き寄せる。

小さな仏像は厳重に梱包され、表情さえうかがい知れない。

「これ、ではないでしょうか」

一瞬だけれど、八津田の口許が引きつる。

やはり、そうなのだ。信じたくない気持ちはあったけれど。

仏像に目を落とす。あまりに痛々しい姿だ。なんという名前の仏なのかは知らないけれど、こんなにビニールを巻かれては息もできないだろう。

「あなたはこの仏像を、最初は天ぷら屋の吉田さんに、後にわたしに、日本まで運ばせようとした。ラジェスワルは大麻の密輸に関わっていた」

顔を上げる。

「八津田さん。あなたが、ラジェスワルの相棒だったのでは？」

反応は、一瞬遅れた。

「何を……」

畳みかける。

「おかしいとは思っていました。あなたは何年もこの国にいると言いましたが、托鉢に出ている様子もありません。ネパールの物価は日本ほどではないとはいえ、それでも日々の生活費は出ていきます。僧侶でも霞を食べて生きていくことはできない。何か、収入の当てがあるはずなのです」

八津田の顔から表情が消える。

「もう一つ。大麻の急性中毒は重いものではありますが、峠を越した後も何日間も身動きが取れなくなるわけではありません。それなのに、なぜ吉田さんには仏像を渡せないと言い出したのか？」

最初に仏像を託されそうになった時は、そこがわからなかった。いまなら、わかる。

「においが問題だったのですね」

そう言いきっても、八津田は身じろぎもしない。

「当然彼の体には、大麻のにおいが染みつきました。その状態で、あなたから託された仏像を持って帰国することになる……。空港で麻薬犬に引っかかるリスクを嫌ったのでは？」

何かを言いかけて、八津田は口を閉じる。コップを持ち上げ、ことさらゆっくりと、それを口に運ぶ。

「それこそ、推測でしょう」

しかしその声には張りがなかった。自分の言い分が通るとは思っていない、いちおう言ってみただけという言葉だった。

「はい。推測です」

しかし、それを裏づけるものが手の中にある。

「お認めにならないということでしたら、この仏像を検めます。ご安心ください、前職で美術品を扱う機会もありました。傷一つつけないことをお約束します」

答えは返らない。

わたしは仏像を両手で捧げ持つ。

「八津田さん。わたしは、あなたを告発したいわけではありません。ただ、先ほどの質問に答えていただきたいだけなのです。もう一度お尋ねします。……ゴビンは、無事ですか」

風が吹き込む。土のにおいが濃い、カトマンズの風が食堂で渦を巻く。

強ばっていた八津田の表情が、緩んでいった。

「仏心ですな」

その口ぶりに僅かな揶揄《やゆ》を感じ取ったのは、わたしの引け目のせいだったろうか。八津田はテーブルから腕を下ろし、また深く背もたれに体を預ける。柔らかな笑みが浮かんでいる。

「あなたがあの子のことを心配する気持ちは尊いものです。ご心配なく。あの子は無事です。五百ドル渡し、ここには近づかないように言いました。充分な金を渡したはずなのにレジの金にも手をつけるとは、いやはや手癖の悪い子供です」

認めた。出会った時と変わらない、穏やかな物腰のままで。

目を細くして、八津田はコップを傾ける。既に緑茶は飲み干していたらしく、そっと置き直す手つきに未練があった。

「その仏像を下ろしてくれませんか。大事なものなんです。……それの中身を日本に送らないと、私はずいぶん怖い目に遭うんですよ」

言われるがまま、仏像を風呂敷の上に戻す。

「ご想像の通りです。私はこのロッジを根城に、ラジェスワルと組んで何十キロもの大麻を日本に送り込んできました。なにしろ名前がトーキョーロッジです。もの好きな日本人バックパッカーがずいぶん近寄ってきました。チェックインとチェックアウトを繰り返して全ての客室の合鍵を作ってしまえば、後は楽な仕事です。会話だけではわからない相手の素性を摑めますし、場合によっては弱みも握れる」

「わたしの部屋にも入ったのですか」

「さて……ご想像にお任せしましょう」

入っていないはずがない。彼はわたしを運び屋にしようとしていたのだから。けれど、ロブが銃を探しに侵入した時とは違い、わたしは何も気づかなかった。

訊いておくべきことは他にもあった。

「チャメリさんも仲間ですか」

八津田はうっすらと笑い、首を横に振る。

「いいえ。薄々感づいてはいるでしょうが。もっとも、良い口実ではありました。チャメリさんが戦友の夫人だという理由がなくては、ラジェスワルの訪問は疑いを招いたでしょう」

サガルは、ラジェスワルはチャメリを口説きに来ていると言っていた。しかしそうではなかった。別の目的があった。

密輸の相棒に連絡を取るためだったのだ。メモを残すなり、符牒《ふちょう》を示すなり、何らかの方法で。

優しげにさえ見える目が、わたしに向けられる。

「一つ教えましょう。あなたは、ラジェスワルの死が国王の死とは関係がないと言った。しかし、そうでもないのです」

「……どういうことですか」

八津田は空のコップを振った。その仕草は、この国がこれから揺れることを暗示しているように見えた。

「ビレンドラ国王が亡くなり、これからこの国は大いに混乱するでしょう。それを見越して、ラジェスワルは手を引こうとしました。動乱の中でも地位を守り、政権が代わることも見通して動かねばならない。そのためには密輸という弱みを残しておくのは不都合だというわけです。しかしこちらは、それでは困る。期日までにきっちりと、約束の量を送る。それができなければ危ういのは私だ」

「あなたは、ラジェスワルに釘を刺そうとした」

「そうです。二日の昼、連絡が来ました。なんの話かはわかっていました。そして、もしラジェスワルが本気で手を引くつもりなら、荒事になりかねないということも。彼に密輸をやめられたら困りますが、自分が殺されるのはもっと困る。いずれにせよ、穏やかな話し合いになるわけがないから、身を守るものが欲しかった。それで、あのアメリカ人が自慢していた拳銃に目をつけました。これまで必要がなかったので私自身は銃を持っていなかったし、ラジェスワルに気取られずに急いで買いつける方法もありませんでしたから」

これまで必要がなかった。その言葉に、わたしは別の意味を感じる。汚れ仕事が必要になれば他の誰かが、おそらくラジェスワルが引き受けていたのだろう。

「ところでラジェスワルは、あなたが密輸の実態を調べに来たのではないかと疑っていました」

「えっ……」

「お気づきになりませんでしたか」

愉快そうに言う。

しかし言われてみれば、納得できることが多い。この国が未曾有《みぞう》の状況に直面している中で、ラジェスワルはなぜ取材に応じたのか。会う時間を作ったのに、なぜ取材そのものは受けようとしなかったのか。なぜクラブ・ジャスミンだったのか。

八津田が莞爾《かんじ》と微笑む。

「もしあなたが密輸の話を持ち出したら、始末するつもりだったようです。よろしゅうございましたな」

産毛が逆立った。

「クラブ・ジャスミンは、いつもの打ち合わせ場所でした。ラジェスワルはダミーを介して電気代を払い、あの場所を恰好の隠れ家として使っていたのです。六時半に会って、手を替え品を替え説得するも、やはり押し問答になりました。やめる、続けろと口論するうちに、だんだん雲行きが怪しくなる。ラジェスワルは歴戦の軍人、まともに取っ組み合っては話になりませんからな。不意を打つ必要がありました」

そして彼は袖を振った。黄色い袈裟が波打つ。

「太刀洗さん。私の袈裟の着方を気にしていましたね」

黙って頷く。八津田はいま、複雑に布を巻き付ける本式の着方をしている。最初に会った時は、別のもっと簡略な着こなしだったはずだ。八津田はその理由を、追悼のためと言っていた。

「不思議に思いませんでしたか。国王の追悼のためなら、二日の朝から本式の着方をしなければならない。しかし私が略式をやめたのは三日の夜からです。あなたは四日に気づきましたな。しかし踏み込んで考えはしなかった」

……そうか。

答えは、ずっとそこにあったのだ。わたしはまわり道をしていた。

「この袈裟は便利なものです。一枚の布で済みますし、どこにでも着ていける。そしてこうしたゆとりのあるものなら、何かを隠し持つにも役立ちます」

八津田は布地が重なる部分をずらしていく。

見抜けていてもよかった。右の脇腹付近に、小さな穴が開いていた。

「袈裟の内側に銃を隠し持ち、話がこじれたら、いつでも撃てるようにしていたのですね」

布地に押し当てて引き金を引く。弾は一瞬で袈裟を撃ち抜き、そこから吹き出したガスがラジェスワルに発射残渣を残した。

八津田は何も言わずに頷いて、穏やかな眼差しを向けるばかり。

わたしは、ぽつりと訊いた。

「なぜそこまで教えてくれるのですか」

「なに。敢闘賞です。あなたがこれからペンとカメラで生きていくなら、こんな話も何かの役に立つでしょう。私は逃げます。ラジェスワルの仲間も、日本で私の送る麻薬を受け取っていた人間も、もちろん警察も怖いですから。まあ、もう会うこともないでしょう」

八津田は腰を浮かせる。シュクマルの車に同乗し、午前中のうちにカトマンズを離れる算段は既にまとまっているという。

止めることはできない。いま止めれば、彼は腕力でわたしをねじ伏せるだろう。わたしも、多少は腕に覚えがある。しかしいま殺人を告白した人間と、差し向かいで戦えるほどではない。彼が、おそらく麻薬を内に仕込んだ仏像を取り上げる時も、見ているしかなかった。

ただ、一言だけ言う。

「八津田さん。わたしは……あなたの言葉に救われました。残念です」

立ち去り際、八津田はふと足を止める。わたしの背中側から声が聞こえる。

「そうそう。あなたにはもう一つ、伝えておきましょうか」

「……」

「昨日ロブくんから話を聞いた時点であなたは、ゴビンくんの口封じをしたのは私だと察していましたね」

わたしは答えず、頷きもしなかった。しかしその通りだ。気づいていた。

「しかしあなたは昨夜、自分の仕事を先になさった。仕事が済むと疲れてゆっくりと眠り、今朝になって手が空いてからようやく、私にゴビンくんの安否を尋ねましたな」

「いえ……」

「なるほど間違ってはいない。私がもしゴビンくんに手を下していれば、昨夜どう騒いでも手遅れだ。あなたはその正しさに身をゆだねることができた。しかし、恐ろしい判断だったとはお思いになりませんか。

太刀洗さん。あなたは冷ややかな素振りの内側に、純粋な思いを秘めている。それは尊い。しかしさらにその奥底には、ひとごろしの私もおののくほど冷たい心がある」

手の中で、幾重にも梱包された仏像が微笑んだ気がした。

「ラジェスワルは誇り高き軍人であり、同時に金に汚い小心な密売人でした。私はトーキョーロッジを訪れた多くの同胞に御仏の話を伝え、裏では、彼らに大麻を持たせて日本に運ばせる算段をつけてきました」

同じことを誰かが言っていた。……当たり前のことじゃないか。あんた、知らなかったのか。

暗い声が、遠くから響くように耳に届く。

「どうぞ心なさい。尊さは脆く、地獄は近い」

「八津田さん！」

耐えかね、振り返る。

しかしそこにはもう、下へと続くがらんどうで真っ暗の階段があるばかりだった。

## 21 敵の正体

カトマンズの街はとうに動き出している。

ガネーシャの祠には香料と赤い花が捧げられ、幾万の日干し煉瓦で組み上げられた古い街並みには、白や緑や鮮やかな橙の洗濯物が翻っている。吹きつける風は乾ききって土埃をはらみ、道行く人はマスクや袖で顔を覆っている。どこかから誰かが祈る音楽が聞こえる。籠に野菜を詰めた老女が、トーキョーロッジの前でまぶしげに空を見上げるわたしに、怪訝そうな眼差しを向けてくる。

さっき、日本から折り返しの電話があった。原稿にはOKが出た。フリーライター太刀洗万智の初めての記事は、間もなく世に出る。

電話口で、月刊深層の牧野はこう言った。

「地味な記事になったけど、俺はこっちの方が良かったと思うよ。記事は派手にしようと思うところから腐っていくもんだ。なんて、そんなことはお前も知ってるか。お疲れさん。ゆっくり休んでくれ」

休むよりも、この国を出るための手配をしたかった。カトマンズを囲むヒマラヤの山々は息を呑むほどに美しく、この興味深い街にはまだいくらも見所があるのだろうけれど、いまのわたしに必要なのは自分の部屋の自分のベッドだった。しかし街は動き出しているのに、旅行代理店はまだ店を開けていない。隙間のような時間、わたしは路地に佇んでいた。

小さな人影が近づいてくる。サガルだった。彼がどこから出てきたのか、空を見ていたわたしにはわからなかった。

「済んだのかい」

と、サガルが言った。視線を下ろし、わたしは頷く。

「ええ。終わった」

「そりゃあよかった」

日焼けした顔を無邪気にほころばせ、サガルが白い歯を見せる。その笑顔を見ていると、もう少しだけ、この街にいてもいいかもしれないと思えてくる。

サガルはロブに雇われ、わたしの部屋の鍵を開けた。そのことへの恨みはなかったし、どうしてそんなことをしたのかと訊く気もなかった。ロブは報酬を出し、サガルはそれを受けただけだ。被害はなかった一方で、わたしは教訓を得た。シリンダー錠を信用してはならない。

「少し歩かない？」

そう誘うと、サガルは驚きもせず、頭の後ろで両手を組んだ。

「歩くと、何かいいことあるかい」

朝食をご一緒にと言いたいところだけれど、ネパール人の食事は朝の十時頃と夜の七時頃の二回が一般的だ。八津田が、そう教えてくれた。とはいえ、一週間の滞在でなんとなくわかってきたこともある。ネパール人の食事は一日二回だけれど、彼らはよく間食をする。

「モモか、セルロティをご馳走する」

サガルはにやりと笑った。

「セルロティがいいな。カトマンズで一番の店を教えてやる。ついてこいよ」

そしてわたしたちは連れだって、古い街を歩き始める。

トーキョーロッジが建つ路地は、それほど人通りが多くない。けれどこの朝、多くの人が荷物を抱えて行き交っている。甕《かめ》を頭に載せた女や、重そうな麻袋を抱えた男とすれ違う。王家の悲劇が明らかになった直後に見られたような、新聞を中心にひたいを寄せ合う男たちの姿は見られなかった。街は落ち着きを取り戻しつつある。

背の高い建物がせめぎ合う街の中に、ぽっかりと四阿が現れる。あれがパティというフリースペースなのだと教えてくれたのも、八津田だった。石造りの階段には、紫や桃色の毛布が掛けてある。地べたに置いているだけのように見えるけれど、あれは洗濯物を干しているのだ。カトマンズには昨日、午後いっぱい外出禁止令が出ていた。誰もが、半日分滞った生活を取り戻さなくてはならない。

賑わいが近づいてくる。インドラ・チョクに向かっていることはわかった。道幅はだんだんと広くなり、家の前に壺や帽子や、売り物が並ぶことが増えてくる。混雑のただ中で言葉も交わせなくなる前に、わたしは訊いた。

「ねえ。あなた、ゴビンを見かけた?」

「俺は見てない。でも」

息が詰まるようなやりとりでようやく確かめたゴビンの安否を、サガルは事も無げに答える。

「噂は聞いた。どうやったのか、儲けたらしいってな」

そして、無理に笑うような声で付け加える。

「なら、もう戻ってこないさ」

ゴビンはサガルに別れを告げなかったのだ。また会えると思っているからか、それとも、彼らの関係はそうしたものなのか。

「どこに行ったか知っているのね」

「さあな。でも、これからあいつが行く場所はわかってる」

そう言って、サガルはわたしの顔を見上げる。大人びた顔に表れているのは、さみしさだったろうか。たぶん、そうではない。サガルはゴビンが大金を摑み消えたことを、少なくともさみしくは思っていない。

「どこ?」

当たり前のことを訊かれた不満が、露骨に表れる。

「学校さ。あいつは学校に行きたがってた」

「……そう」

サガルは大きく足を蹴り出した。

「俺だってな。兄貴さえ生きていてくれたらと思うよ」

やがてわたしたちは、六本の道が交わるインドラ・チョクに入る。目の前を人力車が横切っていく。四段に積まれた素焼きの壺、剝き出しの土の上に並んだ刺繡《ししゅう》布、穀物が一杯に詰まった目の細かい籠に目移りする。空の荷車を引いた子供が、人の多さに立ち往生していた。ここに入り込んでしまうとは、まだ道に不慣れな子なのだろう。

チョクの中心には、献花台が設けられている。不慮の死を遂げたビレンドラ元国王や、即位して二日で亡くなったディペンドラや、他の多くの王族を弔うために。弔花の色に決まりはないのか、あらゆる色の花が捧げられている。どこかで焚かれた香料と、まだ新しい花の香りが入り交じって漂い、雑踏の中にあっても献花台を祈りの場へと変えている。

サガルが勧めるセルロティの店は、まだ先らしい。彼は献花台には見向きもせず、買い物に追われる人々の間をすり抜けて、インドラ・チョクを渡っていく。

気をつけなくても人とぶつからない程度に賑わいが落ち着いたあたりで、どこか待ちかねていたように、サガルが訊いてきた。

「それで、どんな記事になったんだ。俺は日本語が読めないからな、教えてくれよ」

「ふつうよ」

わたしはそう答えた。

「一日の夜に国王たちが撃たれたこと、皇太子が犯人と伝えられたこと、後に小銃の暴発だと発表されたこと、王宮前での騒動……。そうね、ギャネンドラとパラスの評判、事件の夜に誰が無事だったのか、そのあたりは現地にいたからこそ書けたかもしれない」

「それだけか?」

「他にもいろいろ書いたけれど……。あなたに案内してもらった、葬儀の夜のことも書いた」

「それだけ?」

「断水のことも書いた。シャワーが使えなくて困ったこともね」

「それから?」

わたしは、隣を歩く小さな案内人を見た。

サガルもわたしを見上げていた。白目の綺麗な瞳が、わたしを見つめている。物語の先をねだるような、期待に満ちた目だ。ねえねえ、それで? それからどうなったの? 彼はわたしの話に先があることを知っている。とっておきはまだ語られていないと思っている。

ああ。やはりそうなのだ。

歩を緩め、わたしは言う。

「ラジェスワル准尉のことは書かなかった。王宮での事件とは関係がないから」

お話はもうおしまい、早く眠りなさい。そう言われたかのように、サガルの顔はみるみるよろこびを失っていく。彼は言った。

「本当に?」

「本当に」

足元に小さな石が落ちている。

サガルはそれを蹴った。石は人々の足元をくぐりぬけ、転々と転がっていく。わたしは、自分たちが古い寺院の前にいることに気づいた。ガイドブックには載りそうもない、小さく古い、あるいは大きな祠なのかもしれない寺院の前に。奈良の五重塔を思わせる尖塔を備えた寺に、花と香は絶やされていない。

寺の壁に、大きな目が描かれている。森羅万象を見通す仏陀の目をあらわしているのだという。大きな二つの目が、わたしたちを見下ろしている。

サガルは何かをネパール語で吐き捨てた。そして、流暢な英語で言う。

「書かなかったのかよ」

頬をふくらませ、サガルは恨めしげにわたしを見る。俺があんなに苦労したのに、書かなかったのか、と。

「ラジェスワルを晒したのは、あなたね」

当たり前だろと言わんばかりに、サガルは手を広げてみせた。

「そうさ。いい演出だっただろ?」

ラジェスワルを拳銃で殺したのは八津田だ。

けれど、その死体をクラブ・ジャスミンから運び出し、背中に文字を刻んで空き地に放置したのは、八津田ではない。彼は拳銃を敢えて放置することで警察の目をロブに逸らそうとし、自分は国外逃亡を目論んでいた。死体発見が遅ければ遅いほど都合が良いのだから、死体を人目につく場所に移すわけがない。では誰が？

……死体を運んだ人物は、ラジェスワルが着ていたシャツを捨てた。そのままでは、クラブ・ジャスミンの床を引きずった際にこびりついた汚れが本当の殺人現場を暗示するからだ。一方で、ズボンはラジェスワル自身の使い込まれたものだった。汚れてはいたが、何年も放置された地下室の床を引きずったにしては、汚れの程度は低かった。洗濯して、干したからだ。

カトマンズは雨期でありながら乾燥している。三日の夜に洗濯して風通しの良い場所に干せば、四日の未明にはほとんど乾いていただろう。

そこまでは、二人の警官と話した時に辿り着いていた。しかし、具体的にそれを実行に移すとなると、困難が伴う。洗濯をする場所と道具、洗濯物を干す場所と道具を手配しなければならない。それはしかし、サガルにとっては簡単なことだ。家に持ち帰って洗い、いつもの物干し紐に吊すだけなのだから。いつだったか、サガルが自分の家の二階から飛び降りた時のことを思い出す。彼はあの時、洗濯物を干していた。

「あなた、クラブ・ジャスミンに行ったのね」

わたしとラジェスワルが会うことを知っていた人物は、わたしたち当事者を除けばチャメリだけだと思っていた。警察でさえ把握していなかったクラブ・ジャスミンに辿り着けるのはチャメリと、後はラジェスワルと結託していた八津田だけだと考えていた。

しかし、もちろん、サガルにも機会があったのだ。あの朝、ラジオを買いに出てしまったわたしに、チャメリは灰色の封筒を残した。糊付けされたそれをわたしに取り次いでくれたのが、サガルだった。

サガルは、上出来の悪戯を誇るように笑っていた。

「そうさ。チャメリさんも不用心だよな。あんな場所があるなんて、俺も知らなかったよ。楽しかったぜ！」

封筒には張りがなかったことを憶えている。妙に柔らかい紙だと訝しく思ったのだ。あの時、もっと突き詰めるべきだった。サガルは古典的な手法で……つまり蒸気を当てて糊を剝がすやり方で、封筒の中身を見たのではないか。

そして……。

「ラジェスワルが撃たれる瞬間も、見ていたの？」

「ああ、まあね」

目を輝かせて、言う。

「さすがヤツダだよ。インドのスパイを一発さ」

何もかも見ていたのだ。

クラブ・ジャスミンは、彼にとっては恰好の冒険の舞台だったのだろう。ただ廃ビルを探険していたのか、それともインドのスパイだと信じるラジェスワルを尾行してのことか、サガルは地下室の暗がりの中で殺人を見ていた。

わたしは、サガルがラジェスワルを殺したのではないかと疑ったことはない。彼には銃を盗むことができなかったからだ。あの晩、シュクマルが酒を飲みに出かけたために、チャメリはずっとロビーにいて人の出入りを監視していた。ゴビンが銃を盗めなかったように、サガルにも盗めない。

しかし思えば、死体を動かすことはできた。彼にはそのための手段があった。サガルはふだん観光客相手に土産物を売り、客がつかない時は屑拾いをしている。……兄が残した荷車で。

「八津田がいなくなった後、死体を運び出して荷車に乗せたのね」

サガルは、否定することなど思いも寄らないようだった。

「そうだよ。エレベーターが使えたから、あの地下室から運び出すのは簡単だったけどさ。荷車に乗せる時がたいへんだった。何度も諦めようかと思ったよ」

「どうやったの」

「頭を使ったのさ」

得意げにサガルは胸を張った。たぶん、梃子《てこ》でも使ったのだろう。

サガルは、死体に辿り着くことも、それを運ぶこともできた。けれどどうしてもわからない。

「なぜ」

「ん？」

「なぜ、そんなことを？」

それを訊くとサガルはきょとんとし、それから声を上げて笑った。愉快な冗談を聞いたとでもいうように。

「決まってるじゃないか！　約束したからだよ。……たっぷり稼がせてやるって！」

冷ややかなものが、わたしの全身を貫く。

サガルは饒舌《じょうぜつ》だった。

「王さまが撃ち殺されてすぐ、軍人が『チクリ屋』なんて書かれて死んでたら、すっごいニュースになるじゃないか。でも、恰好いい単語を知らなかったからさ、辞書まで引いて『INFORMER』って彫ったんだ」

ロブは、「INFORMER」はふだん使わない単語だと言っていた。辞書には載っているだろうけれど、とも。

「なあタチアライ、あんたはでっかく儲けられたんだ。まったく、あんたに撮らせようとあんなにがんばったのに、書かなかったのかよ。本当に、本当に、がっかりだぜ」

わたしのためだった。

わたしに写真を撮らせて、記事を書かせるため。

もつれる舌で、かろうじて訊く。

「わたしに撮らせるって、どうやって」

「上手くいっただろ！」

満面の笑みで、サガルはまくしたてる。

「あんたが王宮前で写真を撮ることは予想がついたからな。ロッジへの帰り道に死体を置いておいた。あそこで死んだのに服があんなふうに汚れてちゃ変だから、洗濯もしたんだ」

死体があったのは、カンティ通りからジョッチェン地区へと抜ける近道の端だった。そして、あの道を教えてくれたのは、サガルだ。

「他の記者に先を越されたら面白くないから、隠しておいたのさ。見てたんだぜ、あんた粘るから、警官どもに追いつかれるんじゃないかとひやひやした。あんたが逃げ出したら一足先に空き地に行って、あのスパイを見つけられるようにしたんだ」

「隠す……?」

あの空き地には、死体を隠せるような場所はなかった。

わたしの表情を読んだのか、サガルが小馬鹿にしたように鼻を鳴らす。

「鈍いな。わかんないのか。ヒントやろうか?」

「サガル……」

「ま、いっか。車だよ。あのスズキを押して死体を隠して、いまだってところでまた押してどかしたのさ」

確かにあの空き地には、軽自動車が放置されていた。

しかも、死体が置かれていた場所からまっすぐ進んだ位置に停まっていた。サイドブレーキが引かれていなかったことはわたし自身が確かめた。地面は乾いて硬くなっていた。確かに、子供の力でも押せば動いただろう。

でも、

「でも、タイヤがなかった」

事も無げに答えが返る。

「ああ。売れそうだったから、俺が外した。儲かったよ」

「いっ！」

「大声を上げるなよ」

サガルは苦笑いする。

「昨日の朝だよ。まだ暗かったかな。警官がいなかったからな、楽勝だったぜ」

そうだ。昨日、二人の警官がわたしを護衛するためにトーキョーロッジに来た朝、サガルは言っていた。

――一仕事済ましたところさ。なかなかの収穫だったぜ。

土産物を売って儲けた可能性はほとんどないと、気づくべきだった。王宮事件の影響で観光客は激減している。しかしだからといって、あの軽自動車からタイヤを盗んでいたのだとまでは、気づきようもなかった。

「四日は……。死体が見つかった時には、タイヤはついていたのね」

「そうだよ」

最初に見た時、エンジンさえ掛かれば乗っていけそうだと思った。つまり、タイヤはついていたことになる。

違和感は、あったのだ。だからあの軽自動車に固執した。けれど前日はタイヤがあったことを思い出せなかった。

「ま、最悪、別のやつに撮られても仕方ないって思ってたさ。でもあんたが撮ってくれた。全部上手くいったのに、肝心のタチアライが逃げるとはね」

そうしてサガルは、上目遣いにわたしを見る。年相応の、可愛らしい仕草だった。

年相応。可愛らしい。

わたしの脳裏を、サガルの他の顔がよぎる。大人びた、皮肉めいた、すれた顔が。

……サガルはわたしのために、シャッターチャンスを用意したのだという。見つけた死体をわたしのために移動させたのだと。そのこと自体の倫理的な是非はさて置き、動機はわたしへの善意だった。

本当に？

危ないところだったのだ。カトマンズ警察との利害が一致せず、突っ込んだ取材ができなかったら。わたしにもう少しでも焦りがあって、裏を取らずに記事を書いていたら。

第一に、わたしは取材によって一人の人間を死に追いやったとして糾弾される。

次に、無関係な二つの事件を恣意的《しいてき》に結びつけ、センセーションを巻き起こすために誤報を流したとして糾弾されただろう。

わたしの記者としての生命は断たれていた。報道の歴史に残る一大汚点にさえなったかもしれない。

サガルはそのことに、一切気づかなかったのだろうか？　ただひたすらに、わたしに衝撃的な写真を撮らせようとして死体を運んだというのだろうか。ラジェスワルの服を剝ぎ、背中に文字を刻んだのも、全てわたしの成功を願ってのことだったと？

古い尖塔の前でふと口を噤み、サガルの無邪気な顔を見つめ返す。

真実を見抜く力は、わたしにはないのかもしれない。わたしの心の底には、おそろしく冷たいものが横たわっているのかもしれない。

しかしいま、わたしは本当のことを見極めたいと、この街で過ごしたどの瞬間よりも強く願う。

サガルの綺麗な目が、わたしに向けられている。

せっかくのお膳立てを台無しにして困ったやつだ、と言わんばかりに苦笑いしている。

笑っている。

その笑みが消えていく。わたしはなおも、瞳の奥を見通そうとする。

……サガルのくちびるが歪んだ。

蔑《さげす》むような冷やかさが浮かんで、たちまち消えた。

「嘘ね」

わたしはそう言った。サガルは答えた。

「ああ。嘘さ」

罠だったのだ。わたしの前に現れた、衝撃的な死体は。

思わずカメラを構え、何度もシャッターを切った。あの写真はわたしが撮ったものではなかった。撮らされたのだ。

その罠を仕掛けた人間はわたしの目の前に、笑みを拭った顔で立っている。

あの写真を取り上げて、国王が撃たれた夜に王宮を警備していた軍人が殺害されたと書いていたら、わたしは破滅していた。彼はそれをこそ望んでいた。

だけど、なぜ！

「どうして」

叫ぼうとした。けれど、声はかすれていた。

「どうして、わたしを憎んだの」

「どうしてかって？」

揶揄するような声が返る。サガルはゆっくりと、いっぱいに手を広げた。

「見ろよ、まわりを」

わたしは首を巡らす。

日干し煉瓦を組み上げた家々は、時間と自重に耐えかねて歪んでいる。物干し紐にはためく服は破れ、ほつれている。

そして、こちらを向いている顔たち。まだ幼い子供、小学校にいるべき年頃の子供、青年に差しかかろうとする子供が、わたしを見ている。手持ち無沙汰に爪先で地面に落書きをする子供、屑を拾って背中の籠に入れていく子供、赤ん坊を背負ってゆったりと左右に体をゆする子供、洗濯物を干している子供。彼らはわたしを見ている。

寺の壁に描かれた二つの目は、何もかもを見通してそこにある。

「これでもわからないのか?」

サガルが言う。

視線の中で言葉を探す。

「何度も言ってきたじゃないか」

香のかおりを、乾いた風が吹き払っていく。

「あんたには、何度も言った」

彼がわたしを恨む理由を?

声変わりも迎えていないはずのサガルの声が、ひどく低く聞こえる。

「俺は言ったぞ。外国の連中が来て、この国の赤ん坊が死んでいく現実を書き立てた。そうしたら金が落ちてきて、赤ん坊が死ななくなったってな」

そうだ。この街に子供が多い理由を、わたしは聞いた。

俯き、静かな声でサガルは言う。

「仕事もないのに、人間の数だけ増えたんだ」

……ああ!

「増えた子供たちが絨毯工場で働いていたら、またカメラを持ったやつが来て、こんな場所で働くのは悲惨だとわめきたてた。確かに悲惨だったさ。だから工場が止まった。それで兄貴は仕事をなくして、慣れない仕事をして死んだ」

わたしは聞いた。何度も聞いていた。

「こっちが訊きたい。どうして憎まれていないと思ったんだ？　あんたがカメラを持ってこの街に来たその時から、あんたは俺の、俺たちの敵だった。俺は何度も言ったぞ。あんたのようなよそ者が訳知り顔で俺たちは悲惨だと書いたから、俺たちはこの街で這いずりまわってる、と。上を向いて王さまの話ばかり聞いていたせいで気づかなかったのかよ！」

喉の奥から絞り出すような声が、突き刺さってくる。

「大人しくあの男の写真を載せていればよかったんだ。そうすれば……」

俯いていた顔が持ち上がる。憎しみに満ちた顔が、わたしに向けられる。

「そうすれば、記者なんて連中は、ろくに調べもせずに他人を引っかきまわすクズだって思えたんだ。でも、あんたは踏みとどまった」

「サガル」

「じゃあ、あいつらもそうだったっていうのか？　ろくな仕事もない街に俺たちを放り出して、そのろくでもない仕事さえ取り上げた連中も、あんたと同じように自分の頭で考え、まともに調べて書いたっていうのかよ。その結果が俺たちなのか？」

叫びがほとばしる。

「あの男のことを書けよ。写真を世界中にばらまけよ！　あんたらはマヌケなクソ野郎だって証明しろよ！」

その途端、警官が話したことが甦《よみがえ》った。

傭兵を辞めてネパールに戻ったラジェスワルは、しばらく外国のテレビ局を相手にガイドをしていた。取材の手配などを請け負っていたのだ。

サガルの兄が勤めていた工場への取材をコーディネートしたのが、ラジェスワルだったのではないか。だからこそサガルはラジェスワルをスパイと呼び、憎しみを込めてその死体に文字を刻みつけたのではないか。

ラジェスワルは、もう二度とこの国をサーカスにしないと言っていた。……一度は、そうしたことがあったのか。

サガルの瞳が潤んでいく。

その時、彼は自分の頰を殴りつけた。

「……へっ。くだらねえ」

乾いた地面に涙を落とす代わりに、サガルは唾を吐く。頰を赤くした彼の目には、皮肉な光が戻っている。

「あんたが勝った。マヌケは俺だった。それだけだな」

彼は笑っていた。口許を歪め、目は淀んでいた。

「なあ、教えてくれよ、利口なタチアライ。刀を洗う者。あいつらはこの国で何をしたかったんだ。あんたは、何をしたいんだ」

自分の鼓動を感じる。

同じ問いに答えられなかった。ラジェスワルの前で、わたしはたじろぎ、その場しのぎの言葉に終始した。

いまは違う。この国でわたしは多くの人に出会った。さまざまな言葉を聞いた。いまは、一つだけ、言える言葉がある。

「わたしは……」

仏陀の目が見下ろしている。

「ここがどういう場所なのか、わたしがいるのはどういう場所なのか、明らかにしたい」

BBCが伝え、CNNが伝え、NHKが伝えてなお、わたしが書く意味はそこにある。

幾人も、幾百人もがそれぞれの視点で書き伝えることで、この世界はどういう場所なのかがわかっていく。完成に近づくのは、自分はどういう世界で生きているのかという認識だ。

晩餐会で国王と王妃が撃たれることがある。誇り高い軍人が密売に手を染め、穏やかな僧侶が金のために人を殺し、臆病な学生が一丁の銃で勇気を持ち、記者が道を見失っておろおろ惑うこともある。この世界はそういう場所だと知ること。

「そのためには……俺たちの苦しみも仕方がないって言うのか」

サガルがそう問う。答えは、後悔に満ちた一つしかない。

「苦しみを生まないよう、できるだけ気をつける」

「気をつける、か」

忍び笑いが聞こえる。

「つまりあんたは、見ることも書くことも、やめるつもりはないんだな」

「そうね。ないわ」

「クソ野郎」

赤い頬のサガルは、そう吐き捨てた。冷めた目がわたしを睨む。

たぶん彼は憎むよりも、あきれかえってしまったのだ。

「わかった。セルロティはいらない。あんたから食べ物をもらいたくない。この国から出ていくなら早くしな。……今度会ったら、刺しちまいそうだ」

サガルは背を見せた。靴の爪先を二度三度と地面に打ちつけると、一息に走り出す。

たちまちカトマンズの街へと消えていく背中に、わたしはありがとうと言いたかった。素敵なククリをありがとう。他のことにも。

けれど彼は、そんな言葉は聞きたくもないだろう。

わたしはそういう世界に生きている。

## 22　偉大なる場所

誰かの歌声で目が覚める。

耳に低い音を感じながら、自分がどこにいるのか思い出す。体には僅かな振動が伝わり、ぼそぼそとしたざわめきも聞こえてくる。哀愁を誘う弦楽器の音色は、スピーカーのせいか音質が良くない。やがて音楽を遮って、英語のアナウンスが始まった。目を開ける。わたしは、カトマンズ空港で離陸を待つ飛行機の中にいた。

『機長から乗客の皆様へ。現在、管制塔からの離陸許可を待っております。しばらくお待ちください……』

席に座ってすぐに眠り込んでしまったらしい。腕時計を見ると、離陸時間を三十分以上過ぎていた。飛行機が三十分や一時間遅れることは、日本でも珍しくない。再び体をシートに預ける。

音楽は乗客の無聊《ぶりよう》を慰めるように、嫋々と続く。乗客たちの不安げな呟きに耳を澄ませば、英語、中国語、フランス語、日本語も聞こえる気がする。ロブがあれほど切望していた出国のチケットは、旅行代理店の窓口であっさりと手に入った。この国にいた旅行者は、既にほとんどが帰国したのだろう。

わたしも自分の国に帰る。ささやかな自宅へ。

窓側の席を取った。飛行機の外には真っ平らな滑走路が広がっている。その向こうには日干し煉瓦の色をしたカトマンズが、おもちゃのように小さく見えている。初めてフリーの立場で記事を書いた街を、もうすぐ飛び立つ。クアラルンプールを経由して一泊し、成田に着くのは明日の夜だ。

胸ポケットに重みがある。そっと指を差し入れる。小さなとんぼ玉を連ねた髪飾りを取り出し、手のひらに載せる。分厚い窓から差し込む光を受けて、群青や緋や若草色に輝いている。

――チェックアウトの時、チャメリがくれたものだ。

「長く泊まったお客様に、サービスです」

彼女はそう言って髪飾りを差し出し、微笑んだ。

受け取れなかった。

自分は彼女の好意を受けるに値しないと思ってしまった。わたしはサガルに、この国でようやく摑むことができた自分の決意を伝えた。疎まれようと蔑まれようと、自分は見続けるのだと。けれど、わたしがどれだけ内心の覚悟を決めても、百万の言葉を並べ立てても、ネパールの悲劇を自分の生活費に換えたことは事実だ。そうすると決めたからといって、後ろめたい気持ちまで消えてしまったわけではない。

ラジェスワルのことも、心に引っかかっている。わたしは彼の死に、直接は関わっていない。

……けれど、間接的にはどうだろう。ラジェスワルは、日本から来た記者が話を聞きたがっていると知って、密輸から手を引く予定を早めたのかもしれない。それが八津田とのトラブルの原因ではないとは言いきれない。

そうしたことが頭の中を巡って、手を出せなかった。するとチャメリは指先で、もう少しだけ髪飾りをわたしに押しやった。

「どうか、また来てください」

戸惑うわたしに、彼女は歌うように言った。

「タチアライさんはいい季節に来ました。六月、ネパールは美しい季節です。暑すぎもしませんし、寒すぎもしません。雨さえ凌げば、山歩きには向いています。いいガイドを紹介できます。素晴らしい景色だったと、皆さん喜んでくれます」

カトマンズは山並みに取り囲まれ、その向こうには白いヒマラヤが聳えている。世界中の人人が、世界一のトレッキングを求めてやって来る。けれどこの一週間、わたしは景色に見とれる時間を取れなかった。そうだ、確かにわたしは、この国の最高の場所を見ていない。

チャメリの目に憂いの色が混じる。

「しばらくは、騒がしいかもしれませんが」

「……そうかもしれません」

そう言いながら、わたしは髪飾りを手に取った。

愛された国王を失い、王室は信用をなくした。人々は上辺に諦念を纏いながら、しかしきっと不信の念は忘れていない。この国は揺らぐだろう。

けれどそれも永遠のことではない。そう願っている。

とんぼ玉は冷たく、少しだけ持ち重りがした。そっと握り、笑っているようには見えないといつも言われる表情で、言う。

「でも、いつかきっと、また来ます。ありがとう、チャメリさん。いい旅でした」

チャメリはそっと合掌した。

「さようなら、タチアライさん。あなたの帰り道が無事でありますように」

——耳に届くエンジン音がひときわ高くなった。

感傷的な音楽が止まり、最初にネパール語の、次いで英語のアナウンスが流れ出す。

『機長から乗客の皆様へ。離陸許可が出ました。シートベルトと座席の位置を確認してください』

髪飾りを胸ポケットに戻す。ボストンバッグは着替えや日用品や、角細工のククリや銀のゴブレットでいっぱいだった。大事に持ち帰るには胸ポケットが一番いい。

両翼のエンジンからパワーが溢れ出す。飛行機はゆっくりと動き出し、そして不意に加速を始める。全身がシートに押しつけられる。旧型の機体は不穏なほどにがたがたと揺れ、どこかから金属がこすれる音も聞こえてくる。すっと体が沈み込む。

……気がつくと、カトマンズ盆地の上にいた。

幾筋かの道が見えるけれど、どれが王宮通りで、どこがジョッチェン地区なのかはとても見分けられない。ほんの一瞬だけ、多くの人々が焼かれていったパシュパティナート寺院が見て取れた。けれど、それも見る間に、ひとかたまりの街の一角に同化していく。

タメル地区の「よし田」には、もう一度行きたかった。あの絶妙にふつうの味の天ぷらは、なんだか懐かしくなる。チャメリが淹れてくれるチヤの味も忘れがたい。あれはおそろしく甘かった。そして、サガルが連れていきたがった店のセルロティは、どんな味だったのだろう。

機内のどこかで、誰かが賛嘆の口笛を吹いた。

顔を上げれば、ヒマラヤの峰々が陽光を浴び、目と同じ高さで輝いていた。彼方まで続く山《さん》塊《かい》はあまりにも雄大で、神秘的なまでに美しい。圧倒的な存在感にエンジン音も機体の揺れも忘れてしまう。偉大さに目と心を奪われる。

けれど、わたしは信じている。

眼下のちっぽけなカトマンズにも、そして地球上のあらゆる場所で繰り広げられる人間の営みにも、同じように偉大さは宿っているのだと。

雲に入り、窓の外が白濁《はくだく》する。

体に感じる加速度が緩んでいく。ふっと雲海の上に出た。遮るもののない太陽が、間近で燦《さん》燦《さん》と輝いている。疲れた目には少々眩しすぎた。

『安定飛行に入りました。シートベルト着用のサインが消えましたが……』

少しだけシートのリクライニングを倒し、窓のシェードを下ろす。胸の上で、両手を祈るように組み合わせる。

そっと目を閉じる。

——わたしの意識は、螺旋《らせん》を描いて溶けていく。

# 23　祈るよりも

月刊深層に掲載されたわたしの記事は、ごく限られた範囲ではあったけれど、反響を呼んだ。ビレンドラ国王をはじめとするネパール王族の殺害は、ナラヤンヒティ王宮事件など、いくつかの名前で呼ばれるようになった。

その後、わたしが国外で取材する機会はほとんどなかった。八津田の消息を聞くこともなく、トーキョーロッジが無事に経営を続けているのかもわからない。ロバート・フォックスウェルには約束通り雑誌を送ったけれど、返事はなかった。

ネパールでわたしは、記者生命の危機に陥った。いまにして思えば、サガルはわたしの全面的な破滅までをも目論んではいなかったのだろう。あの子は記者とカメラマンの区別さえついていなかった。誤報により、記者がどれほどの汚名を被るか、わかっていたとは思えない。彼は、わたしを嘲笑うことができれば、それだけで満足だったのではないか。

——あの子はいまごろ、どうしているのだろう。

王室が求心力を失ったネパールでは内戦が激化し、王宮事件から七年後、王制が廃止されることになる。ネパールの共和制移行に関しては取材したい気持ちもあったけれど、手元の仕事に追われるうちにその機会を逸してしまった。

WHOや国連の統計を見る限り、ネパールで乳幼児死亡率が改善されたことと、人口増加に比して経済規模の拡大は緩やかだったことは間違いない。しかしそれが、あの日サガルが言ったように、国際的な報道が招いた結果だという裏付けまでは得られなかった。だから、サガルの言葉を記事にすることはできなかった。

わたしはフリーの記者として、自分がどういう場所に立っているのかを確かめ続けている。かなしみとされるものは本当にかなしみなのか。よろこびとされるものは本当によろこびなのか。疑い、調べ、書き続けている。

時々、自分は正しいと思いそうになった時は、プリントアウトした写真をデスクから取り出して見つめることもある。

「INFORMER」

もしわたしに記者として誇れることがあるとすれば、それは何かを報じたことではなく、この写真を報じなかったこと。それを思い出すことで、おそらくかろうじてではあるけれど、誰かのかなしみをサーカスにすることから逃れられる。

そう信じている。

## あとがき

子供とはだいたいそんなものだろうけれど、日常の中に小さな違和感を見つけることが好きだった。ちょっとおかしいけど、これはどういうことなの、と愚にもつかない質問を大人たちに投げかける子供で、随分うんざりされただろうといまになって思う。

自ら情報収集できる年齢になると、知る喜びは広がった。気の多さが災いしたか、それとも物語を書く喜びにも浸っていたからか、学びは学問と言えるほどには深化せず雑学のつまみ食いが関の山だったけれど、それでも楽しかった。たった一つの知識が物の見方を根底から覆し、別の知識が更なる修正を加えていく。やがて蓄積された知識は、お互いに矛盾しない、妥当だけれど思いがけない物の見方へと収束していく。このダイナミズムが好きだった。

無邪気に知を楽しむうちに大人になった。一時期、私は書店に勤めていた。到底読みきれないほどの本に囲まれて、いまさらながらに人間の活動分野の広さと深さに打ちのめされたりもしたけれど、幸せな時間だった。そんなある日、誰だったかは忘れてしまったのだけれど、有名人が不幸な亡くなり方をした。彼（彼女？）は自伝を出していたので、それは当然、目立つ売り場へと移された。

知るという快楽について小さなひっかかりが生じたのは、少なくともそれを自覚したのは、この時ではなかったか。だとすると、『王とサーカス』という一つの物語に辿り着くまでに、随分時間がかかってしまったものだと思う。


本書には拙作『さよなら妖精』の登場人物が登場しますが、内容的には連続していません。いわゆる「第二巻」ではないので、『さよなら妖精』をお読み頂いていなくても問題はありません。

また、本書で扱った二〇〇一年六月のネパール王族殺害事件（ナラヤンヒティ王宮事件）については、当時の報道などに取材して記述していますが、一部不明な点を小説のために補っていることをお断りいたします（主に街の地理や、情報が伝播する過程についてです）。

報道について、複数の関係者に、取材の実際についてご教示を頂きました。的外れな質問も多かったかと思いますが、どなたも真摯《しんし》に教えてくださいました。この場を借りてお礼を申し上げます。

二〇一五年六月

米澤穂信

## 主要参考文献

『ネパール』石井溥編　河出書房新社
『ブッダの生涯』（原始仏典1）梶山雄一ほか編　石上善應ほか訳　講談社
『フォト・リテラシー』今橋映子著　中央公論新社
『ネパール王制解体』小倉清子著　日本放送出版協会
『フォト・ジャーナリズム』徳山喜雄著　平凡社
『ネパールを知るための60章』日本ネパール協会編　明石書店
『神々と出会う中世の都カトマンドゥ』宮脇檀・中山繁信編　エクスナレッジ
『ネパールに生きる』八木澤高明著　新泉社
『ジャーナリズムの原則』ビル・コヴァッチ、トム・ローゼンスティール著　加藤岳文・斎藤邦泰訳　日本経済評論社
『メディアの戦場』ハリソン・ソールズベリー著　小川水路訳　集英社
『他者の苦痛へのまなざし』スーザン・ソンタグ著　北條文緒訳　みすず書房
『世界子供白書　1997』国際連合児童基金　日本ユニセフ協会
『国際連合世界統計年鑑 vol. 47　2000』国際連合統計局編　原書房編集部訳　原書房

このほか、二〇〇一年当時の新聞や雑誌に取材しています。

# 解説

末國善己

二〇〇四年二月に刊行された『さよなら妖精』に女子高生として初登場した太刀洗万智《たちあらいまち》は、ユーゴスラヴィアから来た十七歳の少女マーヤの疑問に答える探偵役を務めていた。

『さよなら妖精』はノンシリーズとして構想されたようだが、万智は、雑誌「ユリイカ」の米澤穂信特集（二〇〇七年四月号）に発表された短編「失礼、お見苦しいところを」（『真実の一〇メートル手前』収録時に、「正義漢」と改題）で再登場。フリーのジャーナリストになっていた万智は、居合わせた駅で発生したホームからの転落事故の意外な真相を見抜くことになる。

その後も著者は、高校生の心中事件の真相を暴く「恋累《こいがさね》心中」（「ミステリーズ！」Vol. 26、二〇〇七年十二月）、東欧出身の男性を案内しながら、十六歳の少年が幼い姪《めい》を刺した事件を追う「ナイフを失われた思い出の中に」（アンソロジー『蝦蟇倉《がまくら》市事件2』所収、二〇一〇年二月）、「正義漢」の前日譚にあたり、まだ東洋新聞で記者をしていた頃の万智が、破綻《はたん》したベンチャー企業の女性広報担当者の行方を追う「真実の一〇メートル手前」（「ミステリーズ！」Vol. 72、二〇一五年八月）などを書き継いでいった。そして、万智のジャーナリストとしての葛藤《かっとう》と成長を描くシリーズは著者のウェブサイトで、ドイツ語で職業、天職を意味する〈ベルーフ〉と呼ばれていた。

万智の登場する作品を作中時系列で並べると「真実の一〇メートル手前」と「正義漢」の間に遭遇した事件が描かれ、新聞記者になった動機、新聞社を辞めフリーになった理由など、シリーズの今後にもかかわる重要なエピソードが語られるのが本書『王とサーカス』（単行本は二〇一五年七月刊）である。

この作品は、『このミステリーがすごい！　2016年版』（宝島社、二〇一五年十二月）の国内編、「週刊文春」ミステリーベスト10（二〇一五年十二月十日号）の国内部門、「ミステリが読みたい！　2016年版」（「ハヤカワミステリマガジン」二〇一六年一月号）の国内篇で第一位を獲得しており、高く評価されたことが分かるだろう。

『さよなら妖精』のラストから約十年後の二〇〇一年六月、東洋新聞を辞めフリーになった二十八歳の万智は、雑誌・月刊深層の牧野《まきの》に誘われたアジア旅行特集の事前取材のため、単身、ネパールの首都カトマンズにいた。トーキョーロッジというホテルに滞在する万智は、そこでアメリカ人の大学生ロブ、インド人の商人シュクマル、長期滞在している日本人で破戒僧《はかいそう》だという八津田《やつだ》らと知り合うが、最も親しくなったのは路上でしつこく土産物《みやげもの》を売りつけてくる少年サガルだった。万智にお勧めのものを探して欲しいといわれたサガルは、太刀洗の「太刀」が剣を意味することから、グルカ族が使う短剣ククリを持ってきた。万智は、カトマンズに詳しく、機転も利くサガルをガイドとして雇うことにする。

その直後、イギリスの放送局BBCが衝撃のニュースを流す。ナラヤンヒティ王宮で開かれた王族の晩餐会《ばんさんかい》で、ディペンドラ皇太子が、国民の人気も高い父のビレンドラ国王、母のアイシュワリヤ王妃らを射殺し、自殺したというのだ。すぐに日本の牧野と連絡を取った万智は、本格的なルポを書くことになる。その記事が、自分のジャーナリストとしての方向性を決めると考える万智は、サガルの協力を得てカトマンズで取材を始める。

万智が直面したビレンドラ国王らの射殺は、二〇〇一年六月一日に実際に起きた事件である。第一報を外国の放送局が行ったこと、政府の公式発表が遅れ、原因を自動小銃の暴発による事故とするなど情報の正確性にも疑問を持たれたこと、政府への不信を募《つの》らせた市民の間で緊張が高まり外出禁止令が出たことなど、著者は事件の流れを正確に記している。

シリーズの起点となる『さよなら妖精』では一九九一年に始まったユーゴスラヴィア紛争が謎解きにかかわり、「真実の一〇メートル手前」では二〇〇六年に起きたライブドア事件を連想させる事件を描くなど、万智が登場する一連の作品は物語と現実社会で起きた事件をリンクさせることで、ジャーナリストとしての万智の苦悩を際立たせ、テーマを深めてきた。その意味で、本書がネパール王族殺害事件を背景に置いたのも、必然だったといえる。

取材を続ける万智は、トーキョーロッジの女主人チャメリの紹介で、事件当夜、王宮にいたネパール国軍のラジェスワル准尉《じゅんい》と面会することになった。廃ビルの地下にあるクラブ・ジャスミンでラジェスワル准尉と会った万智だが、外国人の記者には何も話すことはないと証言を拒否された。「国王が殺された」ことは「軍の恥」であり「なぜそれを世界に向けて知らせなければならないのだ」と語るラジェスワル准尉は、正しい情報が広まれば、世界がネパールに助けの手を差し伸べてくれるという万智に、「日本語」で書かれた記事など、この国とは無関係であり、そもそも万智に真実を報じる資格があるのかと問う。

さらに「自分に降りかかることのない惨劇は、この上もなく刺激的な娯楽だ」とたたみかけるラジェスワル准尉は、ジャーナリストは読者に「飽きられる前に次の悲劇を供給」しているだけであり、「サーカスの座長」のような万智の書くものなど「サーカスの演し物《だもの》」に過ぎないと断じる。このやり取りが、タイトルの由来となっている。

ラジェスワル准尉の言葉に反論できず打ちのめされた万智だが、翌日も市民と警官隊が一触即発の王宮前で取材をしていた。ついに警官隊が催涙弾を使用し、現場はパニックに陥る。ジャーナリストとしての信念が揺らいでいた万智は、情報を整理するためホテルに帰ろうとして、ビルの合間にある空地に入った。そこには背中に「密告者」の意味もある「INFORMER」の文字が刻まれた上半身裸の男の死体が横たわっていた。明らかに誰かに殺された被害者は、ラジェスワル准尉だったのである。

ラジェスワル准尉は、ジャーナリストの万智と会ったからこそ「密告者」と疑われ殺されたのか？　そうであるなら犯人は、ラジェスワル准尉から情報を聞いたかもしれない万智も殺すかもしれない。探偵＝犯人、探偵＝被害者の構図も浮かび上がるなか、万智はジャーナリズムとは何かという問いと向き合いながら、ラジェスワル准尉殺しの謎に挑むことになる。

本書は、ジャーナリストの使命を物語の中心に据えているが、これは社会派推理小説的にアクチュアルな社会問題を織り込んだものではない。著者は、本格ミステリの方法論を突き詰めることで、重厚なテーマを導き出してみせたのである。

古くから本格ミステリには、なぜ権限がない素人《しろうと》探偵が、殺人や窃盗《せっとう》の捜査にあたるのかという疑問が向けられてきた。謎を解くには関係者のプライベートに踏み込まなければならないが、探偵の遠慮のない質問で心に傷を負う人がでてきたらどうするのか。謎解きに失敗してさらに被害者を増やしたら、あるいは事件の解決が誰も幸福にしなかったらどう責任を取るのか。このように本格ミステリにおける探偵は、法的にも倫理的にも様々な問題をはらんでいた。

それでも殺人のように現実の社会でも犯人逮捕が強く望まれる犯罪ならば、探偵の登場を許容する雰囲気になる。しかし日常生活の中にある謎を見つけ、それを解決する〝日常の謎〟の場合、謎が放置されても、解決しても社会に与える影響が大きくないので、探偵の登場にも、探偵が謎を解き、その結果を第三者に伝えることにも必然性がない。それなのに本格ミステリの作家や読者は、探偵の存在意義をさほど疑問視してこなかったように思える。

こうした権威的で特権的な探偵のあり方を問い直す動きが本格化したのは、一九九〇年代半ば以降である。著者も探偵の持つ矛盾と欺瞞《ぎまん》に自覚的なミステリ作家で、それは、〈古典部〉シリーズでは「省エネ」主義を掲《かか》げ積極的に謎解きをしない高校生の折木奉太郎《おれきほうたろう》を、『春期限定いちごタルト事件』から始まるシリーズでは中学時代に持ち前の推理能力が原因で苦い経験をし、高校では小市民であろうとしている小鳩常悟朗《こばとじょうごろう》を探偵役にしたことからも明らかだろう。

『さよなら妖精』の後半では、ユーゴスラヴィア紛争の渦中に帰国したマーヤの安全を確認するため、万智の同級生の守屋路行《もりやみちゆき》らが、ユーゴスラヴィアを構成する六つの国のどれがマーヤの故国かを推理しようとする。ある理由からこの試みへの参加を拒否した万智も、謎解きを嫌う探偵の一人だったのである。だが秘密を暴いて真相をあぶり出し、それを全世界に伝えるジャーナリストになった万智は、社会を変え、他人の人生を左右する探偵と同じ役割を担《にな》ってしまい、自分が手にした大きな力に恐れを抱くようになっていく。

ところで、明治中期は、事件取材のノウハウを活かし、探偵業務を行う新聞社が多かった。特に有名なのは報知新聞で、一九〇〇年一月には「探偵部」(現在の社会部)が拡張され、依頼を受け有料で人捜しや信用調査を行うようになる。探偵業を行うセクションは、一九〇〇年三月に分離されて「安信所」となり、その後は法律相談や買い物代行など読者サービス全般を行うようになる。歴史的にも探偵と記者は類縁性が高いことが見て取れるが、著者も探偵とは何者かを追究する思索から、悩めるジャーナリストの万智を生み出したのではないだろうか。そのため本書は、万智の取材プロセスやジャーナリストとしての懊悩《おうのう》が謎解きの重要な伏線になっており、謎解きとテーマが不可分に結びついているのだ。

ただ本書は、ジャーナリズムのあり方だけを問題にしているわけではない。ジャーナリストが発信した情報は読者に届けられるが、ラジェスワル准尉のいう「惨劇」を「この上もなく刺激的な娯楽」、つまり「サーカス」のように楽しんでいるのは、ほかならぬ読者なのだ。ラジェスワル准尉の批判の刃《やいば》は、ジャーナリストを切り裂き、返す刀で、ニュースに刺激だけを求め、事件の関係者がその後どうなったかなど考えないまま、新しく刺激的なニュースが出ればそれに飛びつく無責任な読者も一刀両断しているのである。

万智は、自分がラジェスワル准尉と接触したことが事件を引き起こしたのではないかという探偵＝犯人の可能性を恐れるが、取材をする動機が、全世界に真実を伝えたいとの使命に支えられていた事実を踏まえるなら、最新の情報、刺激的なネタを常に求めている読者は、万智の共犯といえる。中井英夫の名作『虚無への供物』（初版本は塔晶夫名義、講談社、一九六四年二月刊）は読者＝犯人という画期的なトリックを作ったが、読者は、本書がその系譜に属していることを心に刻みながら読む必要がある。

万智が外出禁止令が出されたカトマンズでの取材をしたり、〆切までに記事を完成させなければならないタイムリミットがあったり、国王一家の射殺とラジェスワル准尉の殺害は、ネパールへの影響力を強めたいインドの陰謀だったかもしれないという国際謀略小説的な風聞があったりと、本書はサスペンスあふれる展開が続く。これも、あえて読者に「サーカス」的な物語を提供することで、読者＝犯人の図式を突出させ、読者に問題を提起する意図があったのではないだろうか。

ネタバレになるので抽象的な書き方になるが、本書の犯人は〝怒り〟を原動力に、ある目的を進めるため犯罪計画を実行した。万智は原稿をファックスで送ろうとするが、二〇〇一年以降、急速に発達したインターネットによって、犯人が苦労してなそうとした目的は、誰もが気軽に行えるようになり、その動機も退屈しのぎやビジネスといった散文的なものに変わっている。本書はこのような時代に、どのように向き合うべきかも問い掛けているのである。本書はミステリとしてはスロースタートで、殺人事件が発生するのは中盤となる。ただ謎解きが始まると、事件解決につながるとは思えない冒頭部から周到に伏線が配置されていることが分かる。この手掛かりの隠し方や、伏線を意外な形でリンクさせる万智の推理そのものが、与えられた情報を鵜呑《うの》みにするのではなく、主体的かつ批判的に読み解くメディアリテラシーの重要性を示しているように思えた。

秀逸な探偵論を通して、ジャーナリズムの本質に迫るテーマは、短編集『真実の一〇メートル手前』でさらに深められているので、本書と併《あわ》せて読んで欲しい。

本書は、二〇一五年に小社より刊行された作品の文庫化です。

検　印
廃　止

著者紹介　1978年岐阜県生まれ。2001年、『氷菓』で第5回角川学園小説大賞奨励賞（ヤングミステリー＆ホラー部門）を受賞しデビュー。2011年、『折れた竜骨』で第64回日本推理作家協会賞、14年には『満願』で第27回山本周五郎賞を受賞。他の著作に『さよなら妖精』『真実の10メートル手前』『リカーシブル』など。

王とサーカス

2018年8月31日　初版

著　者　米《よね》　澤《ざわ》　穂《ほ》　信《のぶ》

発行所　（株）東京創元社
代表者　長谷川晋一

162-0814/東京都新宿区新小川町1-5
電　話　03·3268·8231-営業部
03·3268·8204-編集部
URL　http://www.tsogen.co.jp
暁印刷・本間製本

乱丁・落丁本は、ご面倒ですが小社までご送付ください。送料小社負担にてお取替えいたします。



ISBN978-4-488-45110-3　C0193

泡坂ミステリのエッセンスが詰まった名作品集

No Smoke Without Malice◆Tsumao Awasaka

# 煙の殺意

**泡坂妻夫**

創元推理文庫

◆

困っているときには、ことさら身なりに気を配り、紳士の心でいなければならない、という近衛真澄の教えを守り、服装を整えて多武の山公園へ赴いた島津亮彦。折よく近衛に会い、二人で鍋を囲んだが……知る人ぞ知る逸品「紳士の園」や、加奈江と毬子の往復書簡で語られる南の島のシンデレラストーリー「閏の花嫁」、大火災の実況中継にかじりつく警部と心惹かれる屍体に高揚する鑑識官コンビの殺人現場リポート「煙の殺意」など、騙しの美学に彩られた八編を収録。

収録作品＝赤の追想，椛山訪雪図，紳士の園，閏の花嫁，煙の殺意，狐の面，歯と胴，開橋式次第